SWORD ART ONLINE
017
카와하라 레키 | 지음
abec | 일러스트
김준 | 옮김
REKI KAWAHARA abec bee-pee
SWORD ART ONLINE
Alicization Awakening

"저기……, 안녕하세요. 아니, 처음 뵙겠습니다가 맞으려나?"
리파 §
키리토의 의붓여동생.
슈퍼 어카운트 03 ≪지모신 테라리아≫를 사용하여
언더월드에 로그인했다.

"많이 기다렸지, 아스나?"
시논
§
슈퍼 어카운트 02 《태양신 솔루스》를 사용하여
언더월드에 로그인한
《저격수(스나이퍼)》 소녀.

"검기 쪽은 별것 아닌 것 같군……. 황제 폐하."
베르쿨리 §
≪시천검≫ 사용자.
≪인계군≫의 중추이자
정합기사단의 기사장.

"……지겹군. 이제 사라져라."
벡터§ 《빛의 무녀》 앨리스를 노리는 암흑신으로
《다크 테리토리군》의 최고사령관.

"새틀라이저……, 어떻게 여기에?"
"……너와는 분명
건 게일 온라인의 대회에서 싸웠었지.
설마 이런 곳에서 만날 줄이야!"
새틀라이저 §
슈퍼 어카운트 04 ≪암흑신 벡터≫로
언더월드에 로그인한 가브리엘 밀러의
≪건 게일 온라인≫에서의 아바타.

“윽……. 아아악……!!”
“냄새가……, 냄새가 나…….
너무나도 달콤한 천명의 냄새가…….”
디 아이 엘 §
≪다크 테리토리군≫ 암흑술사 길드의 총장.
정합기사 앨리스의 광범위공격에
소멸한 줄 알았으나…….

≪언더월드 대전≫
≪최종 부하 실험≫
동쪽 대문
정합기사 파나티오
정합기사 듀솔버트
오크 족 릴피린
권투사 길드장 이스칸
황제 본진
암흑신 벡터
아스나가 만들어낸 협곡
아스나
유 적
사 망
인계군
정합기사 엘드리에
다크 테리토리군
산 고블린 족 코소기
자이언트 족 시그로시그
평지 고블린 족 시보리
암흑술사 길드장 디 아이 엘
그 외
암흑기사 바사고
월드 엔드 얼터
인계군 미끼부대
정합기사 베르쿨리
정합기사 앨리스
정합기사 렌리
정합기사 셰이타
소녀연사 로니에
소녀연사 티제
키리토 (심신상실 상태)
일러스트/쿠루스

SWORD ART ONLINE

「이것은 게임이지만 놀이가 아니다.」

——「소드 아트 온라인」 프로그래머 카야바 아키히코

SWORD ART ONLINE
Alicization Awakening

REKI KAWAHARA

ABEC

BEE-PEE

017

제20장 각각의 전투
서기 2026년 7월 7일 / 인계력 380년 11월 7일

1

오전 5시.

VRMMORPG ≪알브헤임 온라인≫의 월드맵 중앙에 위치한 중립도시 알룬, 그 도시 중심에 우뚝 솟은 세계수 아래 위치한 거대 돔에는 삼천 명이 넘는 플레이어가 집결해 있었다.

과거 돔의 천개문을 지키던 수호기사 몬스터는 이미 철거되었고 이곳은 요정 아홉 종족 간의 회의와 교섭 혹은 이벤트 공간으로 이용되고 있었다.

때 아닌 대규모 회의에 소집된 삼천 명을 맞이한 것은 불과 네 사람의 플레이어.

노움의 거한 에길, 샐러맨더의 무사 클라인, 캐트 시의 야수술사 시리카, 레프러콘의 대장장이 리즈벳——이세계 ≪언더월드≫에 다이브한 상태로 눈을 뜨지 않는 ≪검은 검사≫ 키리토의 동료들이었다.

클라인과 리즈벳, 시리카 일행이 모든 친구들에게 메시지를 날린 오전 4시 20분, 그 시점에 ALO에 로그인하고 있던 영주 클래스 플레이어는 세 사람에 불과했다. 그러나 그들과 그 부하 역할을 하는 플레이어에게 부탁하여, 현실 쪽을 통해 연락을 취하는 금지된 방법까지 동원한 결과 불과 40분 만에 이만큼이나 되는 수의 플레이어를 모을 수 있었다.

반구형의 광대한 공간에 서 있거나 부유 중인 플레이어 중 3할 가까이는 신규로 만들어진 캐릭터를 사용하고 있었다. 그러나 VRMMO 초심자는 결코 아니었다. 그들은 모두 다른 더 시드 규격 타이틀의 베테랑 플레이어들로 ALO에 어카운트를 가진 친구나 지인의 요청에 응해 다이브한 것이었다.

즉 세계수 돔에 모인 삼천 명은 일본인 VRMMO 플레이어로서는 정예 중의 정예였으며, 하향식 AI(인공지능) ≪유이≫가 언더월드의 인계수비군을 구할 수 있을 것이라 한 가닥 실낱 같은 기대를 품는 유일한 전력이었다.

조용하게 가라앉은 돔 안에 레프러콘 대장장이 리즈벳의 마법으로 증강된 목소리가 절실하게 울려 퍼졌다.

"——이 이야기는 결코 거짓말도 농담도 아니에요! 일본의 모 연구기관이 국가의 지원을 받아 만든 더 시드 규격 외의 가상세계 ≪언더월드≫에 이제 곧 몇 천 명이나 되는 미국인 플레이어들이 아무것도 모른 채 다이브해서 그쪽 세계의 주민들을 몰살시키려 하고 있어요!"

리즈벳은 애국심을 부추기는 듯한 자신의 말에 부끄러움을 느끼면서도 지금은 그것마저도 이용하지 않으면 안 된다고 자기 자신을 몰아세우며 계속 소리쳤다.

"언더월드에서 사는 사람들은 단순한 NPC가 아니에요! 우리가 플레이하고 있는 수많은 VRMMO 세계의 데이터를 근거로 만들어진 진짜 인공지능이죠! 언더월드의 사람들은 우리와 똑같은 감정, 똑같은 영혼을 가지고 있어요! 부탁이에요, 그들을 지키기 위해 여러분의 힘을 빌려주세요! 여러분이 지금 사용하고 있는 캐릭터 데이터를 언더월드에 ≪컨버트≫ 해 주세요!"

5분간의 연설을 마친 리즈벳은 기도하는 기분으로 플레이어들을 둘러보았다.

돔에 모인 요정들의 얼굴에는 하나같이 당혹스러워 하는 빛이 떠올라 있었다. 그야 당연한 일일 것이다. 설명을 들은들 예비지식이 없는 한 바로 이해할 수 있는 이야기가 아니었다. 리즈벳 본인도 유이로부터 들은 언더월드의 구조와 그곳의 주민인 ≪인공 플럭트라이트≫에 대해서는 여전히 애매한 부분이 많은 상태였다.

의아한 표정으로 술렁이는 플레이어들 속에서 하나의 팔이 부드럽게 위로 올랐다.

팔을 든 것은 장신을 녹색 의상으로 감싼 실프 족의 영주 사쿠야였다.

"리즈벳, 당신이나 당신 친구들이 단순히 장난으로 이런 일을 벌이고 있다고는 생각할 수 없고, 무엇보다 키리토가 벌써 열흘 가까이 로그인하지 않은 것을 보면 분명 보통 일은 아니라고 생각해. 그렇지만……."

항상 부드럽고 침착했던 사쿠야의 목소리가 곤혹스러운 듯 떨렸다.

"……솔직히 너무 갑작스러워서 믿기 어려워. 인간과 같은 영혼을 가진 AI, 그것을 빼앗으려고 하는 미군……. 양쪽 모두 현실감이 너무 없는 이야기잖아? ……아니, 사실 확인은 당신이 말하는 언더월드에 로그인해보면 알 수 있겠지만……. 조금 전 당신은 다이브하는 데 있어 몇 가지 문제점이 있다고 말했지? 우선 그 문제가 어떤 것인지 설명해줄 수 있을까?"

——드디어 이 순간이 왔다.

리즈벳은 크게 숨을 들이마시고 잠깐 눈을 감았다.

승부처였다. 여기서 실패한다면 아무도 도와주지 않을 것이었다.

번쩍 눈을 뜨고 눈앞에 있는 사쿠야와 다른 영주들, 그리고 수많은 ALO 플레이어들을 바라보며 리즈벳은 침착한 목소리로 말했다.

"맞아. ——언더월드는 일반적인 VRMMO 게임처럼 운영되지 않아. 그래서 다이브에는 몇 가지 문제가 발생하게 돼. 가장 먼저 언더월드에는 조작 가능한 UI가 존재하지 않아. 즉 자발적인 로그아웃이 불가능하다는 거야."

돔 안 웅성거리는 소리가 일제히 커졌다.

자발적 로그아웃이 불가능하다는 말은 과거 존재한 데스게임 ≪소드 아트 온라인≫을 좋든 싫든 상기시키는 말이었다. 현재 ALO를 포함한 모든 더 시드 규격 게임은 UI 조작과 음성 커맨드, 두 가지 방법으로 로그아웃을 할 수 있게 되어 있었다.

"로그아웃하는 방법은 내부에서 ≪사망≫하는 수밖에 없어. 그렇지만 여기서 두 번째 문제가 발생해. 언더월드에는……, 페인 업소버가 설정되어 있지 않아. HP가 제로가 될 정도의 대미지를 받으면 상당히 강한 고통을 느끼게 될 거야."

리즈벳의 말을 들은 플레이어들은 한층 더 술렁였다.

통각 차단 역시 현행 VRMMO에서는 필수 기능이었다. 그 기능이 존재하지 않는 가상세계에서는 검으로 베이거나 화염을 맞으면 거의 현실세계와 같은 강도의 고통을 맛보아야 한다. 경우에 따라서는 진짜 몸의 피부가 일시적으로 발작을 일으킬 수도 있다.

그러나 다이브에 따르는 문제는 그것만이 아니었다.

웅성거림이 조금 잦아들 때까지 기다린 뒤 리즈벳은 드디어 세 번째이자 가장 큰 대가를 입에 담았다.

"——그리고 한 가지 더. 언더월드에는 현재 개발자들도 오퍼레이션을 할 수 없는 상태야. 즉……, 컨버트한 사람의 캐릭터 데이터를 예전 게임으로 다시 컨버트할 수 있을 거라고 보증할 수가 없어……. 최악의 경우에는 캐릭터 로스트라는 결과가 일어날 가능성이 있는 거지."

일순의 침묵에 이어——.

엄청난 볼륨의 성난 목소리가 광대한 돔 공간에 넘쳤다.

플로어 중앙에 있는 리즈벳, 클라인, 시리카, 에길 네 사람과 작은 픽시 모습으로 클라인의 어깨 위에 있던 유이는 모든 방향에서 해일처럼 쏟아지는 무수한 비난을 온몸으로 받으며 아무 말 없이 계속 서 있었다.

이런 반응은 이미 예상된 것이었다.

삼천 명의 톱 플레이어들은 자신의 캐릭터를 육성하기 위해 엄청난 시간과 노력을 쏟아부었다. ALO 같은 경우, 한 시간 동안 필사적으로 몬스터들을 쓰러뜨려도 스킬 숙련도는 겨우

1이 오를까 말까이다. 그렇게 호수의 물을 양동이로 퍼내는 것이나 마찬가지인 노동을 이들은 매일같이 계속해온 것이다.

그만큼 심혈을 기울여 키운 캐릭터를 잃을지도 모른다는 말에 평정을 유지할 수 있을 리 없었다.

"우……, 웃기지 마!!"

집단에서 튀어나온 한 사람의 플레이어가 리즈벳에게 삿대질하며 소리쳤다.

짙은 홍색 갑옷을 전신에 두르고 등 뒤에는 전투용 도끼를 짊어진 샐러맨더로 영주인 모티머와 장군 유진 다음가는 지위를 가지고 있는 자였다.

헬멧의 바이저를 올려 분노로 타오르는 두 눈을 노출시킨 샐러맨더는 배후의 대집단이 입을 다물 수밖에 없을 만큼 높은 볼륨으로 다시 말을 이었다.

"이런 시간에 사람들을 모아놓고 정체를 알 수 없는 서버에 다이브하라는 것만 해도 어이가 없는데 캐릭터 로스트?! 만약 그렇게 되면 너희들이 보상해주겠다는 거야? 혹시 종족 전체를 약체화시키려는 함정인 것은 아니고?"

"……윽!"

얼굴이 시뻘게져 소리치려는 클라인을 왼손으로 막으며 리즈벳은 최대한 침착한 목소리로 대답했다.

"미안하지만 보상은 할 수 없어. 당신들이 키워온 캐릭터의 가치는 돈으로 환산할 수 있는 것이 아니라는 것은 우리도 잘 알아. 그래서 부탁하는 거야. 우릴 도와달라고……. 지금 언더월드에서 필사적으로 미국의 공격을 막고 있는 우리 동료들을 구해달라고."

큰 소리를 치지 않아도 리즈벳의 목소리는 돔 구석구석까지 울려 퍼졌다. 샐러맨더는 순간 말문이 막힌 듯 숨을 들이마시더니 금세 그것을 분노로 바꿔 내뱉었다.

"당신이 말하는 동료라는 것은 SAO 생환자인가 뭔가 하는, 자신들은 VRMMO 플레이어 중에서도 특별하다는, 그런 얼굴을 한 녀석들을 말하는 거지? 우리도 알아! 너희들 SAO 출신자들이 마음속으로 다른 플레이어들을 하찮게 여긴다는 것 정도는!!"

이번에는 리즈벳의 말문이 막힐 차례였다.

샐러맨더가 지적한 그런 심리를 리즈벳은 지금까지 한 번도 자각한 적은 없었다. 그러나 듣고 보니 그런 감각이 절대 존재하지 않았다고 단언할 수만은 없을 것 같았다. 플레이어 홈을 지상의 도시가 아닌 천공의 아인크라드에 두고 거의 지면에 내려오는 일 없이 옛날부터 알던 플레이어들과만 교류해 온 것은 사실이었다.

리즈벳의 동요를 알아차린 것인지 샐러맨더는 연이어 가차 없는 공격을 퍼부었다.

"침략이니 인공지능이니 영혼이니 알게 뭐람! VRMMO에 리얼 이야기를 가져와서 헛소리하지 마! 그런 건 너희들끼리 하면 되잖아! 리얼에서도 잘나신 생환자님들끼리 말이야!!"

그의 규탄에 호응해 맞아, 꺼져, 하는 목소리가 집단에서 튀어나왔다.

──틀렸어.

내 말은 전혀 듣지 않아.

리즈벳은 눈물이 나올 것 같았지만 필사적으로 참으며 교류가 있는 ALO 생존자인 실력자——실프의 영주 사쿠야와 샐러맨더의 장군 유진, 캐트 시의 영주 알리샤 루 등의 얼굴을 애원하는 마음으로 응시했다.

그러나 눈이 마주쳐도 그들은 말을 하려고 하지 않았다.

강한 빛을 담은 눈동자로 그저 빤히 리즈벳을 응시하고 있었다. 마치 네 결의와 각오를 보여달라는 것처럼.

리즈벳은 크게 숨을 마시고 다시 한 번 눈을 감았다. 그리고 먼 이세계에서 필사적으로 싸우고 있을 아스나와 상처 입은 키리토, 그리고 한 걸음 먼저 언더월드로 뛰어든 리파와 시논을 떠올렸다.

——내 실력으로는 설사 컨버트한다고 해도 절대 아스나 일행처럼은 싸울 수 없어. 그렇지만 나에게도 할 수 있는 일이 분명 있어. 지금 이 순간 이 장소가 내 전장인 거야.

힘차게 두 눈을 뜬 리즈벳은 눈물방울을 닦고 다시 입을 열었다.

"……맞아, 이건 현실의 이야기야. 그리고 당신이 말한 것처럼 SAO 출신자들은 리얼과 버추얼을 쉽게 혼동하는지도 몰라. 그렇지만 결코 우린 우리가 영웅이라고는 생각한 적 없어."

오른쪽에서 눈물을 글썽이며 서 있는 시리카의 손을 잡고 리즈벳은 말을 이었다.

"나와 이 아이는 당신이 말한 생존자들만 모인 학교에 다니고 있어. 원래 학교는 중퇴한 것으로 되어 있어 선택의 여지가 없었으니까. ――귀환자 학교 학생은 한 달에 한 번 반드시 카운슬링을 받아야 돼. 어뮤스피어로 뇌파를 모니터링하는 가운데 현실감이 사라지지는 않았는지 다른 사람을 죽이고 싶지는 않은지 등등의 질문을 수없이 받아. 먹고 싶지도 않은 약을 먹어야 하는 사람도 많이 있어. 우린 모두 정부에 있어서는 감시 대상인 범죄 예비군인 거야."

어느 사이엔가 분노의 파도는 잦아들고 고요한 정숙이 돔을 채우고 있었다. 눈앞의 샐러맨더조차 의표를 찔린 듯 두 눈을 크게 뜨고 있었다.

자신의 말이 어디로 가고 있는지 리즈벳도 알지 못했다. 그저 흘러넘치는 감정을, 의사를, 열심히 말로 바꿀 뿐이었다.

"그렇지만 사실 그런 취급을 받는 건 생환자 학교 학생만이 아니야. VRMMO 플레이어는 모두 그 정도가 강하든 약하든 그런 식으로 인식되고 있어. 사회에 기여하지 않는 짐짝이라든가 세금도 연금도 내지 않는 현실도피자라든가……. 징병제를 부활시켜 강제적으로 사회에 봉사시켜야 한다는 논의까지 하고 있을 정도니까."

돔을 채우고 있던 긴장감이 급격히 높아졌다. 바늘로 한 번 찌르면 조금 전보다 몇 배나 더 큰 분노가 폭발할 것 같았다.

그러나 리즈벳은 왼손을 가슴에 대고 다시 소리쳤다.

"그렇지만 난 알아! 난 믿어! 현실은 여기에 있다고!!"

가슴에 대고 있던 손으로 세계수의 돔을――. 그 너머에 있는 알브헤임 전체를 가리켰다.

"이 세계와 이곳에 연결된 많은 가상세계는 절대 허구의 도

피처 따위가 아니야! 내게 있어서는 진짜 생활과 진짜 친구와 진짜 만남과 이별, 웃음과 눈물이 있는 현실이야! 다들 그렇게 생각하지 않아?! 이 세계가 또 하나의 현실이라고 믿기 때문에 열심히 노력하는 거잖아?! 그런데 이건 그저 게임일 뿐이라고……, 기껏해야 버추얼일 뿐인 가짜라고 버려진다면 우리에게 있어 진짜는 어디 있는 걸까……?!"

결국 리즈벳의 눈에서도 눈물이 넘쳤다. 그것을 닦지도 않고 리즈벳은 마지막으로 목소리를 쥐어짜내었다.

"……모두가 함께 키운 수많은 세계가 이 세계수처럼 하나로 모여, 싹을 틔우고, 어렵게 망울을 터뜨리게 된 언더월드라는 꽃을, 나는 지키고 싶어! 부탁이야……. 힘을 빌려줘……!!!"

돔의 천장을 향해 리즈벳은 두 손을 뻗었다.

눈물로 얼룩진 시야에 수많은 요정의 날개에서 떨어진 인광이 반짝반짝 깜빡였다.

***

은색의 빛이 반짝반짝 깜빡이며 새벽하늘에 커다란 호를 그렸다.

1초 뒤 건조한 소리와 함께 굵은 로프가 한가운데에서 절단되면서 검은 뱀처럼 공중에서 꿈틀거렸다. 거기에 매달려 있던 수천 명의 적병이 비명을 지르며 바닥이 보이지 않는 협곡으로 떨어졌다. 로프를 자른 신기 ≪쌍익인(雙翼刃)≫은 가파른 각도를 그리며 턴, 주인인 정합기사 렌리 신서시스 트웬티

세븐의 손에 돌아왔다.

다크 테리토리군이 협곡을 건너기 위해 친 열 개의 로프 중 벌써 다섯 개를 절단해낸 렌리였지만 그 얼굴에 자긍심이나 만족감은 전혀 보이지 않았다. 오히려 무자비한 명령을 받고 사석이 되어 협곡을 건너는 적병들의, 말 그대로 생명줄을 끊는 일에 고통을 느끼는 것 같았다.

그것은 렌리 옆에서 백마의 고삐를 쥐고 있는 아스나 역시 마찬가지였다.

아스나와 렌리, 정합기사 앨리스 신서시스 서티, 정합기사 셰이타 신서시스 트웰브, 그리고 기사장 베르쿨리 신서시스 원 등 다섯 명이 말을 타고 달려왔을 때는 이미 수백 명의 적병이 협곡을 건넌 상태로 그들은 남은 로프를 지키기 위해 과감하게 공격해왔다. 대부분의 적은 앞장선 베르쿨리, 셰이타, 앨리스 세 기사가 처리했지만 몇 명은 측면에서 렌리를 노렸고 그를 지키기 위해 아스나도 레이피어를 휘두를 수밖에 없었다.

가상세계 ≪언더월드≫는 더 시드 프로그램을 기반으로 하고 있어 SAO 시대에 익힌 소드 스킬과 기마 기술을 그대로 사용할 수 있었다.

거기에다 슈퍼 어카운트 ≪창세신 스테이시아≫를 이용하는 아스나의 각 파라미터는 거의 상한치, 게다가 장비한 레이피어 ≪레이디언트 라이트≫는 정합기사들의 신기를 능가하는 스펙을 가지고 있어 기본기 ≪리니어≫만으로도 암흑기사의 두꺼운 갑옷과 권투사의 강인한 육체를 쉽게 관통했다.

그러나 적 병사의 상처에서 용솟음치는 선혈과 비명소리 그리고 산화되는 생명은 모두가 진짜인 것이다.

언더월드에서 사는 사람들은 인계인도 암흑계인도 아스나의 그것과 본질적으로는 완전히 동등한 영혼——플럭트라이트를 가지고 있었다. 상대가 진짜 인간임에도 그야말로 게임적인 스테이터스와 무기 스펙의 가호에 의해 단 일격으로 죽일 수 있다는 사실은 아스나의 마음에 견디기 힘든 고통과 위화감을 주었다.

게다가 비장한 표정으로 차례차례 달려드는 암흑기사와 권투사들은 결코 자신의 의지로 행동하는 것이 아니었다.

그들의 인공 플럭트라이트는 상위자의 명령에는 절대로 저항할 수 없는 특성을 가지고 있었다. 아스나와 마찬가지로 슈퍼 어카운트 ≪암흑신 벡터≫를 사용해 로그인한 현실세계의 인간에게 명령을 받고 개죽음임을 알면서도 공격하고 있는 것이었다. 그들 역시 현실세계에서 일어난 테크놀로지 쟁탈전에 휘말린 피해자였다.

그러나 아스나는 모든 정신력을 다해 그런 생각을 의식에서 배제시켰다.

지금은 벡터가 쫓고 있는 ≪빛의 무녀≫ 즉 앨리스를——, 그리고 후방의 야영지에 있는 키리토의 몸을 지키는 일을 무엇보다 우선해야만 했다.

적장 벡터의 지휘하에 있는 다크 테리토리군의 전력은 이 권투사단과 암흑기사단밖에 남지 않았다고 들었다. 무모한 협곡 횡단 작전을 역이용해 적의 병력을 소모시키면 벡터가 쓸 수 있는 수단도 사라질 것이다.

"——좋아, 여섯 번째 밧줄로 간다!!"

기사장 베르쿨리의 힘 있는 목소리가 아스나의 상념을 중단시켰다. 즉시 대답하는 앨리스, 세이타, 렌리보다 조금 늦게 아스나도 "네!" 하고 대답했다.

말머리를 돌려 서쪽으로 이동하려는 순간, 후방에서 뿔피리 소리가 높게 울렸다.

돌아보자 약 1킬로미터 떨어진 언덕을 정연하게 대형을 짠 인계수비군 미끼부대의 위사들이 내려오는 광경이 보였다. 기사들보다 불과 15분 늦게 무장과 편성을 마치고 야영지에서 출격한 것이다.

"하여튼……, 못 말리는 녀석들이야."

베르쿨리는 떨떠름한 얼굴로 위사들을 쳐다보았지만 이미 협곡을 건너온 적병의 수가 500 정도는 되었기에 지금 타이밍에 원군은 감사한 일이었다. 위사들이 적병을 견제해준다면 남은 다섯 개의 밧줄을 끊는 일은 그다지 어렵지 않을 것이다.

——이번 전투는 아무래도 이쪽이 이긴 것 같군, 벡터 씨.

아스나가 마음속으로 속삭였던 그 말이 채 사라지기도 전이었다.

기묘한 현상을 두 눈동자가 포착했다.

핏빛 아침 햇살에 물든 하늘에서 이상한 것이 내려오고 있었다.

하늘보다도 한층 더 붉게 빛나는 선. 그 선은 하나가 아니었다. 수십……, 수백.

아니, 수천인가?

무수히 많은 선은 각각 미세한 도트(Dot)가 연결되어 만들어진 것처럼 보였다. 눈에 힘을 주고 집중해서 보니 도트 하나하나가 숫자와 알파벳으로 되어 있는 것을 알 수 있었다.

정체불명의 문자열 집단은 협곡의 이쪽, 전장에서 동쪽으로 1, 2킬로 떨어진 곳에 소리도 없이 내렸다.

언제부터인가 아스나뿐 아니라 다른 정합기사들이며 다크 테리토리의 암흑기사와 권투사들까지 걸음을 멈추고 기묘한 현상을 넋을 잃고 보고 있었다.

메마른 지면에 내리꽂힌 최초의 붉은 선이 부정형의 덩어리가 되어 꿈틀거렸고——.

그것이 인간의 모습을 갖출 때까지는 불과 몇 초밖에 걸리지 않았다.

***

권투사단 단장 이스칸은 온몸에 차오르던 분노를 순간 잊어버렸다.

——저건 뭐지?

협곡 건너편에서는 겨우 밧줄을 타고 건너간 500명의 암흑계 병사들이 다섯 명의 정합기사에게 용감하게 달려들고 있었다.

그러나 갑자기 그들의 움직임이 멎더니 무언가에 홀린 듯이 전장 바깥쪽으로 눈을 돌렸다.

이에 이끌리듯 고개를 돌린 이스칸의 눈에 들어온 것은 그들로부터 2킬로르 정도 떨어진 곳에 내리는 진한 홍색의 비였다.

하늘에서 기묘한 진동음을 내며 무수히 많은 붉은 선이 떨어지고 있었다.

그것들은 지면에 닿는 것과 동시에 부풀면서 즉시 인간의 모습으로 변화했다.

그리고 나타난 것은 암적색 갑옷을 몸에 두르고 장검이나 전투용 도끼, 긴 창으로 무장한 병사들이었다.

색은 차치하더라도 갑옷의 형태는 암흑기사단의 것과 무척이나 비슷했다. 황제 벡터가 신의 힘으로 원군을 보낸 것이 분명하다고 처음에는 생각했다.

그러나 바로 무어라 말할 수 없는 위화감이 이스칸을 휘감았다.

규율이나 통제와는 거리가 먼 듯한 붉은 병사들의 모습은, 지금은 없는 암흑장군 샤스타가 단련시킨 기사단의 일원이라고는 도무지 생각할 수 없었다. 과장된 몸짓으로 근처의 병사와 이야기를 하거나 땅바닥에 앉거나 명령도 없는데 무기를 뽑아 휘두르기도 했다.

그리고 무엇보다도 그들의 수.

기묘한 비가 드디어 그쳤을 때, 대지에 출현한 병사들의 집단은 도무지 믿기 어려운 규모까지 늘어나 있었다. 대충 눈으로 어림잡은 숫자만 해도 1만은 가볍게 넘었고, 2만……, 어쩌면 3만 명에 달할지도 몰랐다. 암흑기사단에 이 정도의 예비병력이 있었다면 십후회의 같은 것은 이미 오래 전에 와해되고 샤스타가 암흑계의 실질적 지배자가 되었을 것이다.

게다가 협곡 이쪽에서 건너갈 차례를 기다리고 있던 암흑기사들 사이에서도 당혹해하는 목소리가 일고 있었다. 그들 역시 모르는 것이다. 저 군단의 정체가 무엇인지를.

그렇다면 역시 저 붉은 병사들은 황제이자 어둠의 신 벡터가 땅속이나 어디에선가 비술로 소환한 진짜 ≪어둠의 군대≫일 것일까?

거기까지 생각이 미치자 이스칸의 놀라움은 강한 분노로 바뀌었다.

저런 대군을 소환할 수 있다면――.

왜 더 빨리 실행하지 않은 것일까? 이래서야 무모한 횡단 작전에 목숨을 잃은 권투사와 암흑기사들은 적을 진지에서 끌어내기 위한 미끼에 불과하지 않은가?

아니――, 어쩌면 그것이 사실인가?

황제는 자신의 군단이 쓰러뜨릴 적을 끌어내기 위해 이런 죽여달라는 것이나 마찬가지인 횡단 작전을 명령한 것일까?

……아니야.

이번 작전뿐만이 아니었다. ≪동쪽 대문≫에 대한 공격이 시작된 그때부터 암흑계 군대의 피해는 너무나도 컸다. 고블린 족, 자이언트 족, 오우거 족, 그리고 오크 족과 암흑술사 길드를 거의 전멸시켰으면서도 황제는 그들의 죽음을 슬퍼하기는커녕 표정 하나 바꾸지 않았다.

즉 황제 벡터에게는 5만이라는 암흑계 군대 전체가 처음부터 그저 버리는 돌에 불과했던 것이다.

젊은 권투사 단장 이스칸은 지금까지 육체의 단련과 기술의 향상 그리고 이끄는 부족의 발전 외에는 흥미가 없는 젊은이였다.

지금 이 순간, 그는 처음으로 자신이 속한 암흑계와 인계를 포함하는 언더월드 전체를 부감하는 시야를 얻게 되었다. 그리고 그 시야는 그의 마음속에 해결 불가능한 모순을 탄생시켰다.

황제 벡터는 절대적인 강자이다. 강자에게는 따르지 않으면 안 된다.

그러나.

그러나——.

"크윽……!"

오른쪽 눈에 과거 경험하지 못한 격통이 발생하고, 이스칸은 얼굴 오른쪽을 손바닥으로 덮으며 신음했다.

비틀거리며 무릎을 꿇은 권투사 단장의 시선 저편에서 3만에 달하는 진홍색 군대가 처음 듣는 언어를 입으로 지껄이며 달리기 시작했다.

그들이 가는 쪽에서는 협곡 남쪽 언덕을 내려온 약 1천의 인계수비군 병사들이 정합기사와 합류하여 반격 태세를 갖추는 중이었다.

그리고 양자의 중간에는 500의 권투사와 암흑기사들이 당황한 모습으로 멈춰 있었다.

아무리 황제 벡터의 계획이 무자비하다고 하더라도 이것으로 적어도 저 500명의 목숨은 건지게 되는 것일까?

이스칸은 오른쪽 눈을 강하게 누르며 가물거리는 의식의 한쪽으로 그렇게 생각했다.

그러나 그는 여전히 벡터의 냉혹함을 모르고 있었다.

황제가 소환한 3만의 군대는 인계군이 아니라 불과 500밖에 되지 않는 암흑계 군대에 먼저 달려든 것이다.

무수히 많은 검이, 도끼가, 창이, 붉은 아침 햇살을 받아 번쩍번쩍 빛났고──.

피에 굶주린 고함소리와 함께 분명 아군일 권투사와 암흑기사들을 향해 날아왔다.

***

"뭐……, 뭐야, 저 녀석들은?!"

기사장 베르쿨리의 놀란 목소리에 아스나는 어떻게 대답해야 할지 알 수 없었다.

갑자기 전장 동쪽에 강하……, 아니 다이브한 3만의 병사들은 황제 벡터가 소환한 군대라는 것은 분명했다.

그러나 대체 어디에서 이 정도나 되는 수의 전력을 모은 것일까?

몬스터 같은 NPC 병사들을 생성, 투입한 것일까? 그렇지만 오션 터틀의 메인 컨트롤 룸에 있는 콘솔은 잠겨 있어 관리자 권한에 의한 직접 조작은 불가능했다. 기껏해야 아스나처럼 좌표를 지정해 자신이 다이브하는 정도밖에는 할 수 없었고 벡터 측이 사용 가능한 ≪소울 트랜슬레이터≫는 두 기에 불과했다.

아스나를 덮친 일순의 혼란을——.

수백 미터 앞까지 다가온 붉은 병사들의 고함소리가 없애주었다.

"Charge ahead(돌격)!!"

"Give'em hell(날려 버려)!!"

——영어!

그들은 현실세계의 인간, 그것도 발음으로 유추할 때 미국인이 주력인 집단이었다. 그렇지만 어떻게 이런 일이?! 여기는 고도로 은닉된 VR월드가 아니던가?

아니.

아니야——.

언더월드는 STL을 경유하여 다이브하는 사람에게 있어서는 ≪니모닉 비주얼 형식≫이라는 현실세계 이상의 리얼리티를 가진 진정한 이세계다. 그렇지만 그 개발에는 범용 VRMMO 패키지인 더 시드가 사용되었다. 즉 어뮤스피어만 있으면 이쪽 세계에 다이브하는 것 자체는 가능했고……. 또 오션 터틀에는 대용량 위성회선이 설치되어 있었다.

그렇다면 단순히 클라이언트 프로그램을 작성하여 현실세계에 뿌리기만 하면…….

몇 만, 몇 십만 명에 달하는 군대를 언더월더에 소환할 수 있다.

경악하는 아스나의 추측을 뒷받침하는 것은 붉은 군대의 행동이었다. 그들은 원래라면 우군일 암흑계 병사와 권투사들에게 가장 먼저 달려들어 주저 없이 검과 도끼를 휘두르고 있었다.

"무, 무슨 짓을……?!"

"너희들, 같은 편이 아닌 거냐……?!"

기사들은 경악하면서 공격을 막으려고 했지만 수적 차이가 너무 컸다. 게다가 붉은 병사들의 무기와 갑옷은 암흑계 군대의 그것보다 스펙이 위인 듯 부딪히는 검과 방패를 차례차례 부수었다. 양쪽 군대의 충돌부에서는 즉시 비명과 선혈이 터져 나오기 시작했다.

"Dude, that's awesome(우와, 굉장한걸)!!"

"Pretty gore(엄청 고어해)!!"

흥분해서 외치는 현실세계 인간들은 이 전쟁의 진실 같은 것은 전혀 모른 채——. 아마 새로운 VRMMO 타이틀의 오픈 베타테스트라고 생각하고 다이브했을 것이다.

저 미국인 플레이어들에게 언더월드의 사람들에 대한 적의가 있을 리는 없었다. 그들은 눈앞의 암흑계 인간들을 단순한 타깃 NPC라고 믿고 있을 것이다. 아마도 시간을 들여 언더월드와 인공 플럭트라이트에 대한 진실을 설명하면 로그아웃할 사람이 대부분일 것이다.

그러나 지금은 그럴 시간이 없었다. 아스나가 전장에 끼어들어 영어로 설득해본들 NPC가 설정된 대사를 하고 있는 것뿐이라고 여길 것이다. 만약 타깃을 쓰러뜨려 모은 포인트에 따라 정식 서비스 개시 후에 레어 아이템을 준다고 했다면 틀림없이 일본인 플레이어들도 똑같이 행동했을 것이다.

이미 말로 하는 설득은 불가능한 상태였다.

미국인들이 죽이려고 하는 것은 NPC가 아니라 진짜 영혼을 가진 인공 플럭트라이트이다. 암흑계 군대를 모두 죽이면 이번에는 인계군 미끼부대에 달려들 것이었다. 그렇다면 지금 이 순간 오직 한 사람, 여분의 생명을 가지고 있는 자신이 나서야 했다.

그렇게 결의한 아스나는 오른손의 세검을 높이 들고 재빨리 커맨드를 외웠다.

"시스템 콜! 크리에이트 필드 오브젝트!!"

레이피어에 일곱 가지 색 오로라가 나타났다.

어젯밤처럼 끝없이 깊은 협곡을 만들 수는 없었다. 인계군의 퇴로까지 끊어질 것이기 때문이다.

대신 창처럼 날카롭고 거대한 바위를 떠올리며 아스나는 검을 예리하게 휘둘렀다.

라———— 하는 장중한 사운드 이펙트가 울려 퍼졌다. 무지개색 빛이 검 끝에서 솟아나 미국인과 암흑계 군대가 충돌한 지점 조금 앞에 꽂혔다.

갑자기 지면이 진동하면서 회색 바위가 머리를 쳐들었다. 그것은 금세 3미터 가까이 솟아올랐고 그 장소에 있던 붉은 병사들을 높이 날려버렸다.

이어서 다시 네 개의 바위산이 나타나 일제히 솟아올랐다. 대지가 흔들리고 몇 백 개나 되는 붉은 갑옷이 공중으로 떠올랐다. 큰 소리로 욕설을 퍼부으며 어떤 자는 바위에 부딪치고 또 어떤 자는 지면에 격돌하면서 대량의 피와 살점이 흩뿌려졌다.

아스나에게는 그들이 자신의 죽음을 어떻게 느끼는지 추측할 여유가 없었다.

갑자기 뜨거운 격통이 머릿속을 관통하면서 말 등 위에 쓰러지고 말았기 때문이다.

시야에 은색 불꽃이 튀었고 숨도 제대로 쉴 수 없었다. 어젯밤 지면에 협곡을 만들 때보다도 훨씬 심한 고통이었다. 막대한 지형 데이터가 흘러가는 과정에서 영혼……, 플럭트라이트가 소모되는 생생한 느낌이었다.

——그렇지만 여기서 쓰러질 수는 없어.

이것으로 키리토와 같은 상처를 짊어질 수 있다면 바라던 바야. 아스나는 그렇게 생각하며 어금니를 깨물고 안장에서 몸을 일으켰다.

전장 동쪽에서 밀려든 미국인 플레이어들의 기세는 다소 둔해진 것 같았다. 그렇지만 늘어선 바위산 다섯 개의 폭은 기껏해야 500미터. 수만 명이나 되는 플레이어들은 금세 양 사이드로 우회할 것이다.

다시 한 번 그 남쪽에 바위산 방벽을 만들어 안쪽의 인계군을 탈출시켜야 했다.

거친 호흡을 반복하며 다시 높게 검을 든 아스나의 오른팔을——.

빛나는 금색 갑주를 두른 손이 단단히 붙들었다.

"……앨리스……?!"

갈라진 목소리로 황금 기사의 이름을 불렀다.

아름다운 얼굴에 확고한 결의를 띤 정합기사 앨리스가 고개를 가로저으며 말했다.

"무리하지 마, 아스나. 나머진 우리 정합기사에게 맡겨."

"그……, 그렇지만 저 붉은 병사들은 리얼월드의……, 내가 있던 세계에서 온 적인데……."

"……어쨌건 마찬가지야. 그저 피를 보고 싶어 검을 휘두르는 녀석들이라면 몇 만이든 무서울 게 없어."

"그렇고말고. 우리도 조금은 활약할 기회를 줘야지."

앨리스의 말에 맞장구치며 기사장 베르쿨리가 호탕하게 웃었다.

이런 상황에서도 여유를 잃지 않는 기사들의 담력은 훌륭했지만 그들의 표정을 통해 지금까지 이상의 각오를 하고 있음을 아스나는 알 수 있었다.

붉은 해일이 되어 닥쳐오는 적의 수는 인계군의 30배. 이미 기백만으로 어떻게 할 수 있는 단계가 아니었다.

그러나 기사장은 잘 연마된 장검을 높이 들더니 강인한 목소리로 소리쳤다.

"좋아!! 전군, 밀집 진형!! 일점 돌파로 도망치는 거다!!"

***

"오……, 오, 오……."

이스칸의 입에서 나오는 것은 사람의 말이 아니었다.
"오……, 오오오오오오——!!"
있는 힘을 다해 쥔 두 주먹에서 뚝뚝 선혈이 떨어졌다. 그러나 그 아픔을 느끼지도 못하고 젊은 투사는 짐승 같은 포효를 계속했다. 옆에 선 부관 단파 역시 이스칸의 고뇌를 나누는 것처럼 깊이, 깊이 고개를 떨어뜨리고 있었다.
죽어간다. 죽어간다.
명령을 받지 못해 싸우지도 못하는 일족의 투사들이 아무렇게나 휘두르는 칼날 아래 차례차례 쓰러졌다.
그런데도 불구하고 남은 다섯 개의 밧줄을 건너는 병사들은 움직임을 멈추지 않았다. 반대편으로 건너가라는 황제의 명령은 지금도 유효하기 때문이다. 절대자에게 명령받은 대로 필사적으로 밧줄을 건넜지만 바로 붉은 군대에게 둘러싸여 무참한 죽임을 당하고 있었다.
왜 황제 벡터는 권투사와 암흑기사에게 횡단 작전의 중지를, 그리고 붉은 병사들에게 암흑계 군대에 대한 공격 금지를 명하지 않는 것일까?
이래서는 부족의 투사들은 미끼조차 되지 못한다.
소환된 군대에 바쳐지는 제물에 불과하지 않은가?
"화……, 황제에게……."
상신해야 한다. 작전을 중지하도록 요청해야만 한다.
분노와 절망 그리고 오른쪽 눈에 느껴지는 통증에 고통스러워하면서도 이스칸은 최후방의 지룡전차를 향해 한 걸음 움직였다. 단장의 의도를 파악한 단파가 찡그린 얼굴을 들고 무엇인가 말하려고 했다.
바로 그 순간.
상공을 휘익 하고 거대한 그림자가 가로질렀다. 이스칸과 단파는 반사적으로 공중을 쳐다보았다.
——비룡.
그리고 그 용의 등에 탄 것은 화려한 모피 망토를 두르고 긴 금색 머리카락을 휘날리는 황제 벡터, 바로 그 사람이었다.
"아……, 아아……!!"
이스칸이 무의식적으로 발한 신음소리가 들린 것인지 비룡 위에서 황제가 힐끗 지면을 내려다보았다.
그 눈동자에는 일체 감정이 없었다. 허무하게 죽어가는 암흑계 군대의 병사들에게 한 조각의 연민도, 아니 흥미조차 보이지 않는 얼음 같은 눈동자였다.
황제 벡터는 이스칸으로부터 시선을 떼더니 그대로 협곡 건너편으로 용을 비상시켰다.
저것이 신. 저것이야말로 지배자.
그렇지만 지도자라면……. 아무도 대적할 수 없는 힘을 가진 절대적인 강자라면…….
거기에 따르는 책무 역시 있을 것 아닌가?
지휘하는 군대를, 통치하는 백성들을 더 큰 번영의 길로 이끄는 것. 그것이 지배자의 할 일이었다. 몇 천, 몇 만이나 되는 생명을 죽음으로 내몰고도 전혀 아랑곳하지 않는 자가 황제를……. 오른쪽 눈이……, 지배자를 자처할……. 오른쪽 눈이 아파……. 자격 같은 것은……!!

"우……, 오……오오오아아아아아아아!!"
이스칸은 높게 오른 주먹을 내질렀다.
그리고 손가락을 갈고리처럼 구부려서.
사고를 방해하는 격통의 근원지인 자신의 오른쪽 눈을 힘껏 찔렀다.
"다……, 단장님!! 무슨 짓을?!"
달려오려는 단파를 왼손으로 제지하며 짧은 절규와 함께 젊은 투사는 오른쪽 안구를 단숨에 뽑아냈다. 하얀 구체는 주먹 안에서도 계속 붉은 빛을 발했지만 와그작 분쇄되는 것과 동시에 빛도 사라졌다.

이 시점까지 이스칸은 앨리스와 유지오처럼 오른쪽 눈의 봉인, 즉 ≪코드 871≫의 자발적 해제까지는 가지 못했다.
그런 까닭에 그는 황제에 대한 직접적인 반역까지는 생각하지 못하였으며 현재 부여된 명령인 '협곡 횡단작전의 계속' 및 '자신은 밧줄을 건너서는 안 된다'라고 하는 두 가지 명령도 파기하지 못했다.
그러나 젊은 권투사는 거의 반역에 필적할 만큼 황제의 명령을 회피하는 수단을 강구해냈다.
이스칸은 천천히 몸을 돌려 아연한 표정으로 있는 단파에게 낮은 목소리로 말했다.
"황제는 저 붉은 병사들에 대해선 우리에게 아무 명령도 하지 않았어. 그렇지?"
"네……. 그건 그렇습니다만."

"그렇다면 우리가 저 녀석들을 쳐 죽인다 해도 황제와는 관계가 없는 일이겠군."

"……챔피언……!"

말문이 막힌 단파를 왼쪽 눈으로 무섭게 응시하며 이스칸은 명령을 내렸다.

"잘 들어……. 계곡에 다리가 걸리면 전군을 돌격시키도록 해. 무슨 일이 있더라도 건너편의 동료들을 구해내는 거야."

"네……?! 다리 같은 것을 어, 어떻게……."

"뻔하잖아. 그런 걸 할 수 있는 녀석에게 부탁해야지."

조용히 내뱉고 이스칸은 협곡으로 몸을 돌렸다.

갑자기 강인한 두 다리를 붉은 화염이 휘감았다.

검게 탄 발자국을 남기며 권투사는 계곡을 향해 맹렬하게 돌진했다.

——밧줄을 건너서는 안 된다면……, 직접 건너면 되는 거잖아!!

가슴속으로 그렇게 절규하며 이스칸은 폭이 100메르나 되는 나락의 바로 앞에서 힘껏 지면을 찼다.

도약은 권투사의 중요한 단련 중 하나다.

수행은 모래땅에서의 안전한 줄넘기부터 시작해 나중에는 세워놓은 칼날이나 펄펄 끓는 기름을 넘음으로써 자신의 도약력에 대한 확고한 자신, 즉 ≪심의≫를 형성한다.

일류 권투사라면 최종적으로 20메르에 달하는 도약력을 손에 넣는다. 그것은 술식에 의한 비행이 금지된 이쪽 세계에서 맨몸으로 가능한 도약 거리의 상한선이었다.

그러나 지금 이스칸이 몸을 던진 것은 한계 거리의 다섯 배에 달하는 폭을 가진 끝이 없는 협곡이었다.

공중에 화염 꼬리를 끌며 권투사는 오로지 전방만 노려보며 두 발로 공중을 찼다.

10메르. 20메르. 몸은 여전히 상승 중이었다.

30메르. 35메르. 계곡에서 불어오는 강풍을 타자 보이지 않는 날개가 날갯짓을 한 것처럼 더욱 높이 몸이 떠올랐다.

40메르.

조금만 더――. 이제 조금만 더 상승할 수 있으면……. 이제부터는 관성에 의해 건너편까지 닿을 것이다.

그러나.

계곡 한가운데를 조금 못 미친 지점에 도달한 순간 무정하게도 바람이 멎었다.

휘청하더니 몸이 추진력을 잃었다. 도약의 궤도가 정점에 달했고 하향 곡선으로 바뀌었다.

――5메르가 부족해.

"으아아아아……!!"

이스칸은 소리치며 무엇인가를 붙잡으려는 것처럼 오른손을 곧바로 뻗었다. 그러나 당연히 잡을 것도 발로 찰 것도 없었고 발밑의 암흑에서 올라오는 냉기만이 몸을 휘감았다.

그 순간――.

"챔피어어어어언―――!"

벼락같은 고함소리가 이스칸의 귀를 때렸다.

힐끗 후방을 보니 부관 단파가 자기 머리의 몇 배나 큰 바위를 오른팔에 들고 투척자세를 취하고 있었다.

오래도록 알고 지낸 충실한 부하의 의도를 단장은 바로 알아차렸다. 그렇지만 저렇게 큰 바위를 50메르 이상이나 던지는 것은 인족으로서는 불가능한 일이었다.

불끈 하고 단파의 오른팔이 부풀었다. 전신의 힘이 그곳에만 집중된 것처럼 근육이 부풀었고 혈관이 튀어나왔다.

"우워어어!!"

거한이 포효하면서 몇 걸음 도움닫기를 하더니 오른팔을 휘둘렀다.

마치 투석기처럼 공기를 진동시키며 바윗덩어리가 사출되었고──, 직후 단파의 오른팔은 선혈과 육편을 흩뿌리며 파열되었다.

쿵 하고 앞으로 넘어지는 부관의 모습을 왼쪽 눈에 새기면서 이스칸은 이를 악물고 일직선으로 날아오는 바위에만 의식을 집중시켰다.

"……라아아아아아!!"

기합소리와 함께 왼쪽 발바닥으로 힘껏 바위를 찼다.

콰아앙!! 바위가 부서지고 그 반동으로 이스칸의 몸은 튕겨지듯 재차 가속되었다. 건너편에서 싸우는 검사들의 모습이 바로 눈앞에 있었다.

***

"Damn(제기랄)!!"

짧게 욕설을 내뱉으며 쓰러지는 미국인 플레이어로부터 세검을 뽑고 아스나는 말 위에서 거칠게 숨을 몰아쉬었다.

암흑계인을 상대할 때와 같은, 목숨을 빼앗는 일에 대한 심리적 중압감은 없었다. 과거 ≪섬광≫ 혹은 ≪버서커 치유사≫라는 별명의 유래가 된 고속의 연속 검기에 의해 쓰러진 붉은 병사의 수는 이미 열이 넘었다.

그렇지만 적의 수가 너무나도 많았다.

아스나뿐 아니라 인계군의 위사들, 특히 네 명의 정합기사의 역투는 처절 그 자체였다. 밀집 진형을 짠 위사들의 앞에 서서 어떡해서든 남쪽으로 혈로를 내기 위해 시체의 산을 만들고 있었다.

그렇지만 아스나가 만든 바위산을 우회해 끊임없이 밀려오는 병사들을 밀어내지는 못하고 더는 가지 못하도록 묶어놓는 것이 고작인 상황이었다.

조만간 그들도 알아차릴 것이다. 쓰러뜨린 적의 몸이 수십 초 뒤에는 흔적도 없이 소멸되어 그 자리에 피 한 방울도 남지 않는다는 사실을. 자신들이 생명이 없는 환상의 군대와 싸우고 있다는 사실을.

"우왓……! 이제 틀렸어……. 으아아아악——!!"

갑자기 뒤에서 들려오는 절규에 아스나는 재빨리 고개를 돌렸다.

위사들의 전열 일부가 뚫리면서 붉은 병사들이 쏟아져 들어오는 것이 보였다.

그들은 슬랭을 지껄이며 마구잡이로 위사들에게 달려들어

둘러싸서는 죽였다. 피가, 육편이 사방으로 튀었고 비명이 단말마의 절규로 바뀌었다.

너무나도 리얼한 최후의 모습이 한층 더 욕망을 부추기는 것인지 붉은 병사들은 다음 사냥감을 향해 달려들었다.

"그만……. 그만둬……!"

아스나가 소리 질렀다.

지금은 약간의 희생자는 무시하고 오로지 남쪽으로 돌진해야 할 때였다. 이성적으로는 그 사실을 알고 있었지만 몸이 반사적으로 움직여 말에서 뛰어내렸다.

"그만둬어어어어어!!"

목이 찢어져라 고함을 지르며 밀려오는 붉은 군대의 선두를 향해 몸을 던졌다.

미국인 플레이어에게 악의는 없을 것이다. 그저 습격자들에게 이용당하고 있을 뿐――이라는 인식도 거친 파도처럼 밀려드는 감정에 날아가고 말았다.

파아아앗!!

오른손이 번뜩이며 ≪레이디언트 라이트≫가 연속해서 붉은 헬멧의 바이저를 관통했다. 머리에 크리티컬 히트를 얻어맞은 네 사람이 검을 떨어뜨리고 비명을 지르며 쓰러졌다.

그런 그들의 반응을 보니 어뮤스피어를 이용해 다이브한 그들에게 페인 업소버의 보호 기능이 설정되지 않은 것이 분명했다. 이미 그 사실을 알고 있던 아스나는 지금까지 최대한 일격으로 심장을 파괴해 바로 로그아웃시켰지만 그런 이성도 어느새 사라지고 말았다.

최고의 프라이어리티를 가진 레이피어를 종횡으로 휘둘러 갑옷 위에서 찌르고, 가르고, 때로는 적의 검까지도 같이 쪼개버렸다.

미국인들이 보는 것은 어디까지나 폴리곤으로 구성된 몸이었고 대미지 이펙트로 만들어진 혈액이었다. 그러나 STL로 다이브한 아스나에게는 그들 역시 살아 있는 인간이었고 튀는 피는 따뜻했으며 숨이 막힐 만큼 피비린내가 느껴졌다

어느 사이엔가 지면에 만들어진 그 피의 웅덩이에 미끈 하고 오른쪽 발이 미끄러졌다.

균형을 잡지 못하고 쓰러진 아스나의 눈앞에 거구의 전사가 나타났다.

“Take this(이거나 받아라)!!”

맹렬하게 내려치는 전투용 도끼를 피하기 위해 아스나는 오른쪽으로 굴렀다.

그러나 완전히는 회피하지 못해 왼팔에 두꺼운 날이 박히고 말았다.

퍼억.

둔한 소리와 함께 왼팔 팔꿈치 아래쪽이 절단되면서 허공에 떠올랐다.

“으윽……, 아……!!”

엄청난 통증에 눈앞이 뿌옇게 화이트아웃되었다. 호흡이 멈추고 온몸이 경직되었다.

폭포처럼 선혈을 내뿜는 왼팔을 껴안고 아스나는 신음했다. 자신도 모르게 흘러넘치는 눈물 저편으로 자신을 포위하고

무기를 치켜든 네다섯 명의 그림자가 보였다.
갑자기——.
전투용 도끼를 든 거구의 머리가 폭발하는 것처럼 날아서 흩어졌다.
둔한 타격음이 연이어 울렸다. 아스나에게 마지막 일격을 가하려던 보병들의 몸이 차례차례 분쇄되어 시야에서 사라졌다.
"쳇……. 약해빠진 녀석들이군."
고통을 참으며 겨우 몸을 일으킨 아스나가 본 것은 날쌘 용모에 불꽃처럼 붉은 머리카락, 까무잡잡한 피부를 가진 늠름한 젊은이였다.
——다크 테리토리 쪽 사람이야!
순간 고통도 잊고 아스나는 숨을 들이마셨다. 피부색, 가죽 벨트만 두른 상반신, 틀림없이 조금 전까지 검을 섞었던 암흑계의 권투사였다.
그러나 왜 황제 벡터의 지배하에 있을 그가 똑같이 벡터에게 소환된 붉은 병사를 공격한 것일까? 마치 아스나를 도와주려는 것처럼.
내려다보는 권투사의 눈은 한쪽밖에 없었다. 오른쪽 눈은 마치 도려내진 것처럼 처참한 상처자국을 드러내고 있었고 검붉은 피가 한 줄기 뺨에 말라붙어 있었다.
젊은이는 다시 달려들려고 하는 미국인들을 한쪽 눈으로 무섭게 노려보더니 오른 주먹을 높이 들었다.
울퉁불퉁한 주먹을 시뻘건 화염이 감쌌다.
"우……라아앗!!"

힘찬 기합소리와 함께 주먹이 지면을 때렸다.

쿠웅 하고 마치 화염의 장벽 같은 충격파가 반원형으로 발생되었고 전방의 병사들은 꼼짝도 못 하고 날아가버렸다.

——엄청난 위력이야!

아스나는 깜짝 놀랐다. 지금 싸우면 분명 질 것이다.

그러나 권투사는 아무 말 없이 팔을 뻗어 아스나의 갑주를 붙잡았다. 그리고 아스나를 일으켜 세우더니 하나뿐인 왼쪽 눈으로 바로 앞에서 응시했다.

"……거래다."

젊지만 어딘가 깊은 고뇌가 묻어 있는 목소리로 던져온 이 스칸의 말을 아스나는 바로 이해하지 못했다.

"거……, 거래?"

"그래, 저 바위산과 커다란 지진을 일으킨 건 너지? ……그렇다면, 저 뒤쪽 낭떠러지에 좁아도 좋으니까 튼튼한 다리를 놓아줘. 그렇게 해주면 4천의 권투사가 이 붉은 병사 녀석들을 하나도 남기지 않고 쓸어버릴 테니까. 너희들과 함께 싸우는 거지."

함께 싸운다고——? 다크 테리토리군과?!

그런 일이 있을 수 있을까? 암흑계 사람들은 아니 이쪽 세계의 이간들은 오른쪽 눈의 봉인——코드 871로 인해 상위자의 명령에 거역할 수 없을 텐데?!

그렇게 생각하며 아스나는 다시 권투사의 오른쪽 눈에 난 상처에 시선을 돌렸다.

이 상처는 오른쪽 눈의 봉인을 자력으로 해제한 흔적인 걸까? 그 역시 앨리스와 마찬가지로 한계 돌파 플럭트라이트로 진화한 것일까?

그러나 앨리스는 어젯밤, 코드 871에 계속 저항하면 "오른쪽 눈 자체가 흔적도 없이 날아간다"고 했다. 한편 권투사의 상처는 오른쪽 눈이 내부에서 파열했다기보다는 손으로 억지로 파낸 것처럼 보였다. 이 청년이 하는 말을 어떻게 생각하면――, 어떻게 판단하면 좋을까?

주저하는 아스나의 귀에 이런 극한 상황에서도 조용하고 침착한 목소리가 들렸다.

"그 사람, 아마 거짓말은 안 할 거야."

놀랄 만큼 가늘고 잘 휘어지는 칠흑의 검으로 붉은 병사의 목을 태연히 떨어뜨리며 그렇게 말한 사람은 회색의 정합기사 셰이타 신서시스 트웰브였다.

셰이타에게 시선을 돌린 권투사가 대담한――, 그러면서도 어딘가 쑥스러운 듯한 웃음을 살짝 지으며 "여어!"라고 대꾸했다.

그 순간, 아스나는 결단을 내렸다.

――믿자.

아마 스테이시아 어카운트의 지형 조작 능력을 사용할 수 있는 것은 이번이 마지막일 것이다. 그렇다면 그 힘을 단순한 파괴가 아닌 무엇인가 낳을지도 모를 일에 쓰는 것도 나쁘지 않을 것이다.

"……알겠습니다. 협곡에 다리를 놓겠습니다."

절단된 왼팔에서 오른손을 놓고 아스나는 진주색 레이피어를 하늘을 향해 높이 들었다.

라————.

장중한 천사의 화음이 울리며 일곱 가지 색 오로라가 황야에 쏟아졌다.

오로라는 일직선으로 북쪽을 향해 돌진하여 협곡 맞은편까지 닿았다. 땅이 울리는 소리와 함께 대지가 흔들렸다.

갑자기 절벽 양쪽에서 바위로 된 기둥이 솟아올랐다. 그리고 그 기둥들은 수평으로 뻗더니 협곡 중앙에서 결합되어 크고 단단한 다리로 바뀌었다.

"우와아아아아아아, 라아아아아아아아!!"

지형 변화에 따른 땅울림 소리를 몇 배의 음량으로 지운 것은 4천 권투사들이 지른 함성이었다.

외팔이 거한을 필두로 굴강한 투사들이 눈앞의 다리를 향해 질주하기 시작했다.

신의 힘을 행사한 대가로 아스나에게는 작열하는 창으로 뇌를 찌르는 것 같은 두통이 찾아왔다. 순간 정신을 잃을 것 같았지만 아스나는 레이피어를 고쳐 쥐었다.

인계수비군의 선두에 서서 혈로를 뚫던 앨리스의 모습은 이미 보이지 않았다. 지금은 그녀가 무사하기만을……, 그리고 권투사들이 붉은 머리 젊은이의 말대로 수비군과 함께 싸워줄 것을 믿고 계속 싸우는 수밖에 없었다.

——키리토 군, 지금 갈게.

사랑하는 사람의 이름을 마음속으로 부르니 조금이나마 고통이 완화되는 것 같았다.

***

약 1분 전.

정합기사 앨리스는 끝없이 밀려드는 붉은 병사들을 쉬지 않고 계속해서 쓰러뜨리고 있었다.

——이 녀석들……, 이상해.

군대로서의 규율이나 통제는 전혀 없이 처음 들어보는 언어를 지껄이면서 동료의 시체를 짓밟으며 계속 달려들었다. 마치 동료는 물론이고 자신의 생사조차 관심이 없는 것 같았다.

이들이 리얼월드의 인간이라고 한다면…….

확실히 아스나가 말한 것처럼 저쪽 세계도 결코 신의 나라 같은 것은 아닐 것이다.

끝없이 이어지는 살육과 멈출 줄 모르고 출현하는 적군의 숫자에 앨리스조차도 어느 사이엔가 의식이 둔해지고 있었다.

——이제 싫어. 이런 건 전투가 아냐.

최대한 빨리 적의 전열을 무너뜨리고 포위망에서 빠져나가고 싶었다.

"비켜……. 비키란 말이야!!"

날카롭게 소리치며 금목서검을 가로로 그었다.

적의 머리가, 팔이, 연이어 날아갔다.

"시스템 콜!!"

재빨리 신성술의 첫 구를 외워 열 개의 화 속성 엘레멘트를 생성시켰고, 이어지는 술식으로 그것들을 길게 융합시켜 왼손에 화염의 창을 만들었다.

"디스차지!!"

쿠와아아앙!!

듀솔버트의 치염궁에는 미치지 못하지만 작열하는 불의 선이 곧장 적군을 관통, 열 명 가까이 날려버리고 포위망에 구멍을 내었다.

그 맞은편에——.

보였다. 검은 대지와 튀어나온 언덕.

그 언덕까지 단숨에 달려가 이 피투성이 전장에서 발산된 막대한 공간신성력을 전부 사용한 ≪반사응집광선≫ 술식을 사용하면 붉은 보병 녀석들을 단숨에 불태울 수 있을 것이다.

"비켜어어어어어!!"

기합소리를 쥐어짜내며 앨리스는 땅을 박찼다.

"……아가씨!!"

뒤에서 기사장 베르쿨리의 날카로운 목소리가 울렸다.

그러나 그 말 뒤의 "서두르지 마"라는 한마디는 앨리스의 귀에 닿지 않았다.

——빠져나갈 수 있어. 조금만 더 가면 돌파할 수 있어.

전방에 나타난 마지막 한 사람을 달리던 기세가 그대로 실린 일격으로 날려버리고, 앨리스는 드디어 무한하다고 생각했던 적의 포위를 뚫고 아무도 없는 황야로 빠져나왔다.

혹사한 애검을 칼집에 넣고 피 냄새가 나지 않는 신선한 공기를 가슴 가득 들이마시며 절벽으로 질주했다.

갑자기 주위가 어두워졌다.

아침 해에 구름이 낀 것인가 하는 생각이 순간 들었다.

직후 뒤에서 엄청난 충격이 앨리스의 등을 때렸다. 급강하한 비룡의 발이 뒤에서 붙잡은 것이다. 그 사실을 깨달았을 때는 이미 자신의 발이 지면에서 떨어져 있었다.

재빨리 금목서검을 뽑아 앨리스는 무장완전지배술을 발동시키려 했다.

그러나 술식을 외우는 것보다 빨리 시야가 스윽 어두워지면서 얼어붙을 듯한 냉기가 온몸을 감쌌다. 비룡의 기수가 암흑술을──. 아니, 그게 아니었다. 앨리스의 의식 그 자체가 한없이 깊은 구멍과도 같은 암흑 속으로 빨려들었다.

이것은 적의 심의야. 기사장 베르쿨리의 벼려진 강철처럼 강인한 심의와도, 최고사제 어드미니스트레이터의 만물을 태워버리는 벼락처럼 격렬한 심의와도 다른, 모든 것을 삼키고 붙잡아버리는 허무의 심의…….

그 생각을 마지막으로 앨리스의 의식은 끊어지고 말았다.

***

황제 벡터, 즉 가브리엘 밀러에 있어서도 지금 국면은 도박이었다.

그러나 그는 확신하고 있었다. 전장에 다이브한 수만 명의 미국인 플레이어에게 인계수비군을 포위, 공격시키면 ≪빛의 무녀≫ 앨리스는 반드시 다시 한 번 그 대규모 레이저 공격을 가하기 위해 단신 혹은 소수로 수비군에서 이탈할 것이라고.

암흑기사단에게 준비시킨 검은 비룡의 등에 올라타 전장의 고공에서 호버링하며 가브리엘은 계속 기다렸다. 언더월드에 다이브한 뒤 가장 길게 느껴진 시간이었다.

드디어 붉은 불개미 떼와 같은 포위에서 작은 황금의 빛이 빠져나와 남쪽 구릉지대를 향해 이동하기 시작했다.

"앨리스……, 앨리시아……!"

본인과는 전혀 어울리지 않는 미소를 지으며 가브리엘이 속삭였다.

그는 고삐를 움직여 비룡에게 강하를 명했다.

가브리엘의 허무하면서도 압도적인 강도를 가진 이미지네이션, 즉 심의는 이미 자긍심 높은 비룡의 AI를 완전히 침식하여 뜻대로 조종하고 있었다. 비룡은 날개를 접고 화살처럼 급강하하더니 오른발 발톱으로 지면을 달리는 황금 기사의 등을 움켜쥐었다.

그리고 다시 날개를 크게 펄럭이며 비룡은 고공으로 날아올랐다.

가브리엘은 자신이 만들어낸 처참한 전장에는 단 한순간도 의식을 주지 않았다. 그에게는 다크 테리토리군이든 인계수비군이든 그리고 소환한 현실세계 사람들까지도 이미 어떻게 되든 상관없었다.

이제 해야 할 일은 오직 하나. 현재 위치에서 가장 가까운 곳에 존재하는 시스템 콘솔 ≪월드 엔드 얼터≫를 향해 남쪽으로 날아가는 것이었다. 그곳에서 앨리스의 영혼을 현실세계로 이젝트하고 자신도 로그아웃할 것이다.

힐끗 시선을 아래로 돌리자 비룡의 발에 포획된 채 기절해 있는 앨리스의 바람에 날리는 금발이 보였다.

빨리 만지고 싶어. 저 몸을, 영혼을, 직성이 풀릴 때까지 음미하고 싶어.

시스템 콘솔까지는 긴 여행길이 될 것이다. 비룡 유니트의 이동력으로도 며칠은 걸릴 것이다. 그 시간을 이용해 앨리스가 언더월드에서 육체를 가지고 있는 동안을 즐기는 일 또한 색다른 유희가 될 것이었다.

가브리엘은 감미로운 충동이 등줄기를 타고 흐르는 것을 느끼며 다시 한 번 입술을 치켜올렸다.

***

아무리 그래도――.

단 한 명의 소녀를 빼앗는다는 목적을 위해 5만의 다크 테리토리군과 새로이 소환한 3만에 가까운 보병들을 모두 버릴 줄은…….

정합기사단 단장으로서 인계인 중 가장 오랜 기간을 지내온 베르쿨리 신서시스 원은 황제 벡터의 공허한 심의를 지각한 바로 그 순간부터 적의 작전에 최대한의 경계심을 품어왔다. 그럼에도 불구하고 벡터의 진짜 노림수가 무엇인지 몰랐다는 것이 이렇게 간단히 앨리스를 납치당하는 결과로 나타나고 말았다.

수십 메르 떨어진 곳에서 검은 비룡의 발톱이 앨리스를 낚

아채는 순간, 베르쿨리는 대체 몇 십 년 만인지 본인 스스로도 알 수 없는 행동을 했다.

뱃속 깊은 곳에서 분노로 가득한 목소리를 토한 것이다.

“이 자식, 내 제자에게 무슨 짓이냐?!”

쩌렁 하고 공기가 떨리며 주위에 하얀 불꽃까지 튕겨내었다.

그러나 엘리스를 포획한 황제 벡터는 뒤를 돌아보지도 않고 일직선으로 남쪽 하늘을 향해 상승했다.

애검 ≪시천검(時穿劍)≫을 강하게 쥐고 베르쿨리는 비룡을 쫓으려고 했지만 앨리스가 술식으로 적의 전열에 낸 구멍은 이미 막혀 있었고 심홍색 보병들이 기괴한 함성을 지르며 물밀 듯이 몰려왔다.

“거기서…….”

비켜 하고 베르쿨리가 소리를 지르는 것보다 빨리 머리 위를 눈부신 백은의 빛이 가로질렀다.

쇄애애액 하고 높고 맑은 소리를 내며 비상하는 두 개의 칼날. 정합기사 렌리의 신기 ≪쌍익인≫이었다.

뒤에서 소년기사의 날카로운 목소리가 들렸다.

“릴리스 리컬렉션!!”

한 줄기 섬광을 뿜으며 투검들이 공중에서 융합되었다. 십자의 날개로 변화한 칼날은 초고속으로 회전하며 자유로운 궤도를 그리며 비상, 앞에 있는 적병을 쓸어버렸다.

“기사장, 다녀오십시오!!”

렌리의 외침에 베르쿨리는 고개를 돌리지 않고 대답했다.

“미안! 뒷일을 부탁하네!”

슬쩍 자세를 낮추고 오른발로 힘껏 지면을 찼다.

순간 동양풍의 옷을 입은 기사장의 모습은 푸른 질풍으로 변했다. 적의 대군 사이에 다시 열린 공간을 순식간에 돌파한 베르쿨리의 질주는, 다크 테리토리의 권투사가 오랜 시간의 무무도(武舞蹈)로 실현한 주행속도를 아득히 능가했다.

앨리스를 납치한 황제 벡터의 비룡은 이미 고공 속에 번진 작은 점으로밖에 보이지 않았다.

질주하며 베르쿨리는 왼손을 입가에 대고 높은 휘파람 소리를 내었다.

몇 초 뒤 전방 언덕에서 은색 비룡이 솟아올랐다. 베르쿨리의 기룡 호시가미.

휘파람 소리에 응답한 용은 한 마리가 아니었다. 앨리스의 기룡인 아마요리, 그리고 동쪽 대문에서 목숨을 잃은 기사 엘드리에의 기룡 타키구리도 그 뒤를 이었다.

"너희들……."

베르쿨리는 뒤의 두 마리에게 내리려던 대기명령을 속으로 삼켰다.

저공에서 미끄러지듯 접근한 호시가미가 휘익 방향을 바꿔 베르쿨리에게 발을 내밀었다.

그 발톱을 왼손으로 잡은 기사장이 단숨에 비룡의 등 위로 자신의 몸을 끌어올렸다. 안장에 안자마자 오른손에 쥔 검을 날카롭게 내리쳤다.

"가랏!!"

그렇게 소리치자 호시가미와 아마요리, 타키구리는 동시에 날개를 펄럭이며 붉게 물든 아침 하늘 위로 날아올랐다.

쐐기 모양으로 대열을 짜고 비상하는 세 마리보다 훨씬 앞을 가는 검은색 비룡의 다리 쪽에서 황금색 빛이 순간 반짝하고 깜빡였다.

***

아스나가 만든 돌다리를 단숨에 돌진해온 4천의 권투사들은 간신히 살아남은 200명가량의 동료와 합류한 다음 인계군의 바로 옆을 통과해서는 마치 거대한 파성추(破城槌)처럼 적군의 한가운데에 격돌했다.

열 명이 한 조가 된 선두가 완벽히 동기화된 움직임으로 오른 주먹을 끌어당겨 힘을 모은다.

"""우, 라!"""

완벽하게 하나가 된 기합소리와 함께 폭발한 열 개의 찌르기가 붉은 병사들의 검을 두 동강 내고 갑옷을 부수었다. 비명과 피 안개를 뿌리며 스무 명 이상의 적이 뒤로 날아갔다.

모든 투기를 담은 찌르기를 마친 열 사람이 재빨리 옆으로 물러나 공간을 열어주자 바로 뒤에 있던 열 명이 튀어나와 다시 선두에 섰다.

"우라라아!"

이번에는 앞차기가 멋지게 싱크로된 동작으로 폭발했다. 다시 대량의 적이 포격을 당한 듯 흩어졌다.

"……굉장해."

부상당한 왼팔에 어젯밤 급하게 외운 커맨드의 치유술을 걸며 아스나는 자신도 모르게 중얼거렸다. 옆에서 물을 마시는 셰이타의 얼굴에도 희미하지만 감탄하는 기색이 느껴졌다.

권투사들의 로테이션은 과거 소드 아트 온라인의 보스전에서 공략조가 취했던 ≪스위치≫와 비슷했지만 훨씬 체계적이었다. 조당 열 명, 10개 조로 이루어진 100명 단위의 수많은 집단이 마치 건설용 중장비처럼 적을 유린하는 모습을 보고 있노라면 두려워질 정도였다.

“감탄만 하고 있으면 곤란해. 이대로 남쪽으로 빠져나간다고 해도 그 다음엔 어떻게 할 생각이지? 아무리 우리가 강하다고 해도 저렇게 많은 적을 이 자리에서 섬멸하는 것은 조금 어렵다고.”

아스나 옆에서 팔짱을 낀 채 서 있던 붉은 머리 단장이 심각한 표정으로 말했다.

확실히 앞으로 돌진하는 힘만이라면 무적이라 생각되는 권투사 군단이었지만 몇 배나 되는 보병이 측면에서 공격하자 무너지는 집단도 나오고 있었다. 무엇보다 소환된 미국인 플레이어의 수는 여전히 2만을 훌쩍 넘는 상태인 것이다.

“……적진을 돌파해 남쪽으로 나오게 되면 그대로 단숨에 전진해 적으로부터 거리를 두세요. 제가 다시 한 번 지면을 갈라 적을 떼어놓겠습니다.”

아스나는 갈라진 목소리로 그렇게 대답했다.

가능할까? 조금 전 작은 다리를 만들 때도 기절할 뻔했었다. 다시 한 번 지평선까지 닿을 만큼 대규모 지형 조작을 일으키면 이번에야말로 강제 로그아웃되거나 잘못하면 진짜 몸의 뇌에 물리적인 대미지를 입을지도…….

순간적인 망설임을 아스나는 강하게 입술을 깨물며 떨쳐냈다. 할 수밖에 없다. 미국인 플레이어의 소환이 황제 벡터의 마지막 카드일 것이다. 그렇다면 이번만 넘긴다면 설령 여기서 아스나가 이탈한다고 해도 앨리스에게 손을 댈 수 없을 것이다.

전장의 북쪽 끝에 있는 아스나와 셰이타 쪽으로 한 사람의 위사가 남쪽에서 달려온 것은 바로 그때였다.

"전령!! 전령——!!"

이동 중에 부상을 당했는지 얼굴 절반을 피로 물들인 기사가 아스나 앞에 무릎을 꿇더니 갈라진 목소리로 소리쳤다.

"정합기사 렌리 님으로부터 전령입니다!! 정합기사 앨리스 님이 적 총대장이 조종하는 비룡에 납치되었습니다! 비룡은 그대로 남쪽으로 날아간 것으로 추측됩니다!!"

"뭐라고……?!"

아스나의 말문이 막혔다.

그럴 수가——. 설마 이 상황은 인계군으로부터 앨리스 한 사람을 끌어내기 위한……!!

"황제……가 날아갔다고?!"

미묘하게 갈라진 목소리로 대꾸한 것은 아스나도 셰이타도 아닌 권투사 단장이었다. 왼쪽만 남은 붉은 눈에 기묘한 빛을 띠며 쥐어짜듯 말을 이었다.

"그래서, 아까 비룡을……. 단순한 전시품이 아니었다는 건가……. 이봐, 여자!!”

젊은이는 아스나를 번쩍번쩍 빛나는 한쪽 눈으로 응시하며 급하게 물었다.

“앨리스라는 것은 ≪빛의 무녀≫지?! 황제는 왜 그 녀석을 탐내는 거지?! 빛의 무녀가 황제의 수중에 들어가면 대체 무슨 일이 벌어지는 거야?!”

“이 세계가……, 멸망해요.”

아스나는 짧게 대답했다. 권투사의 왼쪽 눈이 경악으로 벌어졌다.

“암흑신 벡터가 빛의 무녀 앨리스를 손에 넣고 ≪종말의 제단≫에 가게 되면……. 이 세계는 인계도 다크 테리토리도, 그곳에 사는 모든 사람을 포함해 모두 무로 돌아가게 되어요.”

자신의 말이 그야말로 롤플레잉 게임의 시나리오 같다는 생각을 아스나는 머릿속 한편으로 의식했다.

그러나 이는 100% 사실이었다. 앨리스를 손에 넣은 황제 벡터, 즉 현실세계의 오션 터틀을 점거한 팀은 언더월드 모든 주민의 플럭트라이트를 보관하는 라이트큐브 클러스터를 통째로 파괴할 것이라는 것은 의심의 여지가 없는 일이었다.

——아아, 어떡하지? 스테이시아 어카운트에도 비행 능력은 부여되어 있지 않아. 비룡을 탄 황제 벡터를 어떻게 해야 쫓아갈 수 있을까…….

아스나의 고뇌에 대답한 것은 옆에 서 있던 회색기사 셰이타였다. 비어버린 물통을 벨트에 찬 다음 서늘한 외모의 여기사가 입을 열었다.

"비룡도 영원히 날지는 못해. 연속 비행은 한나절이 한계고."
그러자 셰이타를 힐끗 본 다음 바로 시선을 돌린 권투사 단장이 탁 하고 손바닥을 주먹으로 치며 소리쳤다.
"그렇다면 너희들이 기합을 넣고 뒤쫓아야겠군!!"
"뒤쫓으라니……, 당신……."
아스나는 깜짝 놀라며 적장의 싱그러운 얼굴을 쳐다보았다.
"당신은 다크 테리토리군의 사람이잖아요? 그런데 왜……."
그러자 적장은 흥 하고 콧방귀를 뀌더니 내뱉듯 말했다.
"황제 벡터는 우리 암흑계 십후 앞에서 분명히 말했어. 자신이 원하는 것은 빛의 무녀뿐이라고, 그 녀석만 손에 넣으면 나머지는 아무래도 좋다고 말이야. 그러니 무녀를 손에 넣은 시점에서 황제의 목적은 달성된 거지……. 즉 우리 임무도 모두 끝난 거야. 이제는 우리가 무슨 짓을 해도……, 설사 황제로부터 무녀를 탈환하려는 인계군에 협력을 한다고 해도 이쪽의 자유 아니겠어?"
정말이지 말도 안 되는 억지에 가까운 말이었다.
아스나는 아연한 표정으로 권투사의 얼굴을 응시했다. 그러나 거기에 있는 것은 패기에 찬 말과는 거리가 먼 비장하기 짝이 없는 표정이었다.
왼쪽 눈으로 아스나를 똑바로 쳐다보며 권투사는 말했다.
"……나는……, 우리들은 황제에게 직접 거역하지는 못해. 그 힘은 압도적이니까……. 어쩌면 나보다 강할 지도 모를 암흑장군 샤스타를 손가락 하나 움직이지 않고 죽였을 정도지. 만약 황제가 다시 너희들과 싸우라고 명령을 내린다면 따를 수밖에 없어. ──그러니까 우리 권투사단은 여기서 붉은 군대 놈들을 막겠어. 너희들 인계군은 황제를 쫓아. 그리고……, 황제를……, 그 자식을…….”

갑자기 말을 끊고 젊은이는 마치 존재하지 않는 오른쪽 눈이 아픈 것처럼 얼굴을 찌푸렸다.

“그 자식에게 가르쳐줘. 우리들은 네놈의 인형이 아니라고 말이야.”

마침 그때 커다란 권투사들의 환성이 전장 남쪽에서 울렸다. 부대의 선두가 드디어 붉은 보병단의 포위를 뚫고 황야로 빠져나간 것이다.

“좋아…….”

젊은 단장은 쾅! 하고 오른발을 구르더니 엄청난 성량으로 명령했다.

“너희들, 그 돌파구를 계속 유지하도록 해!!”

아스나에게 시선을 돌려 재빨리 말했다.

“너희들은 빨리 탈출해!! 그리 오래는 못 버틸 거야!!”

크게 숨을 들이마시고 아스나는 고개를 끄덕였다.

──이 사람도, 인간이야.

설사 인공 플럭트라이트라고 해도 강인하고 자긍심 높은 영혼을 지닌 인간이었다. 일족이 건너고 있는 로프를 무자비하게 절단하고 100명 이상을 살해한 우리들에게 풀고 싶은 원한 또한 있을 터인데.

“……고마워요.”

겨우 그렇게 말하고 아스나는 몸을 돌렸다.

뒤에서 정합기사 셰이타의 목소리가 들려왔다.

"나도 여기 남겠어."

왠지 그렇게 될 것을 예측하고 있던 아스나는 고개를 돌려 회색의 여기사를 향해 살짝 미소를 지었다.

"알겠습니다. 최후방을 부탁드립니다."

***

일족의 투사들이 동서로 나눠 유지하고 있던 돌파구를 밤색 머리의 신비한 분위기를 지닌 여기사와 700명 정도까지 줄어든 인계군이 빠져나가는 모습을 이스칸은 아무 말 없이 보고 있었다.

그들이 일으킨 흙먼지에서 시선을 돌려 옆에 선 회색 정합기사를 쳐다보았다.

"……괜찮겠어, 여자?"

"이름은 벌써 말했을 텐데?"

찌릿 노려보자 이스칸은 어깨를 움츠리며 다시 말했다.

"괜찮겠어, 셰이타? 살아서 돌아가지 못할 수도 있어."

새 갑옷을 입은 가녀린 몸의 기사도 어깨를 움츠렸다.

"당신을 베는 건 나야. 저런 녀석들에게 양보할 순 없어."

"흠, 그거 좋군."

이번에는 이스칸이 활짝 웃었다.

개죽음 당하는 동료들을 구하고 싶다. 그것만을 생각하던 자신이 붉은 군대로부터 인계군을 지키기 위해 부족 전체의 운명을 걸게 된 사실은 아무리 생각해도 신기했다. 그러나 가슴속에는 상쾌한 바람이 일고 있었다.

——뭐, 나쁘진 않아. 이런 식으로 죽는 것도.

세계 전체를 구하기 위해서라면 고향의 꼰대와 동생들도 이해해주겠지.

"좋았어!! 너희들, 기합 넣어야지!!"

즉시 우라아——!! 하는 커다란 함성이 돌아왔다.

"원진을 짜라!! 모든 방향을 지켜!! 다가오는 멍청이들은 산산조각을 내는 거다!!"

"뜨거워지는군요, 챔피언!"

소리도 없이 등 뒤 정위치로 돌아온 단파가 피투성이가 된 주먹을 뚜둑뚜둑 울렸다.

***

남쪽 언덕을 넘어 보급대가 기다리는 숲으로 철수하면서 아스나는 소년기사 렌리로부터 기사장 베르쿨리가 세 마리의 비룡과 함께 황제 벡터를 추적 중이라는 것을 들었다.

"……따라잡을 수 있을까요?"

아스나의 질문에 렌리는 아직 어린 티가 남은 얼굴에 심각한 표정을 띠며 대답했다.

"솔직히 미묘해요. 원칙적으로는 비룡은 같은 속도로 날고 같은 시간에 휴식을 취해야 하지 않으면 안 되니까요……. 그렇지만 황제 벡터의 비룡은 앨리스 님까지 나르고 있으니 천

명의 소모는 조금이나마 많을 겁니다. 반대로 기사장 각하는 세 마리의 용을 바꿔 타면서 피로를 줄일 수 있으니 조금씩 거리는 줄어들겠죠……."

그렇게 된다면 남은 일은 벡터가 종말의 제단에 도착하기 전에 기사장이 따라잡기만을 기도할 수밖에 없다.

그렇지만 다행히 황제를 따라잡는다고 해도――.

기사장 베르쿨리는 암흑신 벡터를 혼자서 이길 수 있을까?

습격자들이 슈퍼 어카운트로 로그인할 줄은 몰랐던 아스나는 벡터에게 부여된 능력 또한 알지 못했다. 그러나 스테이시아의 지형 조작과 동등한 힘을 벡터가 가지고 있다면――, 아무리 일기당천인 정합기사의 대장이라고 해도 일대일 전투에서는 어려울 것이다.

거기까지 생각했을 때 렌리가 단호한 목소리로 말했다.

"만약 따라잡을 수 있다면 기사장 각하는 반드시 앨리스 님을 되찾을 겁니다. 그분은 세계 최강의 검사니까요."

"……네, 그렇겠죠."

아스나도 끄덕 하고 힘차게 고개를 움직였다.

지금으로선 믿을 수밖에 없다. 언더월드 사람들의 강한 의지를 조금 전 직접 목격하지 않았던가?

"그렇다면 저희들도 모두 남쪽으로 가죠. 다행히 여기서부터는 계속 평탄한 토지가 계속되는 모양이니까요. 베르쿨리 씨를 따라잡지는 못하더라도 뭔가 도움이 될지도 몰라요."

"알겠습니다, 아스나 님. 바로 출발 준비를 시키겠습니다."

렌리는 달리는 속도를 높여 먼저 숲 속으로 사라졌다.

≪언더월드 대전≫ 전황
≪최종 부하 실험≫ 이틀째
동쪽 대문
정합기사
파나티오
오크 족
릴피린
황제 본진
아스나가
만들어낸
협곡
정합기사
듀솔버트
공격
아스나
권투사 길드장
이스칸
미국인 플레이어로 구성된
암흑기사
협력
암흑신
벡터
정합기사
앨리스
유 적
인계군 미끼부대
벡터
추적에 나섬
정합기사
베르쿨리
월드 엔드 얼터를
향하는 중
정합기사
렌리
정합기사
셰이타
소녀연사
로니에
소녀연사
티제
키리토
(심신상실 상태)
월드 엔드 얼터

러스트/쿠루스 타츠야

그 뒷모습을 지켜보면서 아스나는 자신에게 되뇌었다.

키리토와 그가 지키려고 한 앨리스, 그리고 인계인들을 반드시 지켜내야만 해. 아무리 많은 상처를 받는다 하더라도――. 아무리 큰 고통을 받는다 하더라도.

***

그 무렵――.

현실세계의 태평양 위에 떠 있는 해양연구용 자주 메가플로트 오션 터틀의 메인 컨트롤 룸에서는 습격팀의 전자전 담당 대원인 크리터가 미국인 플레이어로 구성된 제2진 2만 명을 새로 언더월드에 다이브시키려고 하고 있었다.

그러나 그 좌표는 가브리엘 밀러의 현재 위치를 쫓다보니 제1진을 투입한 지점보다도 남쪽으로 10킬로미터 정도 변경되어 있었다.

2

"……헉!!"

날카로운 숨소리와 함께 바사고 카살스는 몸을 일으켰다.

뒤로 묶은 머리카락을 헝클이며 주위를 재빨리 확인했다.

둔하게 빛나는 금속의 벽. 미끄럼 방지용 수지 가공이 되어 있는 바닥. 어두침침한 공간 속에 뿌옇게 떠 있는 무수히 많은 모니터와 인디케이터.

그리고 눈앞의 의자에 앉아 있는 마른 빡빡머리 남자를 뚫어져라 쳐다본 뒤에야 바사고는 드디어 이곳이 오션 터틀의 메인 컨트롤 룸이라는 것을 인식할 수 있었다.

빡빡머리 남자――크리터는 흥 하고 코웃음을 치더니 높은 목소리로 말했다.

"어라라, 눈을 떴군 그래. 뇌세포가 다 탔을 줄 알았는데 말이야."

"……Shut the fuck up(닥쳐)!"

중얼대는 목소리로 대꾸하면서 자신의 몸을 살폈다. 벽 쪽에 놓인 얇은 매트리스 위에 누운 상태였고 배에는 아무렇게나 재킷이 걸쳐져 있었다.

대체 뭐가 어떻게 된 거지? 하고 강하게 머리를 흔들자 머릿속이 찌잉 아파왔다. 다시 욕설을 내뱉으며 방 반대편 쪽에서 둥그렇게 앉아 카드놀이를 하고 있는 몇 사람의 대원에게 소리를 질렀다.

"이봐, 누구 아스피린 없어?"

그러자 수염이 난 돌격대원 브리그가 아무 말 없이 주머니를 뒤지더니 작은 플라스틱 병을 던졌다. 한쪽 손으로 받아들고 뚜껑을 비튼 다음 알약을 대충 입에 털어 넣고 씹었다.

혀가 마비될 정도의 쓴맛에 기억이 조금씩 선명해졌다.

"그렇군……. 나는 끝이 없는 깊은 낭떠러지에 그대로 떨어져서……."

혼자 중얼거리자 크리터가 히죽거리며 물었다.

"대체 저쪽에서 어떤 식으로 죽은 거야? 여덟 시간이나 정신을 못 차리다니 말이야——."

"여……, 여덟 시간?!"

깜짝 놀란 바사고가 두통도 잊고 벌떡 일어났다.

왼쪽 손목에 찬 G쇼크를 노려보자 일본 표준시로 오전 6시 3분. ——일본의 이지스함 ≪나가토≫에서 무장한 자위대원들이 오션 터틀에 들이닥칠 타임 리미트까지 약 열두 시간 정도밖에 남아 있지 않았다.

아니, 그것보다도——.

여덟 시간이나 실신해 있었다면 시간이 가속되어 있는 언더월드에서는 몇 개월이나 되는 시간이 지났을 것이다. 인계 대 암흑계의 전쟁은……, 그리고 ≪앨리스≫ 포획 미션은 어떻게 되었을까?

그러나 크리터는 바사고의 생각을 꿰뚫어본 것처럼 쯧쯧 하고 혀를 찼다.

"그렇게 안달복달할 필요 없어. 안심해, 네가 거기서 죽은 시점에 시간가속은 동일 배율까지 떨어졌으니까.”

“도……, 동일 배율?”

그렇다면 저쪽의 상황은 그다지 변하지 않았을 것이다. 아니 그래도 그것은 그것대로 큰 문제 아닌가?

“이봐, 네눈박이! 알고는 있는 거야? 이제 열두 시간 뒤면 JSDF의 해병대가 쳐들어올 거라고!”

멱살을 잡고 흔들어대는 바사고의 손을 짜증스럽게 치우며 크리터가 대답했다.

“당연하잖아. 이건 전부 밀러 대장님의 지시야.”

이어서 설명해준 ≪작전≫은 산전수전 다 겪은 VRMMO 플레이어인 바사고조차 놀라지 않을 수 없는 것이었다.

습격팀을 지휘하는 가브리엘 밀러는 다크 테리토리 동부의 수도 옵시디아에 있는 시스템 콘솔로부터 멀리 떨어지기 전 현실세계의 크리터에게 몰래 지시를 해놓았던 것이다.

법 규제를 무시한 신규 하드코어 VRMMO——물론 언더월드를 의미하는 것이었지만——의 베타테스트 고지 사이트를 작성하고 접속용 클라이언트 프로그램을 준비해둘 것. 그리고 7월 7일 오전 0시를 기준으로 가속 배율을 동일 배율까지 떨어뜨리고 이와 병행해 전미 지역에서 베타테스터의 모집을 개시하라는 것이었다.

“……잠겨 있는 이 콘솔로는 대장과 당신의 좌표 그리고 유닛의 대략적인 분포밖에 알 수 없으니까 말이야. 그래서 이 작전은 인계측 저항이 예상보다 심할 경우의 보험이었던 거지.”

크리터는 길고 가는 손가락을 키보드 위에서 놀려 정면 모니터에 언더월드 전체 지도를 띄웠다.

꼭짓점이 둥그스름한 역삼각형 형태의 세계지도 동쪽 끝에서 두 개의 붉은 선이 서쪽으로 뻗어 나와 있었다.

"이게 너와 대장의 이동 로그야. 그러니까 네 녀석은 엠파이어 동쪽 게이트 근처를 방황하다가 여기서 죽은 거지."

붉은 라인 중 하나가 ≪동쪽 대문≫에서 남쪽으로 조금 떨어진 지점에서 × 자와 함께 끊어져 있었다.

"그렇지만 대장은 현재 네 사망 지점을 지나 훨씬 더 남하했어. 그것도 다크 테리토리의 모든 군대를 북쪽에 버리고 단독으로 말이야. 이게 무슨 뜻인가 하면……."

"≪앨리스≫를 쫓고 있거나 아니면 이미 붙잡았거나 둘 중 하나겠지."

바사고가 중얼거리자 크리터도 고개를 끄덕이며 설명을 이었다.

"원래 작전상으로는 남은 시간이 여덟 시간까지 줄거나 아니면 휴먼 엠파이어군이 전멸하는 시점에 다시 한 번 가속 배율을 1천 배로 되돌릴 예정이었어. 그렇게만 해도 내부에서는 1년이나 되니까 말이야. 가속을 되돌리게 되면 다이브시킨 US 플레이어들은 동기 오차로 전원 로그아웃되겠지만 전쟁에서 이긴 이상 딱히 상관없겠지!"

"그렇다면 지금 바로 배율을 되돌리는 건 어때? 이미 인계 수비군은 거의 남아 있지도 않을 텐데."

"그게 그렇게 단순하지가 않아. 그러니까, 여기를 봐——!"

크리터는 키를 두드려 맵의 일부를 확대시켰다.

인계와 암흑계를 가르는 동쪽 대문, 그곳에서 남쪽으로 수킬로미터 내려간 지점에 평지와 구릉, 삼림이 늘어서 있었다. 숲은 인계군이 잠복해 있던……, 그러니까 바사고가 죽은 곳이다.

그렇지만 어느 사이엔가 숲과 평지 사이에는 동서로 50킬로미터 이상이나 이어지는 거대한 협곡이 나타나 있었다. 그 협곡 주변에서는 희미하게 꿈틀거리는 극소 도트의 집합체가 빨강, 하양, 검정으로 나눠 표시되어 있었다.

"이 빨강으로 표시된 것이 언더월드에 밀어 넣은 US 플레이어 집단이야. 꽤 많이 줄었지만 아직 2만은 남았어. 그리고 빨강에게 반쯤 포위된 검정이 다크 테리토리군. 4천 정도이려나?"

"이……, 이봐. 아무리 봐도 빨강이 검정을 공격하는 것 같은데?"

"가짜 베타테스트 고지에서는 초리얼한 NPC를 마음껏 죽일 수 있다고만 썼으니까. US에서 다이브한 녀석들은 인계군도 암흑계군도 분간하지 못해. ……그런데 어찌된 일인지 검정이 줄어드는 속도가 예상보다 늦는군. 황제에 절대적으로 충실한 암흑계 군대가 황제에게 소환된 것으로 되어 있는 US 플레이어에게 저항할 리는 없을 텐데 말이야."

"하나씩 천천히 죽이면서 즐기고 있나 보지."

"어쨌거나 이 검정 4천은 조만간 전멸할 거야. 문제는 여기 아주 약간 있는 하양 집단인데……."

크리터가 콘솔을 조작했다. 확실히 남쪽으로 직진하는 황제 벡터, 즉 밀러 대장을 뒤쫓는 것처럼 약간의 하얀 도트가 이동하고 있었다.

"이건 인계군이야. 맵에서는 적어 보이지만 그래도 700은 될 거고. 이 녀석들이 대장을 쫓아가면 귀찮아질 테니 어떻해서든 저지해야 돼!"

"저지하고 싶다 해도……, 어떻게 할 건데?"

바사고의 물음에 직접 대답하지 않고 크리터는 히힛 하고 짧게 웃으며 다시 키를 조작했다.

맵 위에 신규 윈도우가 열렸다. 그곳에는 검은색을 배경으로 거대한 붉은 구름이 꿈틀거리며 움직이고 있었다.

"이 녀석들은 제1차 접속자들에 이어 제2차 접속을 기다리는 US 플레이어들이야. 2만에 도달하면 이 녀석들을 이 인계군 좌표에 보낼 예정이지. 전력비 1대 28이면 단숨에 섬멸하지 않겠어? 그 뒤에 가속을 1천 배로 되돌려도 대장이 앨리스를 붙잡아 최남단에 위치한 시스템 콘솔까지 도착할 시간은 많이 남을 거야."

"……그렇게 잘되면 좋겠지만 말이야."

바사고는 턱을 쓰다듬으며 반박했다.

"네가 생각하는 것 이상으로 인계군은 강하다고. 특히 그 정합기사라는 놈들은 완전히 미친놈들이고. 다크 테리토리군 선발진을 완전히 궤멸시켰을 정도니 말이야. 그러지 않았으면 내가 그렇게 한심하게 당할 리가……."

거기까지 말한 순간.

바사고는 드디어 자신이 누구에게 어떻게 죽임을 당했는지 떠올렸다.

짧게 숨을 몰아쉬며 두 눈을 크게 떴다. 뇌리에 머나먼 밤하늘에서 자신을 내려다보는 여신의 모습이 되살아났다. 자신도 모르게 영어가 아닌 일본어가 튀어나왔다.

"——≪섬광≫……!! 맞아……, 확실해. 그 녀석은 틀림없이 그 여자야……!!"

"뭐? 무슨 소리야?"

의아해 하는 크리터의 빡빡머리를 덥석 붙잡고 바사고는 다시 영어로 소리쳤다.

"이봐, 네눈박이! 네 녀석의 작전과 똑같은 짓을 제2컨트롤에서 농성 중인 라스 녀석들도 하고 있어!! 인계군에게 일본인 VRMMO 플레이어를 보냈다고!!"

"뭐라고——?"

의심하는 듯한 크리터의 표정에도 불구하고 바사고는 음흉한 미소를 한쪽 뺨에 새겼다.

"≪섬광≫ 아스나가 있다는 것은 어쩌면 그 녀석도 다이브했은지 모른다는 거군. ……그렇다면 여기서 가만히 있을 수 없지……. 이봐, 나도 한 번 더 그쪽으로 가겠어! 2만의 원군과 함께 그 하양 집단의 좌표에 내려줘!!"

"돌아가겠다고 해도 네 녀석이 사용했던 흑기사 어카운트는 이제 없어. 원군과 똑같은 병사 어카운트라도 좋다면 얼마든지 있지만."

"어카운트라면 있어……. 딱 적당한 녀석이."

큭큭 하고 웃으며 바사고는 콘솔에 떨어져 있던 에너지바의 포장지를 주워들더니 크리터의 가슴주머니에서 뽑아든 펜으로 재빨리 무엇인가를 썼다.

“이 ID와 패스워드로 일본의 ≪더 시드 연결체≫ 종합 포털에 로그인한 뒤 세이브된 캐릭터를 언더월드에 컨버트해. 그걸 사용해 다이브하겠어.”

그렇게 말하고 비사고는 STL실로 이어지는 문을 향해 몇 걸음 달렸다.

그러나 금세 발걸음을 멈췄다.

다시 돌아보는 바사고의 입가에는 뛰어난 실력의 네트워크 범죄자인 크리터조차도 움찔할 수밖에 없는 냉혹하고 잔인한 웃음이 떠올라 있었다. 마치 몇 초 전까지의 무식하지만 명랑하고 시끄럽던 용병의 얼굴이 단순한 하나의 페르소나였던 것처럼.

바사고는 고양이처럼 아무 소리도 내지 않고 콘솔까지 돌아오더니 크리터의 귀에 추가 지시를 짧게 속삭였다. 몇 초 뒤 이번에야말로 바사고를 삼킨 STL실의 문을 멍하니 바라보는 해커의 손에는 작은 종잇조각만 남아 있었다.

종이에는 세 개의 알파벳 문자와 여덟 자리의 숫자가 적혀 있었다. S, A, O라고 이어지는 그 문자열이 지닌 의미를 크리터가 알 리는 없었다.

***

출발 준비를 하는 위사들 사이를 빠져나와 보급대 마차에 올라탄 아스나가 본 것은 옆으로 쓰러진 은색의 휠체어와 왼손을 가늘게 움직이는 검은 옷 청년, 그리고 그를 누르고 있는 두 명의 소녀들이었다.

발소리에 고개를 든 로니에가 아스나를 확인하자마자 눈물로 얼룩진 뺨을 일그러뜨리며 소리쳤다.

"아……, 아스나 님! 키리토 선배가……. 계속해서 계속해서 밖으로 나가려고 해서……."

아스나는 입술을 깨물며 고개를 끄덕인 다음 바닥에 무릎을 꿇고 키리토의 왼손을 무사한 오른손으로 꼬옥 쥐었다.

"그래……. 앨리스 씨가……, 적의 황제에게 납치되었어. 키리토 군은 그걸 느낀 걸 거야."

"네……? 앨리스 님이?!"

소리친 것은 티제였다. 하얀 뺨이 한층 창백해졌다.

순간의 정적을 깬 것은 키리토의 작고 갈라진 목소리였다.

"아……, 아……."

왼손이 움직이면서 아스나의 다친 왼팔을 만지려고 한다.

"키리토 군……. 나를 걱정해주는 거야……?"

자신도 모르게 그렇게 중얼거렸을 때, 아스나의 부상을 알아차린 로니에가 비명에 가까운 소리를 질렀다.

"아, 아스나 님! 팔이……!!"

"괜찮아. 이 부상은 일시적인 거니까……."

그렇게 말하고 아스나는 팔꿈치 아래가 없는 왼팔을 살짝 들어보였다.

언더월드를 형성하는 ≪니모닉 비주얼≫ 테크놀로지에 관

해서는 라스의 히가 타케루에게 가볍게 수업을 들은 적이 있었다. 모든 오브젝트는 ALO와 동일한 더 시드 프로그램에 의해 형성된 것이었지만 STL을 사용해 다이브한 아스나와 키리토, 그리고 티제 등의 인공 프럭트라이트에게 이쪽 세계의 만물은 메인 비주얼라이저로부터 로드된 ≪공유기억≫인 것이다. 이미지네이션에 의해 구현화된 또 하나의 현실.

슈퍼 어카운트 스테이시아에 부여된 천명, 즉 히트 포인트는 막대한 양이었다. 설정 가능한 숫자의 거의 상한선에 있는 까닭에 통상적인 무기에 의한 공격이라면 아무리 칼에 찔린다고 해도 천명이 제로가 될 수 없었다.

그러나 붉은 병사가 휘두르는 거대한 전투용 도끼에 왼팔을 직격당하는 순간 아스나는 진심으로 무서웠다. 이렇게 큰 도끼를 맞으면 팔이 절단될 거라고 스스로가 상상하는 바람에 이미지네이션이 그것을 현실로 바꾼 것이다.

키리토의 오른팔 역시 마찬가지였다. 수치적인 천명은 이미 회복했지만 팔은 복원되지 않았다. 그것은 키리토 본인이 자신을 계속 벌하고 있기 때문이었다.

아스나는 자신의 오른손을 붕대가 감긴 왼팔 절단면에 살짝 대었다.

의식을 집중하고 자신에게 강하게 되뇌었다.

이제 나는 두 번 다시 겁을 먹지 않을 거야. 키리토 군을, 그리고 이 세계를 지켜낼 때까지 누구에게도……, 무엇에게도 지지 않을 거야.

화악 하고 부상 부위에 하얀 빛이 떠올랐다. 따뜻한 빛은 소리도 없이 앞으로 뻗으며 잃어버린 왼팔을 복원시켰다.

기적을 보는 것처럼 눈을 동그랗게 뜬 두 명의 소녀에게 미소를 지으며 아스나는 원래대로 돌아온 왼손으로 살짝 키리토의 머리를 안고 사랑하는 사람에게 속삭였다.

"보이지? 나는 괜찮아. 앨리스 씨 역시 반드시 구출해낼게. 그러니까……, 그때는 키리토 군도 자신을 책망하는 것을 그만둬……."

말이 전달되었는지 아닌지는 알 수 없었지만 경직되어 있던 야윈 몸이 조금씩 풀리는 것이 느껴졌다. 아스나는 한 번 강하게 키리토를 안은 뒤 살짝 고개를 들었다.

"우린 이제 적 황제를 쫓을 거야. 지금 베르쿨리 씨가 비룡으로 추적하고 있으니까 틀림없이 어딘가에서 따라잡을 거야. 그때까지 키리토 군을 부탁해……. 로니에 씨, 티제 씨."

"아……, 네!"

"맡겨주세요, 아스나 님!"

고개를 끄덕이는 소녀들에게 미소를 지은 뒤 아스나는 눈물을 참으며 키리토를 로니에에게 맡기고 마차에서 내렸다.

그러자 마침 그곳에 어젯밤 추억 폭로대회에 아스나, 로니에와 함께 참가한 장신의 여성 검사가 달려왔다. 은색 갑옷은 피와 흙먼지로 더러워져 있었고 이마에 붕대를 감고 있었지만 심한 부상은 아닌 모양이었다.

"다행이다. 무사했구나, 솔티리나 씨."

아스나가 말을 걸자 검사는 재빨리 언더월드풍 경례를 하면서 대답했다.

"아스나 님도 무사하셔서 정말 다행입니다……. ──그런데 조금 전 들었습니다만 앨리스 님이 적의 총대장에게 붙잡혔다고……."

"맞아, 조금 전 티제 씨 일행에게도 전했지만 황제 벡터는 자신의 군대를 모두 버리고 혼자 앨리스 씨를 습격했어. 나도 그가 그렇게 나올 줄은 몰랐어……."

"……어떻게 그럴 수가……."

놀라며 눈을 크게 뜨는 솔티리나의 오른쪽 어깨를 아스나는 막 치유된 왼손으로 강하게 잡았다.

"그렇지만 아직 끝난 건 아니야. 베르쿨리 씨가 비룡으로 벡터를 쫓고 있어. 우리도 바로 쫓아야 돼."

"알겠습니다."

마주 보고 고개를 끄덕인 뒤 두 사람은 수비군 미끼부대 본진으로 향했다.

정합기사 렌리의 지시에 따라 700명의 위사들은 이미 이동 준비를 거의 마친 상태였다. 부상자의 치료를 마친 주술대와 보급대를 중심으로 원활하게 대열이 꾸며졌다.

준비 완료를 보고하는 렌리에게 아스나가 말했다.

"지금 부대에 남은 정합기사는 렌리 씨 당신뿐이에요. 출발 지시는 지휘관인 당신이……."

"아……. 네, 알겠습니다."

긴장한 표정을 지으면서도 고개를 끄덕인 소년기사는 오른손을 높이 들고 잘 울리는 목소리로 소리쳤다.

"앨리스 님은 대문 전투에서 우리를 지켜주셨다! 이번에는 우리가 앨리스 님을 위해 싸울 차례다! 반드시 적의 손에서 앨리스 님을 탈환해 함께 인계로 돌아가자!!"

와아!! 하는 힘찬 함성이 솟아올랐다. 렌리는 고개를 끄덕이며 날카롭게 오른손을 내렸다.

"――전군, 출발!!"

대열의 선두를 렌리의 비룡인 카제누이가 달리기 시작했다. 400명의 전위부대가 기마와 도보로 그 뒤를 이었고 보급물자를 실은 여덟 대의 마차와 300명의 후위부대도 순서대로 이동을 개시했다.

딱 한 마리 정합기사 셰이타의 비룡만은 도무지 그 자리에서 움직이려고 하지 않았다. 어쩔 수 없이 고삐를 풀어주니 주인의 머리카락처럼 회색 비늘을 가진 비룡은 꾸루룩 하고 한 번 운 뒤 반대 방향인 북쪽――. 셰이타가 남은 협곡 남쪽의 전장을 향해 날아갔다.

마차 대열 앞에서 솔티리나와 함께 말 등에서 흔들리며 아스나는 생각했다.

싸워야 할 적은 황제 벡터 오직 한 사람.

그의 정체는 아스나와 마찬가지로 일시적으로 생명을 부여받은 현실세계인이었다. 그렇다면 어떤 일이 있더라도 반드시 쓰러뜨려야 했다. 붉은 병사들의 추격을 막기 위해 사지에 남은 기사 셰이타와 외눈의 권투사 단장, 그리고 4천의 권투사들을 위해서라도.

몇 분 뒤 고목이 울창한 숲이 끝나고 전방에 절구 모양의 거대한 분지가 모습을 드러냈다. 마치 크레이터 같은 지형을 관통해 좁은 길이 남쪽으로 곧게 이어져 있었다.

RPG의 규칙에 따르면 길이 끝나는 곳에는 도시나 유적 같은 어떠한 고유 포인트가 설정되어 있을 것이었다. 그러나 다크 테리토리 남부에 악인들의 영토는 존재하지 않는 모양이었다. 즉 이 길이 끝나는 곳에 ≪종말의 제단≫ 즉 월드 엔드 얼터가 있을 것이고 그 길 어디엔가 황제 벡터와 정합기사 앨리스가 있을 것이었다.

황제의 비룡은 물론 그들을 쫓는 베르쿨리의 비룡도 이미 보이지 않았다. 그러나 700까지 줄어든 인계군 위사들은 지면을 울리며 가능한 빠른 속도로 마른 길을 돌진하고 있었다.

크레이터 경계를 넘어 내리막을 내려가 절구의 바닥 부분에 부대가 도착했다. 바로 그때.

무엇인가가 낮에 진동했다.

부우웅……, 하는 벌레의 날개 소리 같은 진동음.

"…………?"

아스나가 힐끗 시선을 돌렸다. 좌우를 돌아보고 뒤쪽까지 확인했다.

다시 정면에 시선을 돌린 다음에야 드디어 소리의 발생지를 확인할 수 있었다.

붉고 가느다란 라인.

랜덤으로 깜박이는 작은 폰트의 나열이 하늘에서 몇 백 줄기나 지면을 향해 내려오고 있었다.

"……거짓말……."

입술이 떨리며 가느다란 목소리가 흘러나왔다.

——거짓말. 안 돼, 이제 더 이상은.

그러나.

쏴아아아아!!

하는 소나기와도 비슷한 굉음이 일거에 작렬했다. 붉은 라인은 좌우로 벌어지면서 무수히 쏟아졌다. 크레이터의 경계선을 따라 고밀도 스크린을 이루며 부대를 완전히 가두었다.

더 이상 두려워하지 않겠다고 맹세했지만 아스나의 두 다리에서 스륵 힘이 빠졌다.

라인이 떨어진 지점에 차례차례 나타난 것은 그 흉폭한 심홍색 군단——. 현실세계에서 소환된 VRMMO 플레이어들이 분명했다.

"저……, 전군, 멈추지 마라! 돌격!! 돌격——!!"

선두에서 정합기사 렌리가 지시를 내렸다. 동요하던 인계군 여기저기서 "우와아!" 하는 함성이 솟았고 이동속도가 빨라졌다. 부대는 크레이터의 사면을 똑바로 오르기 시작했다.

그러나 마치 그렇게 나올 것을 예측했던 것처럼 새로 등장한 붉은 군대는 크레이터 남쪽에 가장 많이 배치되어 있었다. 길을 막고 있는 병사만 해도 천……, 아니 2천은 되어 보였다.

로그아웃될 위험을 무릅쓰더라도 다시 한 번 스테이시아의 지형 조작 능력을 사용해야 할까? 그러나 함부로 손을 대었다가는 인계군의 행진까지 방해할 수도 있었다.

순간적으로 주저하던 아스나의 의식을 비룡의 울음소리가 깨웠다.

대열 선두에 있던 기사 렌리가 모는 카제누이가 입 양쪽으로 화염을 내뿜으며 단숨에 돌진했다.

“안 돼……, 렌리 님은 지금 자신을 희생해 돌파구를…….”

아스나의 옆에서 비통하게 소리치는 솔티리나의 말을 들은 것처럼 비룡의 등에서 렌리가 슬쩍 이쪽을 보았다.

——뒤를 부탁합니다.

소년의 입술이 그렇게 움직였다.

다시 전방으로 고개를 돌린 기사는 허리에서 한 쌍의 아름다운 부메랑을 꺼내 두 손에 쥐었다.

그것을 투척하기 직전.

크레이터 바로 위에서 갑자기 하늘의 색이 바뀌었다.

피처럼 붉게 물든 다크 테리토리의 하늘이 십자 형태로 갈라지더니 그 안쪽에서 푸른 청공이 펼쳐지는 것이 아스나의 눈에 들어왔다.

크레이터 주변에 밀집되어 당장이라도 돌진하려던 무수히 많은 붉은 병사들도 돌진을 계속하는 인계병들도 선두를 달리던 기사 렌리조차도 동시에 하늘을 올려다보았다.

마치 우주까지 이어진 듯 보이는 무한한 창공.

그 저편에서 하얗게 빛나는 별이 내려왔다.

아니, 그것은 사람이었다. 하늘과 마찬가지로 짙은 감색 갑옷에 구름처럼 하얀 치마. 격렬하게 흔들리는 짧은 머리는 하늘색. 하얗게 빛나는 것은 왼손에 쥔 거대한 장궁이었다. 얼굴은 역광 때문에 잘 보이지 않았다.

——누구……? 당신은 누구인가요?

아스나의 소리 없는 질문에 대답하는 것처럼.
하늘에서 내려온 그는 자신의 키만큼이나 큰 장궁을 하늘을 향해 겨눴다.
오른손이 몽롱하게 빛나는 시위를 잡아당겼다.
한층 더 강렬한 섬광. 활과 시위 사이에 순백으로 반짝이는 빛의 화살이 나타났다.
인계군도 붉은 보병들도 어느 사이엔가 발걸음을 멈추고 있었다. 모두가 말을 잊은 듯 정적이 어어지는 가운데 옆에 있던 솔티리나가 다시 속삭였다.
"……솔루스 님……?"
마치 그 말에 대답이라도 하는 것처럼.
눈부신 빛의 화살이 하늘을 향해 수직으로 발사되었다.
그것은 순식간에 분열되어 모든 방향으로 확산되었고.
날카로운 각도의 호를 그리며 턴하더니 백열하는 레이저 광선으로 변해 지상으로 쏟아졌다.

위사장 솔티리나 세루루트의 말은 절반만 맞는 것이었다.
크레이터 상공에 출현한 아니 로그인한 현실세계인이 사용한 것은 슈퍼 어카운트 02 ≪태양신 솔루스≫.
부여된 고유능력은 ≪광범위 섬멸공격≫이었다.

***

시논, 즉 아사다 시노는 자신이 만들어낸 압도적인 파괴현상을 전율과 함께 내려다보면서 히가라는 이름의 기술자와 한 통화를 떠올리고 있었다.

『저기, 시논 씨. 슈퍼 어카운트는 분명 강력하지만 결코 만능인 것은 아닙니다. 불가피하게 언더월드에서 대규모 오퍼레이션을 실행해야 하는 경우 그쪽 세계 주민들이 어렵지만 받아들일 수 있게끔 준비한 것이니까 말입니다.』

『저기……, 그 말씀은 GM(게임 마스터)이 아니라 극히 강력한 PC(플레이어 캐릭터)일 뿐이라는 건가요?』

수수께끼의 벤처기업 라스의 록폰기 지부에서 초기 풀다이브 실험기를 닮은 거대한 STL 머신에 누운 시노는 스피커에서 들려오는 히가의 목소리에 그렇게 되물었다. 그러자 들려온 것은 딱 하는, 아마도 손가락을 튕기는 소리였다.

『예스, 아주 정확한 표현입다. 그러니까 당신이 사용할 ≪솔루스≫ 어카운트도 언더월드에 설정된 리소스의 대원칙에서는 벗어날 수 없습다. 활에 의한 공격을 실행할 때는 아무래도 공간 리소스의 소비가 필요할 겁다. 자동 리차지 능력이 있으니까 낮이라면 에너지의 고갈은 있을 수 없겠지만 연사는 불가능하다고 생각해주세요.』

히가가 말한 대로 시논이 왼손에 쥐고 있는 순백의 장궁은 대규모 공격 직후부터 광채가 줄어들었다. 양쪽 끝부터 다시 발광 이펙트가 회복되고 있었지만 다시 전력을 다한 공격을 하기 위해서는 앞으로 2, 3분은 더 걸릴 것이다.

——연사가 불가능? 흥, 이거면 충분해.

전자동보다 단발 무기 쪽이 느낌이 더 좋으니까.

마음속으로 그렇게 큰 소리를 치고 시논은 폭염이 잦아드는 지상의 모습을 확인했다.

지름이 1킬로미터는 되는 크레이터 주변으로 시커멓게 탄 사체가 계속해서 빛이 되어 소멸하고 있었다. 한 번의 전력 공격으로 5천 이상의 적병을 배제한 모양이었다. 그들이 진짜 언더월드 사람들이 아니라 시논처럼 현실세계에서 로그인한 미국인이라는 사실은 솔직히 다행스러운 일이었다. 무료 베타테스트라고 생각하고 접속하자마자 불에 타 죽은 플레이어들은 지금쯤 분노로 부들부들 떨고 있겠지만 말이다.

크레이터 중앙에는 붉은 군대와 비교하면 너무나도 적은 소규모 부대가 다시 전진을 시작하고 있었다. 적은 여전히 1만 이상이나 남아 있었지만 그중 절반 가까이는 다음 공격…… 이라고 할까 폭격이 두려워 상공의 시논을 쳐다본 채 움직이지 않는 까닭에 어떻게든 포위는 돌파할 수 있을 것 같았다.

시논은 두 눈을 가늘게 뜨고 ≪인계≫의 대열을 응시했다.

금세 대열 한가운데쯤에서 하얀 말을 타고 똑바로 이쪽을 바라보는 밤색머리 소녀를 찾아냈다.

자신도 모르게 미소를 지으며 시논은 솔루스 어카운트에 부여된 또 하나의 고유능력 ≪무제한 비행≫을 제어했다. 히가가 '이미지의 힘으로 나는 거지 말입다'라고 했을 때는 너무 무모하다고 생각했지만 해보니 ALO의 자유비행과 큰 차이는 없었다. 소녀의 바로 뒤쪽에 있는 마차를 목표로 일직선으로 내려갔다.

군청색 부츠 바닥이 캔버스지로 된 마차 지붕에 닿는 것과 동시에 오른손을 들며 소리쳤다.
"많이 기다렸지, 아스나?"
그러자 진주색 아머드레스를 두른 소녀의 눈동자에 진주 같은 눈물이 솟아올랐다. 달리는 말 등 위에 곡예를 부리듯 올라서더니 마차 지붕 위로 훌쩍 날아와서는,
"————시노논……!!"
쥐어짜는 듯한 목소리를 내며 두 팔을 벌렸다.
힘껏 안긴 시논은 친구의 가녀린 등을 부드럽게 두드리며 속삭였다.
"정말 고생했어. 이제 괜찮아……. 다음은 나에게 맡겨."
자신보다 조금 키가 큰 아스나에게 안긴 채 드디어 2할 정도 충전된 왼손의 활을 전방으로 향한 다음 오른손으로 가볍게 시위를 당겼다.
솔루스 어카운트에 부여된 GM 장비, 장궁 ≪애니힐레이트 레이≫는 시위를 당기는 강도로 공격의 위력을, 활의 각도로 공격범위를 설정했다. 10센티미터 정도 당기고 손을 멈추니 조금 전보다는 훨씬 가는 빛의 화살이 출현했다. 시논은 화살의 끝을 부대 선두에서 내달리는 커다란 용을 막아서는 적 집단에 조준했다.
파슛 하는 상쾌한 발사음.
오른쪽으로 20도 정도 기울어진 활에서 발사된 광선은 분열하며 직경 10미터 범위에 착탄, TOW 미사일도 울고 갈 정도의 폭발을 일으켰다. 붉은 갑옷이 하늘 높이 솟아올라 공중에서 소멸했다. 그렇게 만들어진 틈새에 재빨리 용이 돌입.

남아 있던 십수 명의 병사들도 용의 머리에 채이고 발톱에 차여 꼼짝 못하고 쓰러졌다.

그때가 되어서야 남은 적병들이 레이저 공격의 쇼크에서 벗어나 죽여야 할 사냥감이 도망치려고 하는 사실을 깨달은 모양이었다. 입으로 욕설을 퍼부으며 병사들이 붉은 해일이 되어 크레이터 사면을 내려왔다.

시논은 활을 어깨에 걸더니 아스나의 양쪽 어깨에 손을 대고 살짝 몸을 밀었다.

"아스나, 여기서 5킬로미터 정도 남쪽으로 떨어진 곳에 유적 같은 폐허가 있었어. 길은 그 유적 한가운데를 통과하고 좌우로는 커다란 석상이 여럿 서 있었어. 그곳이라면 포위를 당하지 않고 적에게 반격할 수 있을 거야. 어떻게든 그곳에서 이 녀석들을 격퇴하도록 해."

아스나 또한 역시나 역전의 용사였다. 시논의 말을 듣자마자 바로 표정을 굳혔다. 눈물을 닦고 아스나가 입을 열었다.

"알았어, 시노논……, 시논. 아무리 미국에 VRMMO 인구가 많다고 해도 더 이상은 금방 준비 못 할 거야. 저 만 몇 천 명만 격퇴하면 적에게 더 이상의 수단은 없을 거라……고 생각해."

"알았어, 맡겨줘. ……그럼 그건 그렇고……."

인계군의 최후방이 겨우 적의 포위를 벗어난 것을 확인한 뒤 시논은 작은 목소리로 친구에게 물었다.

"……저기, 키리토는, 이 부대에 있는 거야?"

그 말에는 아스나도 희미하게 쓴웃음을 지었다.

"이제 와서 그렇게 어색하게 묻지 않아도 돼. 키리토 군은 여기."

아스나의 오른손 집게손가락이 두 사람의 발아래를 가리켰다. 마차 안이라는 의미였다.

"아, 그래? 그럼……, 잠깐 인사를 하고 올게."

콜록, 한 차례 헛기침을 한 뒤 시논은 대형 마차를 덮은 포장 뒤편으로 이동한 다음 살짝 비행 능력을 사용하여 마차 안으로 들어갔다.

아스나가 올 때까지 기다린 뒤 쌓여 있는 나무상자 안쪽으로 향했다.

먼저 눈에 들어온 것은 학교 교복을 연상시키는 의상 위에 방어구를 몸에 걸친 두 명의 소녀들이었다. 똑같이 두 눈을 동그랗게 뜨고 작은 목소리로 입을 열었다.

"소……, 솔루스 님……?"

시논은 슬쩍 자신의 화려한 의상을 내려다본 뒤 어깨를 움츠리며 인사했다.

"안녕, 처음 만나는 거지? 솔루스와 비슷하지만 내용물은 달라. 내 이름은 시논이라고 해."

억지로 미소를 띠며 이름을 밝히자 두 사람은 눈만 깜빡였지만 뒤에 있는 아스나를 보고 무엇인가 깨달은 모양이었다. 시논도 고개를 끄덕이며 말을 이었다.

"그래, 나도 아스나와 마찬가지로 리얼월드 사람이야. 그리고 키리토의……, 친구이고."

"그렇……군요."

붉은 머리 소녀는 놀란 얼굴 그대로였지만 고동색 머리 소녀는 왠지 미묘한 표정을 짓더니 작은 목소리로 "여자만 잔뜩……"이라고 중얼거렸다.

이 정도로 놀라면 안 될 텐데……. 살짝 쓴웃음을 지은 뒤 시논은 좌우로 갈라선 소녀 사이를 지나 마차 안쪽으로 들어갔다.

그곳에는 소박한 휠체어에 앉아 한쪽밖에 없는 팔로 두 자루의 장검을 안은 검은 옷의 젊은이의 모습이 있었다.

키리토의 상태는 히가 타케루로부터 설명을 들었다. 그러나 이렇게 상처 받은 모습을 보자 가슴이 먹먹해지고 두 눈에서는 눈물이 솟았다.

"……아……."

허무한 눈동자는 시논을 직시하지 않았지만 조금 벌어진 입에서 작은 목소리가 흘러나왔다. 과거 강적이었던 동시에 전우이자 또 목숨의 은인인 키리토 앞에 시논은 조용히 무릎을 꿇었다.

휠체어의 등받이와 팔걸이에 기대어 있는 검사의 몸은 만지는 것이 주저될 만큼 가늘었다. 시논은 장궁을 마차 바닥에 놓고 두 손을 뻗어 가는 어깨를 부드럽게 껴안았다.

키리토의 영혼——플럭트라이트의 핵이라고도 할 수 있는 ≪주체≫, 즉 셀프 이미지가 심하게 손상된 듯하고 회복할 수 있는 수단은 여전히 못 찾은 상태라고 히가는 침울한 목소리로 말했었다.

그러나 시논은 꼬옥 두 눈을 감고 두 뺨에 눈물방울을 흘리며 그런 건 간단하잖아 하고 마음속으로 중얼거렸다.

키리토와 보낸 시간의 기억, 그리고 키리토에 대한 뜨거운 마음이라면 수많은 사람들이 다 품을 수 없을 만큼 가지고 있었다. 그것을 조금씩 모아 키리토의 마음에 돌려주면 될 것이었다.

——어때, 느껴지지……? 내 안의 네가. 비꼬길 좋아하지만 장난도 좋아하고, 완고하면서도 순수한……. 그리고 누구보다도 강하고 상냥한 네 자신이.

뒤에서 지켜보는 아스나조차 일순 잊어버리고 시논은 얼굴을 들어 키리토의 뺨에 부드럽게 입술을 맞췄다.

그때——.

아사다 시노는 자신의 감상적인 사고가 키리가야 카즈토의 영혼을 회복시킬 수 있는 유일한 방법에 종이 한 장 차이까지 육박했다는 사실을 모르고 있었다.

만약 시노에게 언더월드와 플럭트라이트의 구조에 대해 충분한 지식이 있었다면 해답을 찾아낼 수 있었을지도 모른다. 그러나 시노가 다이브 직전에 받은 수업은 이쪽 세계의 현상과 솔루스 어카운트의 사용방법에 머물렀던 것이다.

그런 까닭에 그녀는 입술이 닿은 순간 카즈토가 가늘게 몸을 떨고 전해지는 체온이 미약하나마 상승한 것처럼 느껴진 이유에 대해 깊게 생각하지 않았다.

금세 키리토로부터 몸을 뗀 시논은 일어서서 뒤에 있던 세 사람을 쳐다보았다.
“괜찮아, 키리토는 금방 건강해질 거야. 모두에게 정말로 이 사람이 필요할 때 말이야.”
아스나와 두 사람의 소녀는 눈물을 머금은 채 고개를 끄덕였다.
“그럼……. 난 한 발 먼저 남쪽 유적까지 날아가 지형을 확인하고 올게. 너희들은 키리토를 잘 부탁해.”
그렇게 말하고 마차 뒤로 향하는 시논의 어깨를――.
갑자기 아스나가 꽈악 붙잡았다.
그런 그녀의 눈동자에 무척이나 절박한 빛이 떠오른 것을 보고 시논은 자신도 모르게 숨을 들이마셨다.
“아……, 아스나. 왜……?”
키리토에게 키스한 일을 힐문하려는 건가 순간 생각했지만 물론 그런 것은 아니었고――.
“그, 그게 시논. 방금 ‘날아간다’고 한 거지?! 너……, 날 수 있는 거야?!”
추궁하는 듯한 질문에 당황하면서도 고개를 끄덕였다.
“응……. 솔루스 어카운트의 고유능력이라고 했어. 제한시간 같은 것도 없다고 들었고…….”
“그렇다면 도울 사람은 우리가 아니야! 앨리스를……, 황제에게 붙잡힌 앨리스 씨를 쫓아가!!”
뒤이어 아스나가 설명한 상황은 시논의 상상 이상으로 절박한 것이었다.
모든 열쇠가 되는 정합기사 앨리스가 현실세계로부터 똑같이 슈퍼 어카운트를 사용해 다이브한 황제 벡터에게 납치되었고 머나먼 남쪽으로 비룡을 타고 이동 중이라는 것. 지금 벡터를 쫓고 있는 것은 기사장 베르쿨리라고 하는 검사뿐이라는 것 등등.

"슈퍼 어카운트 상대로는 아무리 기사장이라고 하더라도 혼자서는 짐이 너무 무거워. 만약 황제가 종말의 제단에 도착하기 전에 앨리스를 구출하지 못하면 이 세계는 통째로 파괴되고 말아. 시논, 부탁이야. 베르쿨리 씨를 도와줘!"

즉시 사정을 이해하고 기사장 베르쿨리의 외모를 머릿속에 새긴 시논은 마차에서 직접 이륙한 뒤 단숨에 고도를 높였다.

흙먼지를 일으키며 남하하는 700명의 인계군.

북쪽에서 노도와 같은 기세로 쫓아오는 붉은 군대는 그 스무 배는 될 것이었다.

——앨리스를 되찾으면 곧바로 날아올 테니까 그때까지 힘내……. 아스나.

마음속으로 친구에게 그렇게 말하고 시논은 남쪽으로 방향을 돌린 다음 이미지네이션에 집중해 가속했다. 다음 순간 시논은 하얀 꼬리를 가진 유성이 되어 붉은 하늘을 가르며 날기 시작했다.

눈 아래 끝없이 펼쳐진 검은 황야를 내려다보며 시논은 문득 생각했다.

그러고 보니——.

동시에 로그인한 리파는 어디로 가버린 것일까?

3

정합기사 렌리가 이끄는 인계군, 추격하는 미국인 플레이어.

그들의 위치에서 멀리 북쪽으로 떨어진 곳. 아스나가 생성한 협곡 남단에서는 이스칸과 권두사단 그리고 정합기사 셰이타가 여전히 1만 이상이나 남은 붉은 군대를 상대로 악전고투를 계속하고 있었다.

그 전장에서 다시 북쪽.

격전의 흔적이 생생하게 남아 있고 동쪽 대문이 보이는 황야에 한 사람의 아인이 우두커니 서 있었다.

땅딸막한 몸을 감싼 강철 갑옷. 바람에 휘날리는 가죽 망토. 둥근 머리 양쪽으로는 얇고 커다란 귀가 처져 있었고 납작한 코가 바로 앞으로 튀어나와 있었다.

오크 족의 족장 릴피린이었다.

간신히 살아남은 3천의 병사들을 후방에 대기시키고 혼자 동쪽 대문이 잘 보이는 장소까지 걸어서 온 것이었다. 한 사람의 호위도 붙이지 않은 것은 지면을 기어 다니는 자신의 모습을 보이고 싶지 않아서였다.

몇 시간이나 지면을 뒤진 끝에 릴피린은 드디어 원하던 것을 찾아냈다. 소박한 조각이 들어간 은제 귀걸이였다.

조심스럽게 주워 손바닥 위에 올려놓은 그것은 황제의 명령에 따라 암흑술의 제물이 된 오크 족의 성녀기사 렌쥬의 귀에서 항상 빛나던 물건이었다.

그녀의 유품은 귀걸이뿐이었다. 황야에는 그녀와 함께 죽은 3천의 오크 병사의 시체는커녕 갑옷의 파편조차 남아 있지 않았다. 암흑술사의 무서운 사술이 오크들의 육체는 물론이고 장비까지도 암흑의 힘으로 변환해 남기지 않고 먹어치운 것이다.

그 잔혹하기 그지없는 술식을 행한 여사제 디 아이 엘도 그것을 명령한 황제 벡터도 이미 이곳에는 없었다.

암흑술사 길드의 총장 디는 반격에 나선 ≪빛의 무녀≫의 무섭고도 아름다운 광범위 공격에 휘말려 죽었고 황제는 무녀를 쫓아 남쪽으로 날아갔다. 릴피린에게 대기 명령을 해제하지도 않고.

남은 3천의 오크 병사만으로는 당연히 동쪽 대문을 지키는 인계군과 정합기사에게 이길 수 없었다. 암흑계 다섯 종족의 비원인 인계 정복의 꿈은 사라진 것이다.

——그렇다면.

대체 무엇 때문에?

릴피린의 소꿉친구였던 렌쥬와 산 제물이 된 3천 명, 그리고 대문에서의 첫 전투에 출진했던 2천 명의 오크 병사는 왜 죽어야만 했던 것일까? 그들의 죽음이 암흑계에 무엇을 가져다준 것일까?

대답은 '없다'였다. 전혀, 무엇 하나.

그저 인족보다 추악하다는 이유만으로 5천이나 되는 동족이 허무하게 죽었다.

릴피린은 작은 귀걸이를 두 손으로 가슴에 품고 비틀거리며 지면에 무릎을 꿇었다. 분노, 안타까움 그리고 압도적인 슬픔이 가슴에 치밀어 오르며 점차 눈물과 오열로 변하려고 했다――.

바로 그때.

뒤에서 털썩 하는 가벼운 소리가 들렸다.

당황해서 일어나 고개를 돌린 오크 족 족장의 눈에 들어온 것은 지면에 엉덩방아를 찧고 얼굴을 찌푸린 젊은 인족 여자였다. 선명한 금색의 머리카락, 투명한 하얀 피부, 연두색의 의상에 눈부신 갑옷……. 암흑계 인간이 아니었다. 틀림없는 인계인이었다.

릴피린이 가장 먼저 느낀 것은 갑작스러운 출현에 대한 놀라움도, 인족에 대한 분노도 아닌, 자신을 보지 말았으면 하는 수치심과도 비슷한 감정이었다.

왜냐하면 눈앞의 소녀는 너무나도 아름다웠기 때문이다.

처음 가까이에서 보는 하얀 이움의 젊은 여자는 키가 크고 뼈대가 굵으며 검은 피부를 가진 암흑계 인간 여자와는 완전히 다른 종족으로 보였다. 팔다리는 만지기만 해도 부러질 것처럼 가늘었고, 머리카락은 약한 햇빛 아래에서도 눈이 부시게 빛났으며, 어리둥절한 표정으로 똑바로 쳐다보는 커다란 눈동자는 잘 연마된 비취 같았다.

릴피린은 이 작고 연약한 생물을 떨릴 정도로 아름답다고 생각하는 자신의 감각을 저주했다.

동시에 소녀의 눈동자에 혐오의 빛이 가득 차는 것을 두려워했다.

"보……, 보지 마!! 나를 쳐다보지 마!!"

소리치며 왼손으로 자신의 얼굴을 가리면서 오른손으로 칼자루를 쥐었다.

비명을 지르기 전에 목을 치는 거야.

충동이 시키는 대로 검을 뽑으려고 한 순간, 왼손에 쥐고 있던 귀걸이가 따끔 하고 손바닥을 찌르는 것을 느꼈다. 마치 렌쥬가 말리는 듯한 느낌에 움직임을 멈춘 릴피린의 귀에 생각지도 않은 목소리──. 말이 들려왔다.

"저기……, 안녕하세요. 아니, 처음 뵙겠습니다가 맞으려나?"

가벼운 동작으로 일어나 갑옷을 털며 소녀는 방긋 웃었다.

아연한 표정을 지은 채 릴피린은 얼굴을 가린 주먹 아래로 작은 소녀를 쳐다보며 몇 번이나 눈을 깜빡였다.

소녀의 눈동자에는 혐오도 경멸도, 아니 공포조차 떠올라 있지 않는 것처럼 보였다. 하얀 이움의 아이에게 다크 테리토리의 오크는 사람을 잡아먹는 악마로밖에 보이지 않을 텐데.

"어……, 어째서?"

입에서 튀어나온 그 말은 암흑계 십후 중 한 사람이 한 말이라고는 전혀 생각할 수 없는, 당황하는 느낌이 묻어 있었다.

"왜 도망가지 않는 거지? 왜 비명을 지르지 않지? 인족 주제에 어째서지?"

그러자 이번에는 소녀가 놀란 듯한, 당황한 듯한 표정을 지었다.

"어째서라니……? 그건……."

그리고 마치 땅은 평평하고 하늘은 붉다고 말하는 것처럼 당연한 표정으로 말을 이었다.

"당신도 인간이잖아?"

그 순간 등줄기에 강한 전율이 일었다. 대검의 손잡이를 강하게 쥔 채 탄식하듯 아인의 족장이 말했다.

"이……, 인간? 내가? 무슨 바보 같은 소릴? 보면 알 수 있잖아? 나는 오크라고! 너희들 이웃이 인간돼지라고 놀리는 오크!!"

"그렇지만 인간이야."

가녀린 허리에 양쪽 손을 대고 소녀는 마치 어른이 아이를 나무라는 듯한 말투로 계속 말했다.

"이렇게 이야기를 할 수 있잖아. 그 이상 뭐가 더 필요해?"

"뭐라……고……?!"

어떻게 반박하면 좋을지 릴피린은 알 수 없었다. 녹색 눈동자의 소녀가 자신만만하게 입에 담은 그 말은 지금까지 인족에 대한 열등감과 원한에 가득 차 살아온 오크의 족장에게는 너무나도 이질적이었던 것이다.

……이야기를 할 수 있으면 인간?

≪인간≫에 대한 정의가 그렇게 간단한 것이었나? 말이라면 고블린이나 오우거, 자이언트 역시 할 수 있다. 그러나 거기에 오크를 포함한 네 종족은 암흑계가 만들어진 그 순간부터 아인이라 불리며 인간과는 엄연히 구별되어 왔다.

거친 콧바람을 내쉬며 서 있는 릴피린이 느끼는 충격과 혼란을 소녀는 "그런 것보다……"라는 말로 무시하고 빙글 돌며 주위를 둘러보았다.

"……여긴 어디야?"

***

리파, 즉 키리가야 스구하는 원래의 로그인 좌표로부터 크게 벗어난 곳에 떨어지고 말았다고 추측하며 원망 어린 눈을 들어 붉은 하늘을 쳐다보았다.

할당된 STL 6호기가 막 롤아웃된, 아직 비닐 커버도 벗기지 않은 신품이라는 이야기를 들었을 때부터 불길한 예감이 들었다. 스구하는 새 죽도를 결코 시합에서 사용하지 않았고 마찬가지로 상자에서 막 꺼낸 전자기기도 신용하지 않았다. 어떻게 된 영문인지 옛날부터 초기 불량품을 뽑을 확률이 이상할 만큼 높았던 것이다.

로그인 좌표는 옆에 있는 STL 시작 1호기에 들어간 시논과 마찬가지로 먼저 가 있는 아스나의 현재 위치에 설정되었으므로 근처에 그들의 모습이 보이지 않는 것은 역시 무슨 사고가 일어난 것이 분명했다. 그러나 황량한 들판에 완전히 아무도 없는 것은 아니었다. 눈앞에만 해도 둥근 몸에 돼지를 닮은 얼굴을 한 휴머노이드, 즉 ≪오크≫가 한 사람 서 있었다.

다이브 직후에만 유효한 컬러 마커에 따르면 눈앞에 있는 오크는 당면한 적인 미국인 VRMMO 플레이어가 아니었다. 언더월드에서 생활하는 ≪인공 플럭트라이트≫, 즉 유이가 말했던 진짜 상승식 인공지능인 것이다.

언더월드 사람들에 대해 설명을 들었을 때부터 리파는 어떤 일이 있더라도 정말로 필요한 상황이 아닌 이상 그들을 상대로 검을 뽑지 않겠다고 결심했다.

당연한 일이었다. 오빠인 키리토가 지키려고 한 인간들을 죽일 수 없는 일이었다. 게다가 인공 플럭트라이트는 이쪽 세계에서 죽음을 맞이하면 그 영혼이 완전히 소멸되어 두 번 다시 부활할 수 없었다.

그렇다고 해도――.

눈앞에 서 있는 오크의 리얼함은 다수 존재하는 더 시드 연결체 중에서 최고의 그래픽을 자랑하는 ALO 출신인 리파의 눈에도 경이로울 정도였다. 핑크색의 커다란 코가 움직이는 모양과 촉촉한 습기, 거체를 감싼 금속 갑옷과 가죽 망토의 질감, 그리고 무엇보다 작고 검은 눈동자에 떠오르는 표정의 풍부함은 그 안쪽에 잉태되어 있는 영혼이 의심할 여지없이 진짜라는 사실을 여실히 나타내고 있었다.

왠지 기가 죽은 듯 얼굴을 돌린 오크에게 일단 이곳이 어딘가를 물어보았지만 대답은 돌아오지 않았다. 그렇다면 더 쉬운 것부터 시작해야겠다고 생각한 리파는 다른 질문을 입에 담았다.

***

"저기……, 당신 이름은?"

혼란이 극에 달한 오크 족 족장은 하얀 이움 소녀가 두 번째로 물은 질문에 반사적으로 대답하고 말았다. 이름만큼은 자신에게 주어진 모든 것들 가운데 유일하게 싫지 않았기 때문인지도 모른다.

"내……, 내 이름은 릴피린."

이름을 밝히고 바로 후회했다. 아주 먼 옛날 처음으로 수도 옵시디아를 방문했을 때 릴피린의 이름을 들은 인족 기사들과 술사들이 폭소를 터뜨렸던 일이 떠올랐기 때문이었다.

그러나 소녀는 이번에도 방긋 순진한 미소를 띠며 맑은 목소리로 릴피린의 이름을 따라 불렀다.

"릴피린……. 멋진 이름이네. 난 리파라고 해. 만나서 반가워. 잘 부탁해."

그리고 소녀는 이번에도 깜짝 놀랄 일을 했다.

부드럽고 하얀 오른손을 똑바로 내민 것이다.

악수라고 하는 인사를 하자는 뜻임은 물론 알았고 오크끼리도 일상적으로 하는 것이었다. 그러나 지금까지 이움과 오크가 악수를 했다는 이야기는 한 번도 들어본 적이 없었다.

——대체 정체가 뭐지, 이 인간은? 함정인가? 아니면 술사의 짓인가? 어느새 환각술에 걸린 것은 아닐까?

내민 작은 손을 응시하며 중얼거리기만 하는 릴피린을 소녀는 무려 10초 가까이 지켜보고 있었지만 이윽고 조금 실망한 표정으로 손을 내렸다. 그 모습에 왠지 가슴 깊은 곳이 아려오는 것 같았다.

더 이상 이 소녀와 이야기를 하면……, 아니 보고 있기만 해도 머리가 이상해질 것 같았다. 릴피린은 더 이상 소녀를 해칠 생각이 들지 않았지만 그것을 제외하고 가장 머리를 사용하지 않고 해결할 수 있는 방법을 찾기 위해 입을 열었다.

"넌……. 인계군의 위사, 아니 기사로군. 그렇다면 널 포로로 잡겠다. 황제에게 데려가야겠어!"

나이는 어렸지만 소녀가 장비한 갑주와 왼쪽 허리에 찬 장도는 아무리 보아도 일개 병사에게 주어지는 것이 아니었다. 정교한 세공에서 내뿜어지는 아름다운 광채는 릴피린의 장비보다도 훨씬 좋은 것처럼 느껴졌다.

릴피린의 큰 목소리에도 소녀는 전혀 겁먹은 모습 없이 무엇인가를 생각하는 모양이었지만 이윽고 작은 어깨를 움츠리며 물었다.

"황제라는 건 암흑신 벡터를 말하는 거지?"

"그……, 그래."

"알았어. 그럼 황제가 있는 곳으로 데려가줘."

고개를 끄덕이며 주먹을 쥔 두 손을 모아 스윽 앞으로 내밀었다. 다시 혼란스러웠지만 그것은 악수가 아니라 포박을 재촉하는 동작임을 깨달았다.

——정말로 무슨 생각을 하는 거지?

릴피린은 허리띠에서 장식끈 하나를 풀어 소녀의 양팔을 거칠게——, 그렇지만 약간 헐겁게 묶었다. 끈의 한쪽 끝을 잡고 휙 당기고서야 비로소 황제가 지금 암흑계 군대 본진에 없다는 사실을 깨달았다.

그렇지만 더 이상 복잡한 것들을 생각하면 머리가 터질 것 같았다. 황제가 없어도 부관인 경박한 언동의 흑기사나 상인

길드의 두령 렌길이 알아서 처리할 것이다.

획 몸을 돌려 조금 소극적으로 끈을 잡아당기며 걷기 시작한 지 불과 몇 초 뒤――.

갑자기 주위에 검은 안개 같은 것이 짙게 피어나기 시작했다. 고약한 냄새가 코를 찌른다. 급히 시야가 어두워지는 것을 느끼며 릴피린은 조심스럽게 주위를 살폈다.

"앗……?!"

짧게 놀라는 목소리는 틀림없이 리파라는 이름의 소녀가 낸 것이었다.

슬쩍 돌아본 릴피린의 눈에 들어온 것은 짙은 안개 속에서 불쑥 나타난 하나의 팔이 리파의 머리를 잡고 난폭하게 들어 올리는 광경이었다.

직후 팔의 주인이 안개를 헤치며 모습을 드러냈다.

죽은 줄 알았던 그 여자――. 암흑술사 길드의 총장 디 아이 엘이 냉혹한 웃음을 붉은 입술에 띤 채 그곳에 서 있었다.

***

왜 따라잡을 수가 없는 거지?

정합기사장 베르쿨리는 초조함과 놀라움을 동시에 느끼고 있었다.

비룡 세 마리를 동원한 추적은 벌써 두 시간 이상 계속되고 있었다.

인계수비군이 야영했던 숲, 그 남쪽에 펼쳐져 있는 원형 분지를 넘어 기괴한 거상이 난립한 유적을 통과하여 과거 단 한 번도 온 적 없는 다크 테리토리 남부 깊은 곳까지 들어와도 적과의 거리는 전혀 좁혀질 기미가 보이지 않았다. 애제자인 정합기사 앨리스를 납치한 황제 벡터의 비룡은 여전히 지평선 위에 뜬 작은 흑점 그대로였다.

황제는 한 마리뿐인 비룡에 자신과 앨리스 두 사람을 태우고 날고 있었다.

이에 비해 베르쿨리는 호시가미, 아마요리, 그리고 타키구리까지 세 마리를 돌아가며 탑승, 비룡들의 피로를 가능한 줄이고 있었다. 이론상으로는 슬슬 따라잡아도 이상하지 않은 시점이었다.

대체 왜 따라잡을 수 없는 것일까? 황제는 비룡의 천명까지도 자유자재로 조종하는 것일까?

그럴 리 없었다. 천명의 직접적인 조작은 최고사제 어드미니스트레이터조차 할 수 없는 일이었다. 최대의 금기인 것이다.

아무리 그래도 이대로 무한히 날 수는 없을 것이다. 다크 테리토리의 최남단에 있다는 종말의 제단에 닿을 때까지는 적어도 두 번은 비룡을 쉬게 해줄 필요가 있었다. 그러나 베르쿨리를 태운 비룡들도 마찬가지로 쉬어야만 한다. 속도가 동일하다면 영원히 거리를 줄일 수 없을 것이었다.

어쩔 수 없는 건가?

지평선 너머까지를 사정거리로 하는 술식 같은 것은 베르쿨리라 할지라도 구사할 수 없었다. 지금 이 상황을 타개할 수 있는 가능성을 가진 유일한 방법이라면…….

기사장은 오른손으로 왼쪽 허리에 찬 애검을 쓰다듬었다.

오싹해질 정도의 강도와 든든함이 손에 느껴졌다. 그러나 검의 천명이 완전히 회복되기까지는 아직 멀었다는 것을 감각적으로 알 수 있었다. 동쪽 대문에서 사용한 대규모 무장완전지배술에 의한 소모가 예상 외로 컸던 것이다.

베르쿨리가 지금 생각하는 술식은 신기 ≪시천검≫의 최종 비의인 까닭에 막대한 천명을 소비한다.

사용할 수 있는 것은 오직 한 번. 그 일격을 바늘구멍을 통과하는 것 이상의 정밀도로 구사해 명중시켜야만 한다.

베르쿨리는 타고 있던 타키구리의 목덜미를 가볍게 두드려 치하하고는 곧바로 옆에 있는 호시가미의 등으로 옮겨 탔다.

오랜 세월 파트너로서 함께 싸워온 덕분에 굳이 고삐를 쥐지 않고도 호시가미는 베르쿨리의 의사를 이해했고 고도를 신중하게 조정했다.

조준하는 것은 머나먼 지평선에 보이는 모래알만 한 흑점.

황제 본인을 노리고 싶은 마음은 굴뚝같았지만 모습도 확인할 수 없는 이런 거리에서는 빗나갈 위험성이 너무 컸다. 그런 까닭에 희미하게나마 움직임을 분간할 수 있는 검은 비룡의 한쪽 날개에 모든 정신력을 집중시켰다.

안장 위에 우뚝 선 베르쿨리의 오른손이 천천히 움직였다.

손에 익은 칼집에서 전체가 동일한 소재로 만들어진 장검을 부드럽게 빼어들었다.

베르쿨리의 몸통 오른쪽에 받쳐 든 강철 도신에서 희미한 빛이 뿜어져 나왔다. 술식 없이 기억해방술을 발동시킨 것이다. 장검이 마치 아지랑이처럼 흔들렸고 비룡이 나아감에 따라 무수히 많은 잔상이 뒤에 남았다.

베르쿨리는 굳센 의지가 엿보이는 입술을 잠깐 벌려 아무 죄도 없는 벡터의 비룡에게 사과의 말을 건넸다.

그런 다음 연푸른색 눈동자를 가늘게 뜨는가 싶더니——, 이 세계에서 가장 오래 살아온 기사 베르쿨리는 찢어질 듯 높은 기합소리를 발했다.

"시천검——이참(裏斬)!"

부웅 하고 무겁게 그렇지만 엄청난 속도로 검을 휘둘렀다. 푸른 잔상이 참격의 궤도를 따라 무수히 빛났고 차례로 사라졌다.

머나먼 하늘 저쪽, 황제 벡터가 탄 검은 비룡의 왼쪽 날개가 날갯죽지부터 소리도 없이 절단되었다.

***

"냄새가……, 냄새가 나……. 너무나도 달콤한 천명의 냄새가……."

인족 소녀의 머리카락을 붙잡고 몸 전체를 들어 올린 디 아이 엘의 입술에서 쉰 목소리가 흘러나왔다.

아무리 증오해도 부족하기만 할 암흑술사의 모습을 릴피린은 그저 멍하니 바라볼 수밖에 없었다.

향유를 바른 듯 요염하게 빛났던 가무잡잡한 피부도 아름답게 물결치던 칠흑 같은 머리카락도 지금은 너무나도 참혹한 모습으로 변해 있었다. 온몸을 예리한 흉기로 난자당한 것처럼 어지럽게 나 있는 상처에서는 계속 피가 흘러나오고 있었고 디가 몸을 움직일 때마다 여기저기 상처가 벌어지면서 선혈을 뿜어내었다. 그러나 술사의 몸을 감싸고 있던 검은 안개가 바로 상처로 달려들어 이상한 냄새를 내며 지혈시켰다.

안개의 원천은 디가 허리에 찬 작은 가죽주머니였다. 자세히 보니 주머니 입구 쪽에서 가끔씩 기묘한 벌레 같은 생물이 얼굴을 내밀어 빈번하게 검은 안개를 뿜어내고 있었다. 천명의 감소를 억제하기 위한 암흑술이 분명했다.

너무나도 혐오스러운 모습에 코를 찡그리는 릴피린을 힐끗 쳐다보고 디는 다시 입술 양 끝을 끌어올렸다.

"멋진 먹이를 잡았군. 정말 잘했어, 돼지. 상으로 좋은 걸 보여주지."

갈라진 목소리로 그렇게 말하자마자——.

디는 공중에 매달린 채 괴로운 표정을 짓고 있는 소녀의 목깃 안으로 갈고리 같은 오른손 손가락을 집어넣었다.

다음 순간, 은색의 갑옷과 그 아래 연두색 상의까지 눈 깜짝할 사이 뜯겨 지면에 떨어졌다.

눈부실 만큼 하얀 피부가 노출되었고 소녀는 더욱 얼굴을 일그러뜨렸다. 그 모습에 디는 한층 더 가학적인 미소를 띠며 깔깔거렸다.

"어때, 인족 여자아이의 몸을 보는 건 처음이지? 돼지에게는 좀 자극이 과했으려나? 그렇지만 진짜 재미있는 건 이제부터야……!!"

디의 오른손 다섯 손가락이 갑자기 뼈가 사라진 것처럼 꿈틀거리기 시작했다.

어느 사이엔가 그것은 손가락이 아니라 가늘고 긴 벌레 같은 모습으로 변해 있었다. 그리고 그 끝에는 작은 이빨이 달린 입이 나타나 입을 뻐끔거리며 음산한 움직임을 반복하고 있었다.

"잘 보도록 해……!!"

디가 소리치는 것과 동시에 다섯 개의 손가락——, 아니 다섯 가닥의 촉수는 몇 십 배로 길어지더니 소녀의 상반신을 휘감았다. 소녀의 움직임을 봉쇄한 촉수들은 머리 부분을 뱀처럼 들더니 소녀의 피부 속으로 파고들려는 듯 물어뜯었다.

"아악……!!"

대량의 선혈이 튀었고 리파라는 이름의 소녀는 녹색 눈을 크게 뜬 채 가는 비명을 질렀다. 촉수를 떼어내려고 손을 움직였지만 상반신은 촉수로 휘감겨 있고 손목까지 릴피린의 장식끈에 구속되어 있어 뜻대로 되지 않았다.

다섯 개의 상처에서 생긴 출혈은 순간 멈춘 것처럼 보였다. 그러나 실제로는 그게 아니라 디의 오른손에 연결된 촉수가 피를 마시고 있는 것임을 릴피린은 깨달았다.

암흑술사는 고개를 젖히고 높은 목소리로 술식을 외웠다.

"시스템 콜!! 트랜스퍼 휴먼유닛 듀러빌리티……, 라이트 투 셀프!!"

팟 하고 푸른 광채가 소녀의 상처에서 생성되었다. 그것은 혈액의 흐름과 동조하듯 촉수를 따라 디의 팔 안으로 빨려들었다. 소녀의 신음소리는 더욱 커졌고 가녀린 몸은 부러질 듯 뒤로 휘었다.

"아아……. 대단해……, 정말 대단해!! 어쩌면 이렇게 진하고……, 달콤할까!!"

날카롭게 울리는 새된 목소리가 릴피린의 귀를 관통했다.

그 고동에 제정신을 차린 오크 족장은 괴로운 듯 소리쳤다.

"무……, 무슨 짓이야?! 이 소녀는 내 포로라고! 내가 황제에게 데려갈 거라고!!"

"닥쳐, 돼지 자식!!"

시뻘겋게 충혈된 두 눈을 크게 뜬 디가 광기로 가득 찬 목소리로 대꾸했다.

"내가 황제에게 작전 지휘에 대한 전권을 위임받은 사실을 잊은 거야?! 내 의지는 황제의 의지!! 내 명령은 황제의 명령이라고!!"

크윽 하고 릴피린은 신음을 삼켰다.

그 작전은 이미 한참 전에 실패로 끝났지 않았는가? 하는 반박이 목구멍까지 치밀었다. 그러나 황제는 새로운 명령을 일절 남기지 않고 전장에서 사라졌다. 그런 까닭에 모든 명령은 그대로 유효하다는 디의 주장을 뒤엎을 수 있는 근거가 아무것도 없었다.

움직일 수 없는 릴피린의 눈앞에서 가느다란 비명을 지르던 인족 소녀의 움직임이 점점 약해졌다. 한편 디의 피부에 나 있는 무수한 상처는 먼 쪽에서부터 서로 달라붙으며 아물어 가고 있었다.

"크……윽……."

악문 어금니 사이에서 억누른 신음소리가 흘러나왔다.

언제부터인가 릴피린의 눈에는 천명을 빨리는 소녀의 모습과 산 제물이 되어 목숨을 잃은 성녀기사의 모습이 겹쳤다.

소녀의 눈동자가 발하던 빛이 약해지기 시작했다. 피부색은 이미 흰색을 넘어 창백한 상태였고 두 팔은 힘없이 축 늘어져 있었다. 그러나 디의 오른손 촉수는 아직도 부족한 듯 꿈틀거리며 한 방울도 남기지 않으려는 듯 피를 빨아먹고 있었다.

죽겠어……. 죽고 말겠어.

겨우 얻은 포로가.

아니, 자신을 보고도 두려워하지도 경멸하지도 않은 최초의 인간이.

바로 그때――.

경악할 수밖에 없는 현상에 릴피린은 두 눈을 크게 떴다.

지면이……. 매달린 소녀의 발아래, 석탄처럼 검고 척박한 다크 테리토리의 대지가 녹색으로 빛나고 있었다.

극히 한정된 지역에서밖에 볼 수 없는 부드러운 어린 풀이 일제히 싹을 틔웠고 다양한 색깔의 자그마한 꽃이 무수히 피었다. 청량한 향기가 떠돌고 핏빛 햇빛조차 부드러운 유백색으로 변했다.

작은 풀밭에서 발생된 농밀한 천명이 소용돌이치며 소녀의 몸으로 빨려들어갔다.

그러자 창백했던 소녀의 피부에 바로 핏기가 돌았고 눈에도 빛이 되살아났다.

지면의 녹색이 사라지고 태양의 색깔이 원래대로 돌아오는 것과 동시에 소녀의 천명이 모두 회복된 사실을 릴피린은 직감적으로 깨달았다. 느낄 리 없는 안도감과 같은 감각이 가슴 속을 가득 메웠다.

그러나 그런 느낌은 금세 사라졌다.

"어떻게 된 거지……? 다시 채워졌어……. 다시 넘쳐나고 있어어어어!!"

역시나 상처가 다 나은 디가 귀에 거슬리는 쨍쨍한 목소리로 아우성쳤다.

소녀의 머리카락을 잡고 있던 왼손을 놓고 그쪽 손가락도 추악한 촉수로 바꾸었다.

둔하고 축축한 소리를 내며 새로 생긴 다섯 개의 촉수가 소녀의 피부를 파고들었다.

"……아아악……!!"

다시 울리는 비명을 디의 커다란 웃음소리가 지워버렸다.

"아하하하하!! 아——하하하하하하하!! 내 거야……!! 이건 내 거야아아아아아!!"

***

——견뎌야만 해.

현실세계에서는 물론이고 ALO에서조차 경험한 적 없는, 눈앞이 캄캄해질 정도의 고통을 견디면서도 리파는 오로지 그 생각만 하고 있었다.

슈퍼 어카운트 03 ≪지모신 테라리아≫에게 부여된 능력은 다이브 전에 설명 들었다.

≪무제한 자동회복≫. 주위의 광범위한 공간에서 자동적으로 에너지를 흡수, 자기 자신과 또 다른 동적 · 정적 오브젝트의 내구력을 회복시키는 능력이었다. 그러지 않아도 막대한 히트 포인트 수치에 그 능력이 더해지면 HP의 감소에 의한 사망은 거의 불가능……하다고 히가라는 기술자가 말했다.

그렇기 때문에 리파는 포로가 되는 위험을 무릅쓰고라도 암흑신 벡터와의 조우를 우선시한 것이었고, 전투에 도전하려 했던 것이었으며, 또 언더월드 사람들에게 절대 검을 뽑지 않겠다고 맹세한 것이었다.

지금 리파를 구속하고 극심한 고통을 주고 있는 여성 역시 릴피린과 마찬가지로 언더월드 사람――. 즉 인공 플럭트라이트였다. 검으로 베면 그녀의 영혼은 완전히 소멸된다. 어떤 이유로 부상을 당했고, 또 어떤 이유로 회복을 원하는가를 알기 전에는 싸울 수 없었다.

아아, 그렇지만.

상반신 의복이 거의 뜯겨나갔다는 수치심을 느낄 여유도 없을 만큼, 천명을 빼앗길 때의 고통은 압도적이었다.

이 고통이 정말 현실의 육체와 분리된 가상의 감각일까?

***

"……그만."

그것이 자신의 입에서 나온 말이라는 것을 릴피린은 알아차리지 못했다.

그렇지만 금방 이어진 두 번째 말은, 명백하게 자신의 입이 움직이고 목이 진동하는 것임을 릴피린도 자각했다.

"그만하라고!"

바늘구멍처럼 동공이 작아진 디의 눈이 힐끗 릴피린을 노려보았다. 몸속 깊은 곳에서 솟구치는 한기를 견디며 오크 족 족장은 다시 말했다.

"이미 네 천명은 완전히 회복되었잖아. 더 이상 이 이움으로부터 흡수할 필요는 없을 텐데?!"

"……뭐야, 지금 나한테 명령하는 거야……?"

마치 노래를 부르듯 이상한 억양으로 디가 되물었다.

그동안에도 열 개의 촉수는 격렬하게 꿈틀거리며 소녀의 피부를 찢고 들어가 피를 탐닉했다. 암흑술사의 상처는 이미 다 나은 상태였다. 피부는 기름을 바른 것처럼 광택을 되찾았고 검은 머리카락도 과거 이상의 상태로 윤기까지 재생되어 있었다.

그뿐 아니라 온몸에서 여분의 천명이 파란 빛의 입자가 되어 공중으로 방출되고 있을 정도였다. 그런데도 디는 자신보다 훨씬 작은 소녀를 사술(邪術)로 구속한 채 학대를 멈추려고 하지 않았다.

"말했을 텐데, 돼지? 이 포로는 이제 내 거야. 내가 아무리 많은 천명을 흡수하더라도, 돼지 네놈의 눈앞에서 능욕하거나, 설사 이 자리에서 목을 졸라 죽인다 해도, 네가 신경 쓸

일이 아니야!"

큭큭, 큭큭큭……. 목구멍 안쪽에서 음산한 웃음소리가 흘러나왔다.

"음……, 그렇지만 하긴 그러네. 발견한 건 너니까 조금은 양보를 해야 하려나? 그렇다면……, 지금 바로 발가벗어봐."

"무……, 무슨 소리를……?"

"나는 처음 봤을 때부터 네가 그 거대한 갑옷과 망토를 두른 것을 보면 구역질이 났어. 돼지 주제에 마치 사람 같잖아? 그래서 말인데, 만약 네가 발가벗고 네 발로 꿀꿀 소리를 내며 땅바닥을 긴다면 이 아이를 돌려줄 수도 있어."

찌잉.

갑자기 시야 오른쪽 절반에서 붉은 빛이 번뜩였다. 동시에 오른쪽 눈에 강철바늘을 깊이 찔러 넣은 것 같은 통증이 머리를 관통했다.

——돼지 주제에.

——사람 같잖아?

디의 말에 리파라고 하는 소녀가 했던 말이 겹쳐졌다.

——인간이잖아?

——그 이상 뭐가 더 필요해?

이 소녀가 디에게 죽어서는 안 돼. 아니 죽게 내버려둘 수 없어. 그러기 위해서라면……, 그러기 위해서라면.

릴피린의 오른손이 가죽 망토의 잠금쇠를 잡았다. 뚝 하고 단숨에 떼어냈다.

망토가 지면에 떨어지자 릴피린은 이어서 갑옷의 혁대에 손을 가져갔다.

그 순간 어디선가 희미한 소리가 들렸다.

"……하지 마."

깜짝 놀라 고개를 들자 자신을 똑바로 보고 있는 리파와 눈이 마주쳤다.

고통 때문에 눈물로 얼룩진 비취색 눈동자가 천천히 좌우로 흔들렸다.

"난……, 괜찮아. 그러니까 하지 마, 그런 짓……."

그녀의 말은 끝까지 이어지지 않았다. 디가 갑자기 얼굴을 가져다 대더니 소녀의 뺨에 가볍게 이를 들이댄 것이다.

"그 이상 재미없는 소릴 하면 귀여운 얼굴을 뜯어먹을 거야. 모처럼 재미있는 구경거리가 생겼는데. 그런데, 돼지는 뭐 하는 거지? 빨리 벗어. 아니면 혹시 인족의 벗은 몸을 보고 흥분한 거야?"

캬하하하하하 하는 방정맞은 웃음소리가 이어졌다.

갑옷의 혁대를 쥔 릴피린의 오른손이 부들부들 떨렸다.

오른쪽 눈의 고통은 여전히 멈출 기미가 없었다. 그러나 가슴속에 소용돌이치는 분노와 굴욕감에 비교하면 대단한 것도 아니었다.

"난……, 나……, 나는……."

갑자기 두 눈에서 흘러나와 뺨을 타고 떨어지는 것이 있었다. 얼굴 왼쪽으로 흐르는 물방울은 투명했지만 오른쪽의 그것은 진홍색으로 물들어 있었다.

오른손이 혁대에서 떨어져——, 왼쪽 허리의 검을 향해 다가갔다.

"나는 인간이야!!"

그렇게 소리치는 것과 동시에 한 번도 경험한 적 없는 엄청난 격통이 릴피린의 오른쪽 눈을 덮쳤고 안구가 퍼억 하고 안쪽에서 파열되었다.

시야는 반으로 줄었지만 릴피린은 줄어든 시야 한쪽으로 여전히 디의 모습을 포착하고 있었다. 여술사가 가학적인 웃음소리를 멈추고 멍하니 입을 벌리는 모습이 보였다.

디의 무방비하게 노출된 두 다리를 겨냥해 릴피린은 전력을 다한 발도술을 펼쳤다.

그러나 한쪽 눈이 소멸된 직후였던 탓에 거리감이 정상이 아니었다.

검 끝은 디의 오른쪽 다리 정강이를 스치는데 그쳤고 릴피린은 그대로 균형을 잃고 왼쪽 어깨부터 지면에 고꾸라졌다.

고개를 들자 흉악한 얼굴로 돌변한 디 아이 엘이 입술을 일그러뜨리고 있는 것이 보였다.

"냄새 나는 돼지가……. 잘도 내게 상처를……!"

소녀의 몸을 뒤쪽으로 던지고 두 손을 높이 들었다. 열 개의 촉수가 채앵 하는 소리를 내며 순식간에 검게 빛나는 열 개의 칼날로 변했다.

"잘게 썬 뒤 짚을 섞어 멧돼지 먹이로 주마!!"

새카만 열 개의 칼날이 떨어지기만을 오크 족 족장은 기다렸다.

툭.

투욱.

두 개의 작은 소리가 거의 동시에 울렸고 디의 움직임은 그대로 멈추었다.

술사의 양쪽 팔이 어깨 바로 밑에서 분리되어 둔한 소리를 내며 지면에 떨어지는 것을 릴피린은 아연한 표정으로 보고 있었다.

경악하는 표정을 지은 것은 디 본인도 마찬가지였다. 좌우 어깨에서 폭포수 같은 선혈을 뿌리며 장신의 술사는 천천히 몸을 돌렸다.

하얗게 빛나는 리파의 모습이 릴피린의 눈에 들어왔다.

근육다운 근육이라고는 찾아볼 수 없는 가녀린 몸매로는 절대 다루지 못할 길고 커다란 검을 앞으로 내밀고 있었다. 두 손목은 장식끈에 묶인 그대로였지만 이 소녀가 디의 양팔을 순식간에 절단한 것만은 분명했다.

디가 갈라진 목소리로 말했다.

"인족이……, 돼지를 도와 사람을 베어……?"

믿을 수 없다는 듯 고개를 좌우로 흔드는 암흑술사를 매섭게 노려보며 리파가 대답했다.

"아니야, 사람을 구하기 위해 악을 벤 거야."

부드러운 동작으로 장도를 상단으로 가져갔다.

슈악.

절대 닿을 거라 여겨지지 않는 거리에서 소녀가 참격을 가했다.

너무나도——, 아름다웠다.

두 손의 손가락부터 두 발의 발톱에 이르기까지 쓸데없는 힘이 전혀 들어가 있지 않았지만 무서울 정도의 속도였고 극도로 연마된 극한의 기술이었다.

또다시, 그러나 이번에는 감동의 눈물로 뿌옇게 된 릴피린의 시야에 최강의 암흑술사이자 십후 최대의 실력자 디 아이엘의 몸이 정수리부터 수직으로 소리도 없이 갈라지는 모습이 들어왔다.

4

마지막 힘을 쥐어짜내 한쪽 날개만으로 연착륙한 뒤 길게 한 번 울고 숨이 끊어진 검은 비룡을 가브리엘 밀러는 무감각하게 내려다보았다.

시선을 돌렸을 때는 이미 기억과 사고로부터 용의 존재는 완벽하게 배제되어 있었다. 그는 아무 표정 없이 빙그르 주위를 둘러보았다.

추락한 곳은 원주형 기암이 무수히 서 있는 지역의 거의 중앙에 솟아 있는 하나의 바위 정상이었다. 높이는 100야드(약 90미터), 직경도 30야드(약 27미터)는 될 것 같았다.

뛰어 내리는 것은 조금 무모한 행동일 수 있었다. 엘레멘트를 생성, 조작하는 이쪽 세계의 마술에 아직 익숙하지 않았고 발밑에서 의식을 잃은 채 쓰러져 있는 빛의 무녀 앨리스를 두고 갈 수도 없는 일이었다.

튼튼한 로프와 앵커, 카라비너만 있으면 현실세계에서도 이 정도 높이는 쉽게 수직 강하가 가능한 가브리엘이었지만 지금은 무리하게 바위에서 내려갈 필요가 없었다. 왜냐하면 가브리엘을 무언가의 수단으로 격추시킨 적이 세 마리의 비룡을 데리고 북쪽에서 접근 중이었기 때문이다. 적을 처리한 다음 새로운 비룡의 AI를 지배해 남하를 재개하면 그만이었다.

시선을 머리 위로 돌렸다. 붉은 하늘에 떠 있는 가상의 태양은 이미 상당한 높이까지 도달해 있었다.

크리터가 시간가속을 재개하기까지 시간이 별로 남아 있지 않았다. 전장에 투입한 미국인 베타테스터들이 재가속으로 언더월드에서 튕겨나갈 때까지 인계군을 섬멸할 수 있을지 걱정이 되었지만 테스터의 수는 5만에 이르렀다. 겨우 천 명도 되지 않는 잔존 인계군이 제대로 저항할 수 있을 리 없다.

불특정 요소가 있다고 하면 역시 압도적 다수였던 암흑계 군대를 물리친 정합기사들이었지만 그중 한 사람인 앨리스는 이렇게 손 안에 들어와 있었고 아마 접근 중인 추적자 또한 기사일 것이다. 북방 전장에 기사가 남았다 한들 한 사람 혹은 두 사람일 것이다.

문제는 대충 클리어되었다고 판단하고 가브리엘은 마지막으로 쓰러져 있는 정합기사 앨리스를 다시 바라보았다.

정말이지――, 아름다웠다.

몸속 깊은 곳에서 꿈틀거리는 흥분을 억제할 수 없을 정도로.

눈을 떴을 때를 대비해 모든 무장을 해제하고 단단히 묶어놔야 할지 가브리엘은 잠시 망설였다. 합리적인 판단을 내리자면 당연히 그렇게 해야겠지만 적이 쫓아오는 가운데 이 아름다운 소녀를 거칠게, 또 작업적으로 다루고 싶지 않았다.

역시 시간가속이 재개되면 천천히 시간을 들이고 싶었다. 갑옷의 버클 하나를 벗기는 데에도 우아하고 엄숙하게 그리고 상징적으로.

"……잠깐만 그대로 잠들어 있도록 해, 앨리스……. 아니 앨리시아."

부드럽게 말한 뒤 가브리엘은 적을 맞이하기 위해 테이블

모양으로 된 바위산의 중앙으로 걸음을 옮겼다.

슈퍼 어카운트 04 ≪암흑신 벡터≫를 사용하는 가브리엘 밀러도 그것을 발견한 크리터도 알 수 없는 일이었지만 최강 클래스의 정합기사 앨리스가 겨우 비룡의 공격을 받고 기절한 채 몇 시간이나 눈을 뜨지 못하는 것은 벡터에게 부여된 특수능력 때문이었다.

언더월드에 설정된 네 종류의 슈퍼 어카운트는 각 세계의 주민에 대해 신의 소업에 비견되는 직접적인 조작을 하기 위해 존재했다.

필드 개혁을 행하는 스테이시아.

동적 유니트를 파괴하는 솔루스.

오브젝트의 내구도를 회복시키는 테라리아.

그리고 벡터는 주민, 즉 인공 플럭트라이트가 조작의 대상이었다.

구체적으로는 주민들의 기억――, 즉 플럭트라이트 안의 동적 데이터를 조작함으로써 다른 지점으로 재배치하거나 새로운 가족을 만들었다.

행위적으로는 주민을 납치하는 형태가 되기 때문에 다른 세 명의 신과 달리 신앙의 대상은 되기 어려웠다. 그런 까닭에 최고의 프라이어리티를 가진 장비와 최대의 천명 수치 외에도 ≪술식의 대상이 되지 않는다≫라는 강력한 보호가 이루어졌다. 언더월드에 옛날이야기로 전해지는 ≪벡터의 미아≫는 과거에 이루어진 주민 조작이 그 원형이었다.

그리고 암흑신 벡터의 능력은 가브리엘 밀러의 특이한 이미지네이션, 즉 심의와 합쳐지면서 라스 기술자들조차 예상하지 못한 상승효과를 낳았다.

바로 술식을 사용하지 않고 인간의 의사를 흡수하게 된 것이었다.

이 때문에 앨리스는 일시적으로 플럭트라이트의 활력을 빼앗기고 강제적인 혼수상태에 빠졌다.

과거 암흑장군 샤스타의 필살기인 심의가 통하지 않은 것도 벡터와 가브리엘의 힘이 융합된 덕분이었다.

그리고 지금 샤스타의 오랜 호적수였던 정합기사 베르쿨리도 같은 결말로 인도하려 하고 있었다.

***

베르쿨리는 적 황제의 비룡이 바로는 탈출 할 수 없을 높은 바위산 위에 추락하는 것을 눈으로 확인했다.

비장의 카드를 사용한 데에서 따르는 강한 피로감은 기력으로 떨쳐내었다.

"좋아……, 조금만 더 힘을 내다오. 부탁한다. 호시가미, 아마요리, 타키구리!!"

베르쿨리가 소리치자 세 마리는 힘차게 날개를 퍼덕여 가속했다. 적이 정지해 있다면 10킬로르의 거리라도 비룡에게는 금방이었다.

전투가 벌어지기 전 남아 있는 약간의 시간을 베르쿨리는 거의 명상에 가까운 생각에 투자했다. 뇌리에 오늘 새벽 꾸었던 꿈이 선명하게 되살아났다.

——죽음을 예감한 적이 있어?

꿈속에서 그렇게 말했던 최고사제 어드미니스트레이터는 몇 백 년이나 보아온 베르쿨리에게도 끝까지 수수께끼 같은 존재였다.

빙결처리에서 해방된 뒤 앨리스로부터 최고사제의 죽음을 전해 들었을 때에도 경악할 정도는 아니었다. 오랜 기간 수고했다는 감정이 드는 정도였다. 오히려 원로장 튜델킨이 죽었다는 사실 쪽이 더 놀라웠다.

그러므로 어드미니스트레이터의 마지막 전투와 죽음에 대해 앨리스에게 자세히 묻지 않았다. 갑자기 자신의 양쪽 어깨에 짊어지게 된 인계방어라는 책임 때문에 바빴던 탓도 있지만 어쩌면 알고 싶지 않았기 때문인지도 모른다는 생각이 들었다. 은발에 은색 눈동자를 가졌던 반신인(半神人)의 욕망과 집착, 그리고 깊은 업보를.

베르쿨리에게 있어 어드미니스트레이터는 항상 나른하고, 싫증을 잘 내고, 변덕이 심한 아가씨였다. 복종이야 했으나 튜델킨처럼 진심으로 숭배한 것은 아니었다.

그렇지만——.

그녀를 섬기는 일 자체는 결코 싫지 않았다.

"그래……, 그것만큼은 믿어줘."

중얼거리며 가장 오래 살아온 기사는 번쩍 두 눈을 떴다.

바위산 꼭대기에 쓰러져 있는 앨리스의 황금색 갑옷과 그

앞에 그림자처럼 조용히 서 있는 황제 벡터의 모습이 똑똑히 보였다.

"좋아……, 너희들은 상공에서 대기! 만약 내가 패배하면 북쪽으로 돌아가 부대와 합류하도록!"

비룡들에게 낮게 지시하고 베르쿨리는 호시가미의 등에서 사뿐히 뛰어내렸다.

***

유성처럼 하얀 빛의 궤적을 남기고 떠난 시논의 뒤를 좇듯, 인계군 700명은 필사적인 남진을 계속했다.

후방에서 땅을 울리며 쫓아오는 붉은 군단과의 거리는 조금씩 벌어지고 있었다. 그러나 위사들도 말들도 이대로 계속 달릴 수는 없었다.

아스나는 키리토와 티제, 로니에가 탄 마차 위에 서서 기도하듯 남쪽을 계속 응시했다.

20분쯤 남진하자 시논이 말한 대로 지평선에 거대한 신전처럼 보이는 유적의 그림자가 떠올랐다.

인간이나 아인 같은 커다란 생물의 기척은 느껴지지 않았다. 풍화된 석조물들만이 조용히 잠들어 있었다.

곧바로 뻗어 있는 대로를 사이에 두고 두 채의 신전이 자리를 잡고 있었다. 20미터 정도 높이에 폭은 각각 300미터 이상으로 적군의 포위를 막는 장벽으로서는 충분한 규모였다.

두 채의 신전 사이로 난 대로는 그대로 남쪽으로 뻗어 있었다. 신사로 가는 길을 연상시키는 것은 대로 양측에 기괴한 거상이 몇 개나 서 있기 때문이었다.

동양풍 불상도 서양풍 신상도 아니었다. 굳이 말하자면 어딘가 남미의 유적을 방불케 하는 땅딸막한 사각형 실루엣. 얼굴에는 동그란 눈과 거대한 입이 조각되어 있었고 가슴 앞에 손을 모으고 있었다.

저것은 언더월더를 설계할 당시 라스의 엔지니어가 디자인한 것일까? 아니면 더 시드 프로그램이 자동적으로 생성한 것일까?

어쩌면——, 과거 이 땅에 살았던 다크 테리토리 종족이 만든 것은 아닐까? 죽은 자에게 바치는 거대한 묘표로…….

불길한 상념을 아스나는 짧은 한숨과 함께 날려버렸다.

부대의 선두에서 비룡을 타고 가는 기사 렌리에게 큰 소리로 외쳤다.

"저 대로의 가운데쯤에서 적에게 반격하도록 하죠!"

바로 알겠습니다! 하는 대답이 돌아왔다.

몇 분 뒤 부대는 속도를 줄이지 않고 신전 사이의 대로에 돌입했다. 좌우에서 각이 진 거대 신상들이 아무 말 없이 내려다보는 것 같았다. 말의 발굽과 위사의 부츠가 흙에서 석조로 바뀐 노면에 건조한 소리를 일으켰다.

차가운 공기를 가르며 렌리가 늠름한 목소리로 명령했다.

"좋아, 전위부대는 좌우로 나뉘어 정지! 마차대와 후위부대를 통과시켜!"

재빠르게 갈라진 전위부대 사이를 여덟 대의 마차가 지나갔고 수도사를 중심으로 하는 후위부대도 뒤를 따라 대로 끝에서 정지했다. 그곳에 서 있던 거대한 문 위에서 마른 바람이 불어와 아스나의 머리카락을 흔들었다.

정적을 느낀 것은 일순이었다. 미국인 플레이어로 구성된 대부대가 내는 땅을 울리는 발소리가 대로까지 닿았고 좌우의 신상이 투둑투둑 작은 모래를 떨어뜨렸다.

아스나는 마차에서 뛰어내리더니 덮개 안쪽에서 얼굴을 내민 소녀들과 그 옆에 선 여성 검사에게 말했다.

"이번이 마지막 전투일 거야. 키리토 군을 잘 부탁해."

"네! 맡겨주세요, 아스나 님!"

"반드시 지키겠습니다!"

"——목숨을 바쳐서라도!"

힘껏 쥔 주먹을 가슴에 붙이는 로니에와 티제, 솔티리나에게 똑같은 동작을 취해보이며 아스나는 살짝 미소를 지었다.

"괜찮아, 절대 여기까진 적이 못 올 테니까."

그것은 거의 자신에게 하는 말이었다. 다시 편 오른손을 가볍게 흔들며 아스나는 몸을 돌렸다.

전위부대의 선두에서는 렌리가 적절히 위사들을 배치하고 있었다.

대로의 폭은 약 20미터. 지키는 쪽 입장에서는 조금 넓었지만 지금의 숫자로도 완전히 가로막고 부대를 로테이션시키는 데에는 무리가 없었다.

중요한 것은 후방에 대기하는 수도사들의 지원마법이 이어지는 동안 희생자를 최대한 억제하면서 1만 명이 넘는 적을 격멸하는 일이 가능한가였다. 다행스러운 것은 붉은 보병들에게 마술직의 모습이 전혀 보이지 않는 것이었다. 언더월드 신성술의 복잡한 커맨드 체계를 단시간에 플레이어들에게 습득시키는 일은 불가능하다고 판단했기 때문이겠지만 이 상황에서는 감사했다.

만약의 상황이 전개되면——.

나 혼자서 적 전부를 베어버릴 거야.

아스나는 깊게 숨을 들이마셔 결의와 함께 산소를 몸속 가득 채웠다.

스테이시아의 막대한 천명과 압도적으로 프라이어리티가 높은 장비 때문에 수치적인 대미지의 누적에 의해 쓰러지는 일은 없을 것이다. 문제는 부상을 당할 때 느끼게 되는 공포스러운 고통에 마지막까지 견딜 수 있느냐 하는 것이었다. 마음이 고통에 패배하면 육체 역시 깊은 부상을 입을 것이고 목숨은 있더라도 검을 휘두르지 못하는 민망한 꼴을 보이게 될 것이다.

아스나는 눈을 감고 상처 입은 키리토를 생각했다. 그가 받은 고통과 짊어진 슬픔의 크기를 가늠해보았다.

다시 발걸음을 떼었을 때, 아스나의 마음에는 한 조각의 공포도 남아 있지 않았다.

이번 전쟁에서 마지막 대규모 전투가 될 이번 격돌은 높이 솟은 태양 아래에서 시작되었다.

프로모션 사이트가 약속했던 리얼한 피와 비명을 찾아, 2천

명 정도의 중무장한 미국인 플레이어들이 곧장 유적의 대로로 돌진해왔다.

그렇지만 그들을 맞이한 것은 오락을 제공하기 위해 확률을 무시하고 나타나는 불쌍한 NPC가 아니었다. 세계를, 그리고 경애하는 황금의 정합기사를 구하겠다는 결의로 가득한 진정한 용사들이었다. 쥐고 있는 검은 상처투성이였지만 확고한 의지력이 가득했기 때문인지 적의 무기를 굳건히 받아내고 또 갑옷을 부수었다.

일방적으로 섬멸당하는 붉은 갑옷의 플레이어들을 높은 곳에서 내려다보는 하나의 그림자가 있었다.

최대한 금속성 장갑을 없앤 검은색 가죽 상하의는 라이더 슈트처럼 몸에 밀착되어 있었고, 광택이 심한 부분의 이곳저곳에는 광택을 지우기 위한 징이 박혀 있었다.

무기는 왼쪽 허리에 매달린 마치 중식도처럼 생긴 대형 단검뿐. 얼굴은 보이지 않았다. 마찬가지로 검은 가죽으로 된 판초를 두르고 후드를 깊숙이 쓰고 있었기 때문이었다.

슬쩍 보이는 입술은 극도로 일그러진 미소를 띠고 있었다.

바사고 카살스.

언더월드에 다시 로그인한 그는 로그인 직후 쏟아진 시논의 광범위 레이저 공격을 쉽게 회피하고 미국인들에 섞여 인계군 미끼부대를 쫓았다. 그러나 초기 공격에는 가담하지 않은 채 서쪽 신전 벽을 올라가 신상 꼭대기라는 전장이 잘 보이는 특등석에서 관전을 하고 있는 중이었다.

"크크, 여전히 아름다우면서도 용서가 없구만, 저 여자. 죽여, 죽여!"

즐거운 목소리로 어깨를 들썩이며 중얼거렸다.

아득히 먼 아래쪽에서는 진주색 갑주에 밤색 머리카락이 나부끼는 소녀검사——. ≪섬광≫ 아스나가 바사고의 먼 기억의 모습 그대로 오른손의 레이피어를 어지럽게 번뜩이고 있었다.

그때도 바사고는 지금처럼 숨어서 아스나의 전투를 관람했다. 세계가 종말하기 전 반드시 죽여주마 하고 속으로 굳게 다짐하면서.

그녀의 옆에서 보다 처절한 전투를 펼치고 있던 검은 옷의 검사 놈도 함께.

***

기룡의 등에서 뛰어내렸을 때 베르쿨리의 발밑에는 아직 200메르 가까운 거리가 남아 있었다. 그냥 떨어지면 아무리 기사장이라 하더라도 바위산에 격돌하는 충격을 견딜 수 없었을 것이다.

그러나 그는 마치 공중에 보이지 않는 계단이라도 존재하는 것처럼 나선형을 그리며 공중을 달렸다.

실제로는 걸음을 옮길 때마다 발바닥에 바람 속성 엘레멘트를 생성, 폭파시킴으로써 그 반동으로 낙하속도를 죽인 것이었다. 발로도 엘레멘트를 제어할 수 있는 비술을 그는 이미 몇 십 년 전 원로장 튜델킨에게 훔친 것이었다.

아득히 멀리 있는 탑처럼 생긴 바위산 위에 선 황제 벡터의 시야 밖으로, 밖으로 도약하며 가장 오래 살아온 기사는 애검 자루에 손을 가져갔다.

——첫 공격으로 끝내야 돼.

정합기사장 베르쿨리가 필살의 각오로 심의를 준비하는 것은 150년 전 전전대 암흑장군을 벤 이후 처음이었다. 그 이후 지금까지의 시간 동안 그에게 순수한 살의를 일으키는 적은 없었던 것이다.

센트럴 커시드럴에서 단신으로 덤벼든 유지오라는 젊은이와의 전투에서도 베르쿨리는 진심으로 싸우기는 했지만 살의가 치밀지는 않았다. 심지어 오랜 시간 호적수였던 암흑장군들에게도 분노나 미움 같은 마이너스적인 심정을 가진 적이 없었다.

즉 베르쿨리는 그 오랜 생애를 통해 처음으로 애검의 칼날에 진정한 분노를 담게 된 것이다.

그는 분노하고 있었다. 진심으로 격노하고 있었다. 그러나 앨리스를 납치한 일 때문만은 아니었다.

리얼월드라고 하는 바깥세계에서 온 외부인이 화해를 준비하던 암흑계 사람들을 전장으로 내몰아 몇 만이나 되는 생명을 허무하게 잃게 만들었다. 그것은 200년 이상이나 이 세계를 지켜온 베르쿨리에게는 도저히 용서할 수 없는 일이었다.

——황제 벡터, 네놈에게 어떤 사정이 있는지는 몰라.

그렇지만 리얼월드의 사람이 모두 네놈 같은 악마가 아니라는 것은 아스나라고 하는 소녀를 보면 알 수 있어.

즉 네놈이라는 인간의 본질이 어처구니없을 만큼 악하다는 거겠지.

그렇다면 그에 대한 대가를…….

암흑장군 샤스타의, 정합기사 엘드리에의, 그리고 전장에서 산화한 수많은 인간들의 목숨이 얼마나 무거운 것인지.

이 일격으로……, 뼈저리게 느끼도록 해라!!

"크……아앗!!"

고도 10메르에서 마지막 걸음을 내딛은 기사장 베르쿨리는 자신의 모든 의지가 담긴 참격을 황제 벡터의 무방비한 정수리를 향해 날렸다.

대기가 불에 타면서 하얗게 빛났다. 칼날이 만들어낸 너무나도 격렬한 빛에 세계가 색을 잃었다.

그것은 분명 과거 언더월드에서 발생했던 모든 검기 중 최대급 위력을 내포한 일격이었다.

메인 비주얼라이저 내 니모닉 데이터의 변환 우선도는 시스템 제어 명령의 우선도를 상회했다. 즉 모든 수치적 스테이터스를 무효화하기에 충분한, 그야말로 필살의 일격이었던 것이다.

슈퍼 어카운트 04 암흑신 벡터에 설정된 무한에 가까운 천명 수치조차 모두 없앨 수 있을 정도의.

명중만 한다면.

하늘에서 내려오는 죽음의 유성을 알아차린 순간에도 벡터의 표정은 전혀 바뀌지 않았다.

기껏해야 쳐다보는 일밖에 할 수 없을 만큼 빠른 검기였다. 어떤 반응도 대처도 불가능했던 바로 그 순간.

흑수정 갑주에 싸인 벡터의 몸이 스윽 옆으로 미끄러졌다.

유일하게 회피할 수 있는 방향으로, 회피하기 위해 필요한 최소한의 거리를.

베르쿨리의 검에 닿은 것은 허공에 펄럭이던 붉은 망토뿐이었다. 테두리에 박은 모피도 두꺼운 원단도 미세한 먼지로 분해되고——.

콰아아아앙!! 하는 벼락같은 굉음과 함께 견고한 바위산 정상에 깊은 상흔이 새겨졌다. 거대한 바위산 전체가 진동하면서 산의 측면에서 수많은 암석덩어리가 떨어져 나갔다.

——그걸 피한 건가?

당황하면서도 베르쿨리의 몸은 일순간도 멈추지 않았다. 전투 중 예상 밖의 전개 때문에 당황하거나 하는 단계는 이미 오래 전에 넘어섰다.

마지막으로 다시 한 번 공기를 차고 황제 측면으로 돌아가 착지. 바로 옆으로 쓸어내듯 일격을 날렸다. 전신전령을 다한 기술이 벗어난 지 0.5초도 걸리지 않았을 때였다.

그렇지만 그 이어지는 공격까지 벡터는 피했다.

마치 바람에 휘날리는 연기처럼 예비동작도 없이 가볍게 지면에서 움직인 것이다. 베르쿨리의 검 끝은 갑옷의 표면을 스치며 허무하게 불꽃을 일으킬 뿐.

그러나.

이번에야말로 베르쿨리는 승리를 확신했다.

상공에서 가한 혼신의 일격이 빗나가기는 했지만 공격 자체가 사라진 것은 아니었다. 애검의 무장완전지배술 ≪시천검 · 공참(空斬)≫——. 즉 ≪미래를 베는≫ 힘을 그는 발동시킨 것이었다. 키시드럴 전투에서 유지오를 고전하게 만든 힘으로, 참격의 궤도에 위력만 남아 거기에 닿는 모든 것들을 보이지 않는 칼날로 베어버리는 절정의 기술.

황제 벡터는 지각할 수 없는 참격이 기다리는 공간으로 뒤로부터 빨려 들어갔다.

가장 먼저 화려한 백금색 머리카락이 팟 하고 날렸다.

머리에 쓰고 있던 보관이 희미한 금속음과 함께 부서졌다.

벡터의 두 팔이 용서를 구하듯 높게, 높게 올라갔다.

검은 옷을 두른 장신의 육체가 세로로 갈라지는 모습을 베르쿨리는 강하게 예감했다.

짜악.

건조한 파열음.

그 파열음의 근원은 뒤도 보지 않고 맞부딪친 황제의 양 손바닥이었다.

——맨손으로 ≪공참≫을 막은 건가? 그것도 등을 돌린 채?

있을 수 없는 일이었다. 검을 두 손으로 받아내는 기술은 암흑계 권투사들에게 전해지고 있지만 그것은 그들에게 강철보다 강해질 정도로 단련된 주먹이 있기 때문에 가능한 것이었다. 그 이전에 공간에 대기하고 있던 ≪공참≫의 위력은 설사 권투사들의 우두머리라고 해도 맨손으로는 막아낼 수 없는 것이었다.

그런 생각은 찰나의 시간 동안 이루어진 것이지만 베르쿨리의 움직임은 결국 멈추고 말았다.

그런 까닭에 이어서 발생한 현상을 그는 그저 묵시할 수밖에 없었다.

신기루처럼 공중에서 흔들리며 눈에 보이지 않는 참격이 황제의 양손으로 빨려들었다.

동시에 황제의 푸른 두 눈이 순식간에 검은 어둠에 물들기 시작했다.

그 어둠의 바닥에 반짝반짝 깜빡이는 무수히 많은 수의——

저것은 별……?

아니야.

저것은 영혼이다. 저 남자가 흡수해온 사람들의 영혼이 붙잡혀 있는 거야. 아마 암흑장군 샤스타와 그의 부관인 여기사의 영혼도 저곳에…….

"……네놈은 다른 사람의 심의를 먹어치우는군."

그렇게 말한 베르쿨리에게 ≪공참≫의 위력을 모두 흡수한 두 손을 늘어뜨리며 벡터는 대답했다.

"심의? ……그렇군, mind와 will을 합친 말이로군."

무척이나 차가운, 살아 있는 인간의 느낌이라고는 전혀 들지 않는 목소리였다. 황제의 얇은 입술이 겉보기에는 미소 비슷한 모양으로 움직였다.

"네 마음은 오래된 빈티지 와인 같군. 걸쭉하고 진한 느낌에……, 확실한 무게감과 오래 남는 뒷맛. 내 취향은 아니지만……, 만찬의 첫 순서로 맛보는 것도 괜찮겠어."

창백한 오른손이 움직여 허리에 찬 장검의 자루를 쥐었다.

천천히 칼집에서 뽑아든 가느다란 도신은 청자색 인광에 휩싸여 있었다. 그것을 자연스럽게 아래로 떨어뜨리며 황제 벡터는 다시 한 번 미소를 지었다.

"자, 좀 더 맛보게 해다오."

***

두터운 날의 대검이 아스나의 왼팔을 스쳤다.

달궈진 쇠꼬챙이를 가져다 댄 것 같은 감각.

——아프지 않아!!

강하게 의식했다. 다음 순간 피부에 새겨진 상처가 스륵 사라졌다.

그때는 이미 오른팔이 정신없이 번뜩여 눈앞의 병사의 오른쪽 어깨부터 왼쪽 옆구리까지 네 번의 연속 찌르기를 하고 있었다. 남자의 얼굴이 일그러졌고 화려한 욕설을 퍼부으며 지면에 쓰러졌다.

지금 쓰러뜨린 녀석이 몇 번째 적인지 이미 셀 수도 없었다.

그러기는커녕 고대 유적에서의 전투가 벌어진 지 몇 분, 아니 몇 십 분이 지났는지조차 정확하게 알 수 없었다. 한 가지 확실한 것은 대로의 입구로부터 산사태처럼 쏟아져 들어오던 붉은 적병들은 아직까지도 무한에 가까운 수가 남아 있다는 사실이었다.

——이 정도 지구전은 별것 아냐. 과거 아인크라드에서의 보스전은 매번 서너 시간이나 계속되었잖아.

속으로 그렇게 중얼거리며 아스나는 소멸되기 시작한 동료의 시체를 짓밟고 덤벼드는 다른 적의 도끼를 레이피어로 흘려 넘겼다.

중심을 잃어버린 적의 심장에 정확한 일격을 가하며 힐끗 좌우로 시선을 던졌다.

대로 중앙에서 분전 중인 아스나의 오른편에서는 정합기사 렌리가 두 손의 부메랑을 교차 투사해 시체를 산처럼 쌓아가고 있었다. 그 위력과 조준의 정확함은 섬뜩할 정도여서 이쪽은 당분간 맡겨도 괜찮을 듯싶었다.

그러나 문제는 왼쪽이었다. 솔티리나를 중심으로 대장급 위사들을 배치했지만 조금씩 전선이 밀리는 것이 느껴졌다.

"좌익의 교대 간격을 줄이도록 해요! 치유술도 왼쪽에 집중하고요!"

"아스나 님, 전 여전히 싸울 수 있습니다!"

최전선에서 외친 솔티리나가 양손검용 범위 소드 스킬 ≪사이클론≫을 발동시켰다. 라이트 그린 빛을 띤 장검이 초고속으로 1회전하며 적병 셋을 한꺼번에 날려버렸지만 리나 역시 털썩 무릎을 꿇고 말았다. 어젯밤 추억 폭로 대회 중 잡담으로 들은 것이지만 귀족 출신 검사들은 일대일의 의례적인 결투에 특화된 까닭에 끝이 보이지 않는 기나긴 난전에는 익숙하지 않다고 했다.

실제로 리나의 검은 유려하고 용맹했으나 이쪽 세계에 온지 겨우 하루밖에 안 된 아스나의 눈에도 지나치게 정정당당한 것처럼 보였다. 페인트라든가 잔기술은 거의 사용하지 않고 큰 기술만을 발동시키는 까닭에, 기술 발동 전후의 경직 시간에 적병이 마구잡이로 휘두르는 무기에 소소한 부상을 입게 되는 것이었다. 이미 갑옷은 상처투성이였고 자색 위사복도 곳곳에 피가 묻어 있었다.

"물러나서 치료를 받아요, 리나 씨! 동료들을 믿고요!"

아스나의 지시에 리나는 입술을 깨물며 고개를 끄덕이더니 "바로 돌아오겠습니다!"라는 말을 남기고 후퇴했다. 전열에 생긴 구멍은 바로 다른 위사장이 메웠다. 그러나 그의 얼굴에도 피로의 빛이 역력했다.

좌익의 불안함과 함께 아스나에게는 마음에 걸리는 것이 하나 더 있었다.

지금 싸우고 있는 붉은 갑옷의 보병들은 결코 단순한 알고리즘으로 움직이는 인간형 몬스터가 아니다. MMORPG의 발상국 미국에서 온 백전연마의 플레이어들이었다. 대인전에 익숙한 그들인 만큼 슬슬 단순한 돌격뿐만 아니라 전술적인 움직임을 취할 가능성도 있었다.

자신이 그들의 입장이라면 어떡할까? 레이피어를 번뜩이면서 아스나는 생각했다.

정석적으로 생각하면 동시에 후방을 타격하는 원격공격일 것이다. 그러나 붉은 군단에 마술사 클래스의 플레이어는 보이지 않았고 만약 있다고 해도 언더월드의 복잡한 수식 커맨드를 이런 실전에서 사용하는 일은 무리일 것이다.

그렇다면 활이 있겠지만 인계군에 있어 다행스러운 것은 궁병 어카운트도 준비가 안 된 모양이었다. 그렇다면 가지고 있는 무기를 투척하는 정도겠지만 그것은 심리적 저항이 클 것이다. 던진 사람은 더 이상 전투에 참가할 수 없게 되니까.

그렇다면 적에게 지금의 교착 상태를 타개할 수 있는 수단은 없다……고 생각해도 괜찮을까?

그럼 당초 생각했던 대로 1만 명 이상의 적을 베기만 하면 된다.

아스나가 결의를 새롭게 다지는 것과 거의 동시였다.

대로의 입구 쪽에 갑자기 그늘이 졌다.

비치던 아침 해가 가린 것이다. 옆으로 길게 늘어선 거대한 방패와 빨랫줄을 지지하는 기다란 막대처럼 높이 선 랜스에 의해.

——중창병!

"차……, 창 부대가 돌격해 와요!! 창끝을 확실히 보고 첫 번째 공격을 회피하세요!! 적의 품 안에 파고들기만 하면 쓰러뜨릴 수 있어요!!"

아스나가 좌우의 아군에게 외치는 것과 동시에 철컹 하는 금속음이 울리며 거대한 랜스가 일제히 인계수비군을 겨누었다.

"""Assaaaaaaaaalt(돌격)!!"""

첫 번째 공격이었다. 스무 명가량 한 줄로 늘어선 중창병들이 우렁찬 함성과 함께 돌진을 시작했다.

붉은 해일처럼 밀려드는 그들의 압박감에 위사들이 당황하는 기색이 역력했다. 부탁이야, 모두들 침착해야 돼! 그렇게 속으로 당부하며 아스나는 자신을 향해 돌진해 오는 적병을 응시했다. 검게 빛나는 무시무시한 장창이 일격필살의 위력을 과시하며 접근했다.

최대한 끌어들인 뒤——, 패리(parry, 쳐내기)!

노란 불꽃을 일으키며 레이피어가 장의 측면을 미끄러져 들어갔다. 예리한 창끝은 아스나의 얼굴 바로 오른쪽을 통과해 뒤로 흘렀다.

"……하압!!"

기합과 함께 고개를 들어 봐야 할 만큼 거대한 몸집을 가진 적병의 목과 갑옷 사이에 레이피어를 찔러 넣었다. 손에 느껴지는 생생한 느낌. 헬멧 아래에서 선혈이 솟아올랐다.

그러나 사방에서 울리는 비명은 적병만의 것이 아니었다.

좌익을 맡던 위사 몇 명이 랜스를 피하지 못하고 관통당한 것이다.

"큭……!!"

이를 악물고 아스나는 있던 위치에서 벗어나 왼쪽으로 달렸다. 숨이 끊어진 위사에게서 랜스를 빼려고 하는 적병의 가슴을 단발 찌르기 ≪리니어≫로 갑옷째 꿰뚫었다. 피에 젖은 칼날을 다시 들어 다음 적병의 두 팔을 2연속 찌르기 ≪패럴렐 스윙≫으로 잘라내었다.

세 번째 적병이 욕지거리와 함께 내지른 랜스를 수직 점프로 회피. 창 위에 착지하자마자 그대로 달려가 적의 어깨에 올라서서 왼손으로 헬멧을 벗기고 노출된 목덜미에 레이피어를 깊게 찔렀다.
비명도 못 지르고 쓰러지는 적병의 등에 올라탄 채 아스나는 소리쳤다.
"부상자들을 후방으로 보내 최우선적으로 치료해요!!"
다시 주위를 확인하니 스무 명 정도의 중창병은 기사 렌리와 위사들의 분투로 겨우 격퇴했지만 이쪽도 여섯 명의 위사가 랜스의 직격을 받은 모양이었다. 그중 세 명은 아마 목숨을 건지지 못할 것이다.
——이 전법을 반복하면 수에서 압도적으로 불리한 인계군은 결국 전열을 유지할 수 없게 돼.
그런 불길한 생각을 다시 땅을 울리는 소리가 현실로 바꾸었다. 다음 중창병 스무 명이 대로 입구에서 돌격해오고 있었다.
아스나는 밀려드는 적의 부대로부터 시선을 돌려 자신이 원래 있던 전열의 중앙부를 보았다.
그곳에서는 아직 앳된 티가 남은 소년위사가 부들부들 두 무릎을 떨며 검을 들고 있었다.
"앗……!"
날카롭게 소리치고 아스나는 오른쪽으로 뛰었다.
왼쪽에서 밀려드는 랜스와 그 자리에 서 있는 소년위사 사이로 뛰어들었다. 이미 레이피어의 패리로는 막을 수 없었다. 번뜩이는 창끝을 아스나는 왼손으로 붙잡으려고 했다.
만약 이곳이 통상적인 VRMMO 세계라면 압도적인 반응속도와 근력 스테이터스를 가진 아스나의 블록은 성공했을 것이다. 그러나 언더월드에는 SAO나 ALO에서는 무시당했던 파라미터가 무수히 존재했다.

매끄러운 강철제 랜스는 적의 피로 젖은 왼손바닥 안에서 주륵 미끄러졌고——.

둔한 충격이 온몸을 흔들었다. 아무 소리도 내지 않고 아스나는 자신의 옆구리에 깊숙이 박힌 거대한 금속을 내려다보았다.

***

최소한의 움직임으로 최대한의 효율을 추구하는 검.

기사장 베르쿨리는 지금까지 본 어떤 유파와도 이질적인 황제 벡터의 검기를 그렇게 느꼈다.

일단 거의 발을 움직이지 않았다. 이쪽의 공격을 피할 때는 아주 살짝 스치듯 움직일 뿐이었고 공격을 할 때도 예비동작이 없는 것이나 마찬가지였다. 오른손에 가볍게 쥔 검이 갑자기 스륵 하고 최단거리를 날아왔다.

즉 움직임을 예측하는 일이 불가능에 가까웠다. 결코 빠르지도 강하지도 않은 황제의 공격이었지만 그럼에도 백전연마의 베르쿨리에게 다섯 번이나 반격을 허락하지 않았다.

그러나 다섯 번이면 충분했다.

수많은 전투경험을 통해 벡터의 기술에 필요한 호흡조차도 대략 파악한 베르쿨리는 황제의 여섯 번째 공격에 처음으로 반격을 시도했다.

"헛!"

이쪽 역시 최소한의 기합소리를 넣으며 벡터의 상단베기보다 빨리 똑같은 상단베기를 시도했다.

격렬한 금속음을 창백한 불꽃이 장식했다.

두 개의 검이 공중에서 교차되었다. 지금부터는 힘 싸움이었다. 그러나 딱히 저항도 없이 적의 검은 밀리기 시작했다. 압력을 견디지 못하는 것처럼 장신의 벡터가 무릎을 굽혔다.

——승기!!

베르쿨리는 끌어올린 심의를 애검에 쏟아 부었다. 오랜 세월 사용해온 강철 도신이 은색의 인광을 띠었다. 벡터의 검은 장검을 조금씩 밀어낸 시천검의 칼끝이 적의 어깨에 닿았고 갑옷 표면을 파고든 바로 그 순간——.

벡터의 검이 수상쩍은 빛을 뿜었다.

청자색 인광이 살아 있는 생물처럼 꿈틀거리며 시천검을 감쌌다. 동시에 힘차게 솟아오르던 찬란한 백은의 빛이 조금씩 위축되면서 사라져갔다.

——뭐지, 이건?

아니야…….

애당초 난, 무슨 짓을……, 하려고 한 걸까……?

팟 하는 날카로운 소리와 함께 왼쪽 어깨에 얼어붙는 듯한 냉기를 느낀 베르쿨리는 두 눈을 크게 떴다. 베르쿨리는 바로 크게 뒤로 물러서 심호흡을 하며 순간 멀어져가던 의식을 되잡았다.

——지금 것은 대체……? 다른 사람도 아닌 내가 한창 전투 중에 정신을 놓다니……?!

마치 자신이 왜 여기에 있는지, 자신이 누구인지조차 알 수 없는, 그런 강제적인 공백이 의식을 침식한 것이었다.

"네놈……. 검에서 직접 내 심의를 빨아들인 건가?"

낮게 으르렁대는 목소리로 베르쿨리가 물었다.

대답은 극히 담백한 소리 없는 미소뿐이었다.

허를 차며 왼쪽 어깨를 슬쩍 살폈다. 찰과상이라고 하기에는 조금 깊었다.

"흥……. 이거 재미있군, 황제 폐하의 검을 맞댈 수 없다니 조금 귀찮은 싸움이 되겠어."

씨익 웃으며 베르쿨리가 큰소리를 치자 벡터는 반대로 웃음기를 거두고 입을 열었다.

"……흐음, 그러고 보니 시험해본 적이 없었군."

그리고 오른손의 장검을 아무렇게나 앞으로 내밀었다. 그렇지만 완전히 거리 밖이었다. 칼날이 닿을 리 없었다――.

허공에서 멈춘 칼끝에서 검푸른 점토 비슷한 빛이 그대로 뻗어 나왔다.

……설마, 원거리에서도?!

하는 생각이 번뜩인 것과 그 빛이 베르쿨리의 가슴에 닿은 것은 거의 동시였다.

양초의 불꽃이 꺼지듯 의식이 멀어졌다.

기사장은 점점 다가오는 장검이 자신의 왼쪽 가슴 바로 아래쪽까지 도착해도 그저 가만히 있었다.

벡터는 검을 그대로 쳐올렸다.

무겁고 축축한 소리를 울리며 베르쿨리의 굵은 팔이 어깻죽지부터 떨어져나갔다.

***

"크……, 으……으윽!!"

아스나는 목구멍에서 터져 나오려는 비명을 낮은 신음소리로 간신히 참아냈다. 아프다 정도가 아니었다. 고온의 버너로 배를 계속 태우는 듯한, 허용량을 초월하는 의식의 폭발이었다.

——아프지 않아.

아프지 않아, 이따위 상처!!

검게 빛나는 랜스는 왼쪽 옆구리를 깊이 관통해 있었다. 틀림없이 등 뒤로도 1미터 이상 튀어나왔을 것이다.

어깨 너머로 힐끗 확인해보니 다행히 바로 뒤에 있던 소년 위사는 뺨을 창끝이 살짝 스친 정도에 그친 모양이었다. 아스나는 창백한 얼굴로 자신을 쳐다보는 소년에게 모든 정신력을 쥐어짜 미소를 지어 보였다

——이 아이가 가진 생명의 무게와 비교하면……, 내 가상의 부상 따윈!!

"윽……. 으윽!!"

몸을 관통한 랜스를 쥔 왼손에 모든 힘을 주었다.

카앙 하고 귀에 거슬리는 소리를 내며 직경 5센티미터가 넘는 금속이 손바닥 안에서 부서졌다. 손을 등 뒤로 돌려 튀어나온 창끝을 잡고 잡아당겼다.

눈앞에 불꽃이 튀고 벼락을 맞은 듯한 통증이 머리끝에서 발끝까지 휘몰아쳤다. 그래도 아스나는 손을 멈추지 않고 억지로 랜스를 뽑아내어 지면에 내던졌다.

배에 난 거대한 상처와 입, 양쪽에서 엄청난 양의 선혈이 솟구쳤지만 몸을 비틀거리는 일도 없이 입가를 왼손으로 닦고 아스나는 눈앞에 서 있는 적병을 쳐다보았다.

부러진 랜스를 쥔 거구의 남자는 헬멧 아래쪽 눈을 당혹스러운 듯 몇 번이나 깜빡거렸다.

“Oh, gosh(세상에)!”

같은 말을 한 번 더 반복한 뒤 빠른 어조의 영어가 이어졌다.

“……뭐야……? 전혀 즐겁지 않잖아. 이따위 게임 난 로그오프하겠어.”

그 말을 들은 아스나는 오른손의 레이피어로 남자의 심장을 정확히 관통했다. 거대한 몸이 지면에 쓰러졌고 소멸 이펙트에 휩싸였다.

상처의 고통으로도 흐르지 않았던 눈물이 어쩐지 이제 와 두 눈에 고였다.

이 전장을 뒤덮은 고통과 증오는 원래 존재할 필요가 없는 것이었다.

미국인 플레이어들과 인계수비군의 위사들이 싸울 이유는 아무것도 없었다. 이런 상황만 아니었다면 틀림없이 친구가 될 수도 있는 사람들이었다. 아스나 자신이 그렇게 된 것처럼.

가상세계는……, VRMMO는 이런 일을 위해 태어난 게 아니야.

"살……려……줘……."

일본어로 지르는 비명이 아스나의 상념을 정지시켰다. 시선을 돌리자 지면에 쓰러진 위사를 향해 거대한 랜스가 떨어지려는 참이었다.

"으……, 으아아아아!!"

격정을 함성으로 바꾼 아스나가 지면을 박찼다.

오른손의 레이피어를 힘껏 앞으로 내밀었다. 검의 끝에서 넘쳐난 백광이 온몸을 감쌌다.

발이 지면에서 떨어지는 순간, 눈부시게 빛나는 혜성이 된 아스나는 그대로 비상했다. 세검 스킬 중 최상위 돌진기 ≪플래싱 페너트레이터≫였다.

위사를 죽이려던 창병이 높이 튕겨져 나갔다. 그 맞은편에 있던 적도 마찬가지 결말을 맞이했다. 거기에 한 사람 더.

네 명의 몸을 신상의 발 아래쪽에 쌓고 나서야 소드 스킬이 종료되었다. 어깨를 들썩이며 숨을 몰아쉬던 아스나가 몸을 돌려 주위를 돌아보았다.

중창병의 두 번째 공격에서도 인계군에 다섯 명 이상의 사상자가 나왔다. 그러나 대로 입구에는 이미 세 번째 공격에 나설 스무 명이 준비하고 있었다.

소멸되기 시작한 적의 시체에서 레이피어를 뽑으며 아스나는 소리쳤다.

"전원, 현재 위치를 사수하도록!! 렌리 씨, 중앙으로 이동해 주세요!!"

아스나의 옆구리에서 흘러내리는 선혈을 보고 얼굴이 경직된 젊은 기사에게 안심을 시키려는 듯 짧게 미소를 지으며 아스나는 말을 이었다.

"——전 적진으로 가 단독으로 공격할 생각이에요. 놓친 녀석들은 잘 부탁드려요."

"아……, 아스나 님?"

깜짝 놀라는 렌리와 다른 위사들에게 불끈 쥔 왼쪽 주먹을 들어 보이고.

아스나는 일직선으로 달리기 시작했다.

***

중심을 잃고 비틀거리던 베르쿨리는 지면에 떨어진 자신의 왼팔을 밟았다.

고통보다 먼저 발에서 느껴지는 생생한 감촉에 의식이 되돌아왔다.

"크윽……!"

다시 멀리 뛰어 거리를 벌렸다.

왼쪽 어깨의 상처에서 쏟아진 피가 하얀 바위에 심홍색 곡선을 그렸다.

——어떻게 된 거지?

검을 겨누기만 해도 의식이 정지되다니…….

시천검을 쥔 채 오른손 손가락 두 개를 세워 왼쪽 어깨의 상처를 막으며 베르쿨리는 생각을 거듭했다. 그러는 동안에도 무영창으로 발동된 치료술이 푸른빛을 내며 출혈을 막고 있었다. 그러나 떨어진 왼팔을 재생시킬 정도의 공간신성력은 이 황량한 바위산에는 없었다.

——어떻게 대항하지?

이미 노출된 무장완전지배술 ≪시천검 · 공참≫은 아마 통하지 않을 것이다. 허공에 펼쳐진 심의를 모조리 흡수당할 뿐이다.

남아 있는 카드는 기억해방술 ≪이참≫밖에 없었다. 그러나 그 기술을 발동하기에 곤란한 문제가 두 가지 있었다. 하나는 시간이 걸리는 공격 예비동작을 적이 잠자코 보고만 있지 않을 것이라는 것. 그리고 또 하나는 조준할 장소를 결정하는 일이 무척이나 어렵다는 것이었다.

베르쿨리는 이마에서 떨어지는 땀을 눈을 깜빡여 털어냈다.

그 순간 문득 알아차렸다.

——내가 필사적이군.

어느 사이엔가 한 조각의 여유도 사라지고 없지 않은가?

즉, 지금, 이 장소야말로 사지였다. 생사의 갈림길이었다.

"……훗."

정합기사장 베르쿨리 신서시스 원은 절체절명의 상황을 정확히 인식하고 다시 커다란 미소를 띠었다.

시선을 천천히 다가오는 황제 벡터로부터 전장의 한쪽에 쓰러져 있는 황금의 기사 앨리스 신서시스 서티로 옮겼다.

——아가씨.

난 아가씨가 진심으로 원하는 것을 만족스럽게 주지 못했어. 부모로서의 정이라는 것 말이야. 사실 나는 내 부모의 얼굴도 전혀 모르거든.

그렇지만 이것만큼은 알 것 같아.

부모는 자신의 아이를 지키기 위해 죽는다는 것을.

"네놈은……, 영원히 모르겠지만 말이야. 이 괴물 놈!!"

소리를 지르며 베르쿨리는 땅을 박찼다.

아무 계획도 없이, 그저 자신의 모든 것을 애검에 담은 채, 가장 오래 살아온 기사는 똑바로 앞을 향해 달렸다.

***

"커……헉……!"

거친 호흡과 함께 토한 대량의 혈액이 발밑에 흩날렸다.

지면에 꽂은 레이피어만을 의지한 상태였지만 그래도 아스나는 계속 서 있었다.

장창 공격의 제3파, 제4파를 겨우 처치했지만 온몸에 입은 부상은 열 군데가 넘었다. 펄 화이트 색으로 빛나던 상의와 치마는 무참히 찢어졌고 자신과 적의 피로 빨갛게 물들었다.

랜스에 직격당해 너덜너덜해진 몸이 계속 움직인다는 사실이 믿어지지 않았다. 터무니없다고밖에 할 수 없는 엄청난 히트 포인트가 아스나가 쓰러지는 것을 허락지 않는 것이다.

――내 몸이 쓰러지는 건 마음이 부러졌을 때뿐이야.

그렇다면 난 영원히 서 있을 수 있어.

온몸의 감각은 이미 없는 것이나 마찬가지였다. 타는 듯한 열기만이 신경을 휘저었고 시야를 일그러뜨렸다.

아스나는 어두침침한 눈으로 적의 다섯 번째 공격 대형을 포착하자 지면에서 레이피어를 뽑아 들었다.

이미 민첩한 회피 동작은 취할 수 없었다. 랜스를 몸으로 받아낸 뒤 소드 스킬로 반격하는 수밖에 없었다.

깃털처럼 가볍던 레이피어가 지금은 마치 납덩어리 같았다. 그것을 두 손으로 쥐고 상체를 웅크린 채 아스나는 적을 기다렸다.

"——GO!!"

지면을 울리며 스무 명의 중창병이 돌진을 시작했다.

쿵, 쿵, 쿵쿵쿵쿵…….

즉시 가속을 시작한 발자국 소리에…….

높은 진동음이 어디에선가 섞여 들었다.

아스나는 마치 홀린 듯 하늘을 쳐다보았다.

붉은 하늘에 한 줄의 선이 그려져 있었다. 그것은 미세한 디지털 코드의 나열이었다.

——적의……, 원군……?

"……아아……!"

흘러나온 한숨에서는 아주 조금이지만 체념의 색이 섞여 있었다.

그러나——.

라인의 색은 지금까지 본 붉은색이 아니었다. 동 트기 전 하늘처럼 깊은 푸른색으로 빛나고 있었다.

그 색깔이 어떤 의미를 가지고 있는지 이미 아스나로서는 추측할 힘조차 없었다. 두 눈을 크게 뜨고 그저 결과만 기다릴 뿐이었다.
그 선은 높이 10미터 정도의 공중에서 응집되어 번쩍 하는 섬광과 함께 사람의 모습으로 변했다.
우웅.
갑자기 공기가 울리고 사람의 그림자가 흐릿해질 정도의 속도로 회전했다. 회오리바람처럼 맹렬한 소리를 울리며 다시 낙하를 개시했다.
그 바로 밑에 서 있던 스무 명의 중창병들도 어느 사이엔가 발을 멈추고 하늘을 쳐다보고 있었다.
그들 가운데 균청의 회오리바람이 사뿐히 내려왔고――.
갑자기 사방이 붉게 물들었다.
피였다. 회오리바람에 휘말린 보병들이 순식간에 조각조각 분리되어 넓은 구역에 선혈을 뿌린 것이었다.
방사선 형태로 쓰러져 있는 창병들의 중앙에서 회오리바람은 천천히 그 회전을 멈추고 사람의 모습으로 돌아왔다.
등을 보인 채 서 있는 사람은 날씬하고 키가 컸으며, 선명한 일본풍 갑옷이 역광을 받아 번뜩였다. 왼손을 허리의 칼집에 대고 오른손은 무서울 정도로 긴 검, 아니 장도를 똑바로 옆으로 뻗고 있었다.
아스나는 지금의 공격을 여기가 아닌 다른 세계에서 본 적이 있었다.
소드 스킬.
카타나 광범위 공격, ≪선차(旋車)≫.
그는 천천히 자신의 장도를 오른쪽 어깨에 올리고 스윽 얼굴을 돌렸다.

화려한 무늬의 반다나 아래, 무심히 기른 수염이 인상적인 남자가 씨익 미소를 지었다.

"여어, 오래 기다렸지? 아스나!"

"크……, 클라인……?"

아스나는 사신의 갈라신 목소리를 끝까지 들을 수 없었다.

갑작스러운 수많은 진동음으로 발생한 높은 공명이 주변을 가득 메웠기 때문이었다. 미국인 플레이어들이 출현했을 때와 완전히 똑같은 사운드였지만 아스나에게는 그것이 천사의 노랫소리처럼 들렸다.

붉은 하늘에서 비처럼 내리는 것은 선명한 푸른색으로 빛나는 수천 개의 코드 라인이었다.

***

달려들었다.

의식이 멀어졌다.

입은 상처의 통증으로 각성.

그것을 몇 번 반복했는지 이제 기억도 나지 않았다.

황제 벡터는 싸움을 지구전으로 끌고가려는 듯 치명상을 가하지는 않았지만 무수히 많은 상처로부터 흐르는 혈액, 즉 천명의 양이 이제 한계에 달했다는 것을 베르쿨리는 느끼고 있었다.

그러나 그는 200년이 넘는 시간 동안 연마해온 정신력을 쥐어쨌고, 덕분에 아무 생각도 없이 아무 두려움도 없이 오직 한 가지 일에만 집중할 수 있었다.

수를 세는 일.

정확하게는 시간을 재는 일이었다.

시간을 이해할 수 있다는 특기를 가진 베르쿨리였기에 그 초감각을 사용해 머릿속에서 오로지 시간을 재고 있었던 것이다. 황제의 검에 사고가 혼탁해지는 가운데도 베르쿨리는 무의식적으로 숫자를 세고 있었다.

——487.

——488.

1초 1초를 정확히 세며 베르쿨리는 우직한 공격을 반복했다. 가끔은 도발적인 대사까지 내뱉으면서.

"……아무래도……, 검기 쪽은 별것 아닌 것 같군……. 황제 폐하."

——495.

"이렇게 공격을 하면서도 쓰러뜨리지 못하다니……. 2류, 아니 3류야."

——498.

"좋아, 그럼 또 간다고!!"

기합과 함께 정면으로 달려들었다.

——500.

황제의 주위에 펼쳐져 있는 청자색 빛에 검이 닿았다.

심의를 흡수당하면서 순간 사고가 정지되었다.

정신을 차려보면 지면에 한쪽 무릎을 꿇고 있었고 왼쪽 뺨에 늘어난 상처에서 소리를 내며 피가 떨어졌다.

——508.

이제 얼마 남지 않았다. 조금만 더 견뎌줘.

천천히 일어선 베르쿨리는 등 뒤에 있는 황제에게 몸을 향했다.

지금까지 거의 감정을 드러내지 않았던 벡터의 얼굴에 희미한 혐오의 색깔이 떠올라 있었다. 조금 전 공격으로 베르쿨리가 뿌린 피 중 한 방울이 하얀 뺨에 닿은 모양이었다.

손가락 끝으로 붉은 얼룩을 문질러 없애고 벡터가 속삭였다.

"……지겹군."

베르쿨리가 만든 피 웅덩이를 밟으며 한 걸음 앞으로 나섰다.

"네놈의 영혼은 무거워. 너무 진해. 혀에 들러붙는 데다 너무 단조로워. 나를 죽이는 일밖에 생각지 않으니 말이야."

단조로운 목소리로 말을 이은 뒤 황제는 다시 한 걸음 다가왔다.

"이제 사라져라."

소리도 없이 들어 올린 검은 검이 점액질 빛을 휘감았다.

베르쿨리는 표정을 바꾸지 않은 채 아주 조금 어금니를 악물었다.

——이제 조금만 더. 앞으로 30초.

"훗……. 그런 말, 하지 마. 난, 아직도, 아직도……, 즐길 수 있다고."

비틀비틀 아무도 없는 공간을 향해 몇 걸음 내딛고는 오른손의 검을 힘없이 들어 올렸다.

"어디냐……? 어디로……, 가버린 거냐? 오, 거기에 있는 거냐……?"

두 눈에 허무한 빛을 띠고 기사장은 검을 휘둘렀다.

검은 엉뚱한 방향을 때렸고 크게 비틀거렸다.

"어라……? 이쪽인 건가……?"

다시 바람소리조차 들리지 않는 일격. 질질 한쪽 다리를 끌며 다시 움직이기 시작했다.

대량의 출혈로 시력을 잃고 사고마저 혼란스러워졌다——고밖에 생각되지 않는 모습이었다.

그러나 이는 기사장의 일생일대의 연기였다.

반쯤 감긴 회청색 눈동자는 하나의 물체만을 확실히 포착하고 있었다.

발자국.

무위에 그친 10분간의 공격으로 결코 넓다고는 할 수 없는 바위산 정상에는 베르쿨리의 피가 고르게 퍼져 있었다. 그것이 황제의 부츠와 기사장의 가죽 샌들에 밟히면서 완연히 다른 두 종류의 발자국을 남긴 것이다.

다시 말하자면 발자국은 두 사람의 상세한 이동기록이기도 했다.

착란 상태에 빠진 연기를 하며 베르쿨리가 찾았던 것은 10분 전 왼팔을 잘렸을 때 생긴 가장 건조하면서도 검게 변한 황제의 발자국이었다.

무의식 속의 시간 계측은 그 직후부터 시작되었다.

즉 황제 벡터가 10분 전 거기 서 있었다는 것을, 그 뒤에 그곳에서 어떤 방향으로 이동했는지를 피 묻은 발자국이 여실히 기록하고 있었다.

——589.

——590.

"오오……. 찾았다……."

베르쿨리는 힘없는 목소리로 비틀거리며 아무도 없는 공간을 향해 시천검을 휘둘렀다.

에누리 없이 최후의 일격이 될 행동이었다.

검과 주인에게 남은 천명은 쌍방 모두 완전히 바닥을 드러내려 하고 있었다.

그 모든 것을 걸고 베르쿨리는 신기 시천검의 기억해방술을 발동시켰다.

≪시천검 · 이참≫.

참격의 위력을 공간에 보존함으로써 미래를 베는 ≪공참≫과는 반대로 이참은 과거를 베었다.

언더월드의 메인 비주얼라이저에서는 모든 인간 유닛의 이동 로그가 600초, 즉 10분간 기록된다.

시천검 · 이참은 그 로그를 간섭해 정확히 10분 전의 위치 정보를 현재의 것이라고 시스템을 오인시키는 것이었다.

결과적으로 그저 허공을 가르는 것처럼 보이는 칼날이 과거 그 위치에 존재했던 자의 현재 몸을 벨 수 있었다. 회피할 수 없고 방어도 할 수 없는, 그야말로 모든 기술과 노력을 배신하는 일격이었다.

그런 까닭에 베르쿨리는 이참을 사용하는 것을 오랫동안 기피해왔다. 유지오와의 싸움에서 청장미검의 기억해방술에 패배할 때조차 이참을 사용하면 이길지도 모르는데도 사용하지 않았던 것이다. 원로장 튜델킨에게 공리교회에 대한 배신행위로 비춰질지도 몰랐음에도 말이다.

그러나 동등하지 않은, 인간 이상의 힘을 가지고 있는 황제 벡터가 상대라면 그런 망설임은 필요 없었다.

황제 벡터의 비룡을 벨 때, 베르쿨리는 똑같은 속도로 직선으로 나는 적의 움직임을 이용해 10분 전 적이 있었던 좌표를 정확히 알아낼 수 있었다. 그러나 서로 접근해서 펼치는 혼전에서는 좌표를 특정하는 일은 비약적으로 어려웠다.

물론 순간적으로 적이 10분 전에 어디 있었는지 기억해놓을 수는 있었다. 그러나 그런 방법을 쓰면 만약 술법의 발동을 방해받은 경우, 다시 600초를 다시 세지 않으면 안 된다.

예를 들면 지금 순간처럼 말이다.

"네 녀석, 뭔가 노리고 있군."

미끄러지듯 접근한 황제 벡터의 장검에서 검푸른 심의의 파동이 베르쿨리를 향해 뻗었다. 거기에 닿을 수는 없었기에 베르쿨리는 어쩔 수 없이 그때까지와는 완전히 다른 준민한 동작으로 회피했다. ≪10분 전의 1초≫는 그렇게 떠나버리고 영원히 멀어졌다.

——실패했군.

기억해방 직전이었던 시천검을 고쳐 쥐며 베르쿨리는 가슴속으로 신음했다.

이것으로 비장의 카드는 모두 사라졌다.
비책의 존재를 들킨 이상 황제는 두 번 다시 큰 기술을 발동할 시간적 유예를 주지 않을 것이다. 실제로 베르쿨리를 향해 장검에서 연이어 심의가 쏟아지고 있었다.
그러나 기사장은 그 공격을 전력으로 계속 회피했다.
발버둥이었다.
발버둥치고 또 발버둥친 끝에 무참한 모습으로 쓰러질 것이다. 죽을 때는 그렇게 죽을 것이라고 꽤나 오래 전에 결심했었다.
세 번. 네 번.
다섯 번까지 베르쿨리는 황제의 공격을 피했다.
그러나 거기서 드디어 검푸른 빛이 몸을 스치고 말았다.
휙 하고 의식이 끊어졌고——.
다시 눈을 뜬 베르쿨리가 보게 된 것은 자신의 배에 깊이 꽂힌 벡터의 장검이었다.
칼날이 빠져나오자 마지막 천명이 진홍색 액체가 되어 뿜어나왔다.
천천히 뒤로 쓰러지는 기사장의 두 눈에.
아득히 먼 고공에서 대기를 가르며 급강하하는 한 마리의 비룡이 비쳤다.
——호시가미.
이런이런, 대기하라고 말했을 텐데? 네가 내 명령을 어긴 적은 지금까지 한 번도 없었잖아?
크게 벌어진 비룡의 입에서 창백한 화염이 일직선으로 발사되었다.
일격에 수백 명의 병사를 불태우는 위력을 가진 열선을 황제 벡터는 아무렇게나 든 왼손으로 받았다.
반쯤 투명해진 검은 갑주는 열선을 어렵지 않게 튕겨내었고 사방으로 흩어진 화염이 대기에 무수한 궤적을 남겼다.
황제는 바로 오른손에 든 검으로 검푸른 빛을 방출, 호시가미의 이마에 명중시켰다. 암흑기사단의 비룡을 쉽게 지배했던 그 술법을 맞고도――, 베르쿨리의 기룡은 공격을 멈추지 않았다.
자신의 생명을 하얀 빛으로 바꾼 호시가미는 그 빛을 양 날개로 내뿜으며 황제를 목표로 맹렬히 돌진했다.
벡터의 얼굴에 귀찮다는 기색이 떠올랐다.
검을 크게 뒤로 뺀 벡터는 자신을 찢어죽일 듯 달려드는 호시가미의 입을 향해 찔러 넣었다. 암흑색 빛이 난무했고 천명을 흡수당한 비룡의 거대한 몸은 그대로 갈기갈기 찢어지고 말았다.
호시가미가 목숨을 던져 만들어준 겨우 7초간의 유예――.
그것을 베르쿨리는 헛되이 하지 않았다.
등 뒤로 오랜 세월 함께해온 사랑하는 비룡이 절명하는 기척을 똑똑히 느끼면서도 기사장은 기억해방 상태로 푸른 잔상을 띄고 있는 시천검을 높이 들었다.
≪10분 전의 적의 위치≫만 기억하는 방법으로는 공격 기회가 10분에 한 번밖에 오지 않는다.
그러나 피로 물든 이동기록을 지면에 새겨 놓으면 10분 전의 적을 연속적으로 추적할 수 있었다.
베르쿨리는 조금 전 놓친 타이밍로부터 7초 뒤 황제 벡터가 존재했음을 알려주는 피 묻은 발자국을 향해 혼신의 참격을 날렸다.

시천검 · 이참의 또 하나의 특성.
그것은 시스템 그 자체에 간섭하는 까닭에 위력이 대상의 천명 수치에 직접적인 영향을 준다는 것이었다. 심의에 의한 방어가 불가능한 것이다.
그런 까닭에 모든 심의 공격을 무효화하고 흡수하는 황제 벡터의 능력도 이 순간만큼은 발동되지 않았다.
먼저 시스템에 설정된 벡터의 막대한 천명이 제로로 변했다.
그리고 그 결과로써 황제의 몸은 왼쪽 어깻죽지부터 오른쪽 허리까지 완전히 분단되었다.

절단면부터 자신의 몸이 분리되는 사이에도 황제 벡터는 전혀 표정을 바꾸지 않았다. 푸르스름한 눈동자는 그저 유리구슬처럼 허무하게 하늘을 바라보고 있었다.
떨어진 상반신이 지면에 닿기 직전.
칠흑의 빛이 심장에서 작열하며 묘비처럼 높게 하늘로 뻗어나갔다.
그 빛이 사라졌을 때, 지면에 황제의 존재를 나타내는 것은 무엇 하나 남아 있지 않았다.
몇 초 뒤 베르쿨리의 오른손 안에서 천명을 다한 시천검이 희미한 금속음과 함께 부스러졌다.

***

……따뜻해.

조금 더 이대로 있고 싶어.

정합기사 앨리스는 깊은 잠에서 깨기 전의 부유감으로 몽롱해진 의식 속에서도 옅은 미소를 지었다.

흔들리는 햇살.

자신의 몸을 받쳐주는 커다란 무릎.

상냥하게 머리를 쓰다듬는 거친 손.

……아버지.

이런 식으로 무릎 위에 기댄 것이 대체 몇 년 만일까? 이 안도감……. 완벽하게 보호받고 있어 걱정할 것 하나 없는, 모든 것이 평온하게 느껴지는 이 느낌을 너무나 오랫동안 잊고 있었다.

아아……. 그렇지만 슬슬 일어나야 돼.

그리고 정합기사 앨리스는 천천히 눈꺼풀을 들어 올렸다.

그러자 눈에 들어온 것은 눈을 감고 미소를 지은 채 고개를 숙인 장년 검사의 얼굴이었다.

두터운 목과 가슴에 있는 오래된 상처. 그 위에 금방 생긴 듯한 자상이 새겨져 있었다.

"……아저씨?"

드디어 의식이 분명해진 앨리스가 짧게 소리쳤다.

——그래, 난 황제 벡터의 비룡에 붙잡혔었어. 왜 그렇게 바보 같은 짓을 한 거지? 배후도 경계하지 않고 정신없이 내달리다니.

그렇지만 역시 아저씨야. 적의 총대장에게서 구해주다니. 이 사람만 있으면 무슨 일이 있어도 안심할 수 있어.

다시 미소를 지으며 상체를 일으킨 앨리스는 기사장이 입은 상처가 얼굴과 가슴만이 아닌 것을 알고 숨을 삼켰다.

왼팔은 어깻죽지부터 절단되어 있었다. 동방풍의 전투복은 피로 새빨갛게 물들어 있었다. 그리고 헤쳐진 가슴 아래쪽에는 공포스러울 정도로 깊고 무참한 상처가…….

"아……, 아저씨……!! 베르쿨리 각하!!"

소리치며 앨리스는 손을 뻗었다.

그 손가락이 기사장 베르쿨리의 뺨에 닿았다.

그리고 앨리스는 이쪽 세계에서 가장 오래 살았고 위대했던 기사의 천명이 이미 다했다는 사실을 깨달았다.

***

……이런이런, 그렇게 울 것 없어, 아가씨.

언젠가 반드시 올 것이 온 것뿐이니까 말이야.

자신의 시체를 끌어고 통곡하는 금발 소녀를 내려다보며 정합기사장 베르쿨리 신서시스 원은 그렇게 말했지만 그의 목소리는 지상까지 닿지 않았다.

……너라면 괜찮아. 이제 혼자서도 잘할 수 있을 거야.

넌 단 하나뿐인 내 제자이고……, 내 딸이니까.
눈 아래쪽의 광경이 점점 멀어져갔다. 사랑스러운 황금빛 소녀기사에게 마지막으로 미소를 지은 다음 베르쿨리는 시선을 멀리 북쪽 하늘로 향했다.
그 아래쪽에 있을 또 한 사람의 여성기사에게 상념을 보냈다.
닿을지 어떨지는 알 수 없었지만 베르쿨리의 가슴에는 그저 무한히 계속될 것만 같았던 하루하루 끝에 드디어 죽을 때가 왔다는 감개무량함만이 남아 있었다.
……뭐 이런 식으로 죽는 것도 나쁘진 않지.
"그래, 울어주는 사람이 많은 걸 행복하게 여겨."
갑자기 들려온 목소리에 돌아보니 그곳에 떠 있는 것은 늘씬한 나체에 긴 은빛 머리칼만을 나부끼고 있는 한 사람의 소녀였다.
"……뭐야, 역시 살아 있었던 거야?"
베르쿨리가 어깨를 움츠리며 말하자 은빛 눈동자를 깜빡거리며 최고사제 어드미니스트레이터는 가볍게 웃었다.
"그럴 리가 없잖아. 이건 당신 기억 속의 나야. 당신이 영혼에 보존하고 있던 어드미니스트레이터에 대한 추억이지."
"흐음, 뭐가 뭔지 잘 알 수가 없군. 그렇지만……, 내 기억 속의 당신이 그렇게 웃고 있으니 다행이야."
베르쿨리도 씨익 웃고 옆을 보았다.
어느 사이엔가 그곳에 나타난 호시가미가 긴 목을 비벼왔다.
투명한 은색으로 빛나는 비룡의 목덜미를 긁어준 뒤 기사장은 훌쩍 뛰어 등에 올라탔다. 그리고 손을 뻗어 최고 사제도 자신 앞에 앉혔다.

오랜 생애 동안 오직 한 사람 모셨던 주군은 고개를 돌리더니 갸웃거리며 물었다.

"넌 나를 원망하지 않아? 널 무한히 계속되는 시간의 감옥 속에 가두고 몇 번이나 기억을 빼앗은 나를?"

베르쿨리는 잠시 생각한 다음 대답했다.

"지겨울 정도로 길었던 건 분명하지만, 그래도 재미있는 일생이었어. 그래, 그렇게 생각해."

"……그렇군."

짧게 대답하는 어드미니스트레이터로부터 시선을 떼고 베르쿨리는 호시가미의 고삐를 쥐었다.

비룡은 투명한 두 날개를 펼쳐 무한히 펼쳐진 하늘을 향해 천천히 날개를 움직였다.

***

멀리 떨어진 북쪽 하늘 아래――.

메마른 대지 위에 폐허처럼 선, 과거 동쪽 대문으로 알려졌던 거대한 유적에서는 1만의 다크 테리토리 예비 병력과 4천의 인계수비군 본대가 각각 진을 치고 대치하고 있었다.

다크 테리토리군에는 이미 황제 벡터의 모습은 없었다. 그런 까닭에 그들이 독자적인 판단 하에 공격해올 일은 없었지만 그 사정을 알 리 없는 인계군 역시 똑같이 움직일 수 없었기에 긴 고착 상태가 이어지고 있었다.

마른 바람 소리만이 울리는 대문 유적지에 한 명의 여성기사의 모습이 있었다. 수비군 본대를 맡은 정합기사 파나티오 신서시스 투였다. 위사와 수도사들은 다음 전투에 대비해 휴식을 취하고 있었지만 파나티오는 도무지 잠이 오지 않아 혼자 동쪽 대문 유적지까지 걸어온 것이었다.

이미 밤의 어둠은 물러가고 솔루스의 빛이 다크 테리토리 측 하늘은 붉게, 인계 측 하늘은 푸르게 물들이고 있었다.

기사장 베르쿨리가 이끄는 수비군 미끼부대가 대문을 출발해 다크 테리토리 남부 지역으로 향한 지 벌써 한나절 이상 지났다. 그들의 임무가 그렇게 간단히 끝나지 않을 것은 알고 있었지만 기다리는 일밖에 할 수 없는 자신의 처지에 애가 탈 뿐이었다.

최소한 부대의 무사 귀환을 세 여신에게 기도하기 위해 두 손을 모으고 명상을 하려는 바로 그 순간——.

파나티오는 번쩍 눈을 떴다.

귓가에 사랑하는 남자의 목소리가 들린 것 같았다.

——미안하군, 파나티오. 아무래도 다시 만날 수는 없을 것 같아.

——나머지는 부탁해. 그 아이를 행복하게 해줘…….

같은 말을 파나티오는 이곳에서 헤어지기 직전 기사장 베르쿨리로부터 들었다.

은색 갑주를 장비한 두 손으로 살짝 하복부를 쓰다듬었다.

새로운 생명을 수태한 것은 3개월 전이었다. 100년 이상 완강히 파나티오를 가까이 하지 않았던 베르쿨리였던 만큼, 어쩌면 그 금기를 풀었을 때부터 예감하고 있었는지도 모른다.
자신의 죽음을.
기사장 베르쿨리가 먼 하늘 아래서 기나긴 생을 마쳤다는 사실을 직감한 파나티오는 천천히 지면에 무릎을 꿇고 두 손으로 얼굴을 가렸다.
참을 수 없는 오열이 터져 나왔다.
베르쿨리가 파나티오를 비롯해 여자를 멀리하는 이유를 아주 먼 옛날 들은 적이 있었다.
인계에서는 공리교회의 사제에 의해 정식으로 혼인을 인정받은 남녀가 맹세를 나누는 경우에만 아이를 수태할 수가 있었다. 그러나 정합기사는 사제의 자격을 가지고 있으므로 대규모 혼인의식은 불필요했다. 그저 사랑을 맹세하고 잠자리를 같이 하는 것만으로도 아이를 가질 수 있었다.
그러나 그 아이는 천명을 동결 처리 받은 부모보다 먼저 늙어 죽을 수밖에 없다. 그렇다고 해서 최고사제에게 같은 처리를 받는 것 역시 잔혹하기 짝이 없는 일이었다.
베르쿨리가 파나티오의 마음을 받아들인 것은 최고사제가 세상을 떠난 다음이었다. 즉 그는 지켜볼 것을 결심한 것이다. 한정된 시간을 살아가는 자신의 아이의 모습을.
그렇다면——.
"……안심하세요, 베르쿨리 각하. 이 아이는 제가 훌륭히 키울 테니까요. 각하처럼 늠름하고 자긍심 높은 인간으로."
오열을 참으며 파나티오는 자신의 결의를 말로 표현했다.
——그렇지만 지금만큼은.

지금만큼은 한탄하는 절 용서해주세요.

지면에 몸을 던져 기사장 베르쿨리가 있던 땅의 흙을 움켜쥐고 파나티오는 소리 높여 울었다.

5

“네놈들에게 개인적인 원한은 없지만…….”

장도를 붉은 군대에게 똑바로 겨눈 클라인의 음성이 고대 유적에 울려 퍼졌다.

“동료를 이 꼴로 만들어준 빚은 갚아야겠어. 세 배……, 아니 천배로 말이다. 이 자식들아!!”

말을 마치자마자 적군을 향해 곧장 돌진하는 클라인. 그 무모함에 아스나는 부상으로 인한 통증도 잠시 잊을 만큼 놀랐지만 바로 클라인의 주위에 새로운 코드 라인이 떨어져 사람의 그림자를 만들어냈다.

나타난 것은 대형 배틀 액스를 든 초콜릿색 피부의 거한이었다.

“……에길 씨!!”

갈라진 목소리로 그의 이름을 외쳤다.

과거 SAO의 공략조를 전력 면에서도 보급 면에서도 강력하게 서포트해주었던 ≪싸우는 상인≫은 아스나를 보자 호쾌한 용모에 씨익 웃음을 띠며 오른손 엄지를 세웠다.

그리고는 바로 돌아서서 클라인을 쫓아 맹렬히 달리기 시작했다.

세 번째, 네 번째 사람은 아스나의 바로 눈앞에 나타났다.

검붉은 색깔을 기초로 하는 코스튬에 브레스트 플레이트를 걸치고 허리에 은색 메이스를 찬 쇼트커트의 여자아이. 이어

서 군청색 튜닉과 스커트를 입고 머리 양쪽으로 머리카락을 묶은 작은 체구의 소녀.

"——리즈!! 시리카!!"

여기서 드디어 아스나의 두 눈에 눈물이 넘쳐났다.

온몸에서 힘이 빠졌지만 겨우 그 자리에서 버티며 아스나는 강한 유대감으로 맺어진 동료들에게 두 손을 뻗었다.

"왔구나……. 와주었구나……."

"당연히 왔지!"

"당연한 거잖아요!"

동시에 방긋 미소를 지으며 리즈벳은 아스나의 오른손을, 시리카는 왼손을 강하게 쥐었다. 그러나 두 사람의 표정은 금세 울 것처럼 변했다.

"——이렇게 엉망이 되도록……. 상처투성이잖아……. 너무 애쓴 거 아냐, 아스나?"

"이제 뒤는 맡겨주세요. 모두 같이 왔으니까요."

리즈벳과 시리카가 양쪽에서 껴안아주는 것만으로도 아스나는 온몸의 상처에서 느껴지는 통증이 녹아 없어지는 것을 느꼈다.

"고마워……. 정말 고마워……."

끊임없이 흐르는 눈물 너머로 코드 라인의 소나기가 유적 입구 부분에 쏟아지는 것이 보였다.

다음으로 나타난 것은 선명한 색깔의 갑주를 두른 수백 명의 검사들.

"저 붉은 녀석들이 적이야!"

"전위 돌격! 밀어붙여!"

"후위는 일단 물러나 주문을 확인해!"

착지하자마자 언더월드의 언어……, 아니 일본어로 소리치며 검을, 도끼를, 창을 들고 전방의 붉은 병사들에게 달려들었다.

그 훌륭한 개인기와 통제된 집단행동은 그들이 모두 숙련된 VRMMO 플레이어라는 사실을 나타내고 있었다.

——그렇구나.

아스나는 드디어 다시 움직이기 시작한 머리로 상황을 파악했다.

미국인 플레이어가 전장에 나타난 시점부터 언더월드의 시간가속은 습격자 쪽의 조작에 의해 동일 배율로 고정되어 있었던 것이다. 그것은 곧 일본에서도 어뮤스피어를 사용한 다이브가 가능하다는 뜻이었다.

그러나 원군이 장비한 검과 갑옷의 강한 광채는 그들이 사용하는 것이 디폴트 계정인 위사 어카운트가 아니라는 사실을 의미하고 있었다.

즉 컨버트한 것이다.

오랜 시간과 막대한 노력을 쏟아 길러낸 캐릭터를 언더월드에 이주시킨 것이 분명했다.

다시 원래 있던 VRMMO 세계로 돌아갈 수 있을지 어떨지 확실하지도 않은데. 아니——, 언더월드의 구조를 생각하면 사망하는 순간 캐릭터가 삭제될 가능성마저 있는데도.

"모두들……. 미안……, 미안해."

아스나는 울먹이는 목소리로 눈앞의 친구 두 사람에게, 그리고 전선을 복원하는 많은 검사들에게 감사를 표했다.

"무슨 소리야? 아스나."

리즈벳의 대답에는 흔들리지 않는 의지가 가득했다.

"우리가 SAO와 ALO에서 그렇게 노력한 건, 틀림없이 지금 이곳에서 소중한 것을 지키기 위함이었던 거야."

"응……, 맞아……. 고마워……."

울먹이는 소리로 감사하며 아스나는 깊게, 깊게 고개를 끄덕였다.

그러나 한 가지 더 이해가 되지 않는 일이 있었다. 대체 누가 현실세계의 리즈 일행에게 언더월드의 위기를 전하고 컨버트를 통한 원군을 요청한 것일까? 오션 터틀의 서브 컨트롤 룸에서 농성 중인 키쿠오카와 히가에게 이런 작전을 세우고 실행할 여유가 있었다고는 생각하기 어려웠다.

"……저기 리즈, 시리카. 그런데 모두를 여기까지 데려와준 건 누구야……?"

아스나가 묻자 두 사람은 살짝 시선을 교환한 뒤 동시에 웃음을 터뜨렸다.

"뭐야, 아스나? 그야 뻔하잖아!"

"유이예요! 유이가 언더월드와 여기 사는 사람들에 대해 열심히 설명해줬어요!"

그 말을 들은 순간 가슴이 울컥해지면서 두 눈에서 눈물이 펑펑 흘러나왔다.

유이. 예전 SAO에서 태어난 하향식 타입 AI로 아스나와 키리토의 딸이었다. 그랬다……. 그녀밖에 없었다. 아스나도 키쿠오카도 예상하지 못한 습격자들의 계획을 그녀가 캐치하고 대항하기 위해 움직인 것이었다.

"……고마워, 유이."

진심으로 감사하는 마음을 담아 중얼거린 뒤 일어섰을 때는 이미 절단된 왼팔은 완전히 재생되어 있었고 온몸의 상처도 거의 사라져 있었다.

그때 뒤에서 쭈뼛거리는 목소리가 들려왔다.

"저기……, 아스나 님? 그분들은 대체……. 게다가 저 기사들은……."

아연한 표정으로 서 있던 것은 정합기사 렌리였다. 그의 뒤에는 목숨을 구한 위사들 역시 똑같이 눈을 동그랗게 뜨고 있었다.

아스나는 렌리와 리즈벳 일행 사이를 번갈아 쳐다보다가 미소와 함께 대답했다.

"내 소중한 친구들이에요. 리얼월드에서 도와주러 왔어요."

렌리는 몇 번 눈을 깜빡이더니 리즈벳과 시리카를 빤히 응시하다가――.

앳된 티가 남은 얼굴에 커다란 안도의 표정을 띠었다.

"……그렇군요……. 정말 다행입니다……. 전 외부 세계의 인간들은 아스나 님 외에는 틀림없이 모두 저 무서운 병사들 같을 줄 알았는데……."

"잠깐만, 그럴 리가 없잖아!"

조금 의외라는 표정으로 그렇지만 친근감을 담은 웃음과 함께 리즈벳이 렌리의 어깨를 두드렸다.
"난 리즈벳이라고 해. 잘 부탁해, 기사 군."
"아……. 네. 처음 뵙겠습니다. 전 렌리라고 합니다."
그 광경을 미소를 지으며 보고 있던 아스나는 갑자기 확고한 예감이 들었다.
자신은, 이 광경을, 평생 잊지 않을 것이다.
두 개의 다른 세계에 태어난 사람들이 만나, 대화를 나누고, 관계를 쌓기 시작한 이 순간을 말이다. 앞으로도 오래오래 이어질 이야기를 슬픔으로 막을 내릴 수는 없었다.
크게 숨을 들이쉬고 아스나는 어조를 바꿔 리즈벳에게 말을 걸었다.
"리즈, 컨버트해준 사람들의 수는?"
"아……, 응. 2천을 조금 넘는 정도? 노력은 했지만……, 이야기를 들어준 사람 모두가 와준 것은 아니야……."
입술을 깨무는 친구의 등을 가볍게 쳤다.
"충분하고도 남아. 그렇지만……, 다시 컨버트할 가능성을 남겨두기 위해서라도 소모전은 피하고 싶어. 너무 전선을 넓히지 말고 방어선을 두껍게 하는 게 좋겠어. 리즈와 시리카는 200명 정도를 후방으로 돌려 지원부대를 만들어줘."
의식을 전투로 전환한 아스나는 렌리와 위사들에게도 빠른 어조로 지시했다.
"여러분도 미안하지만 수도사 부대와 합류해 치료술을 사용해주세요. 리얼월드의 검사들은 신성술이 익숙지 않으니 그들에게 술식을 알려주면 감사하겠어요."

"아……. 네, 아스나 님! 위사대, 들은 대로다! 원군인 기사들을 지원한다!"

렌리가 소리치자 연전에 피로에 지친 기색들로 가득했던 기사들도 힘찬 함성을 질렀다.

"……그럼 아스나 씨는 어떡할 거예요?"

그렇게 묻는 시리카에게 아스나는 한쪽 눈을 찡긋 감아 보였다.

"물론 제일 선두에 서서 싸울 거야."

이제 질 것 같은 생각은 전혀 들지 않았다.

최전선으로 달려가 ALO에서 친숙해진 얼굴들——. 실프족의 영주 사쿠야와 캐트 시의 영주 알리샤, 샐러맨더의 장군 유진 등의 모습을 찾아낸 아스나는 고개를 끄덕여 인사를 나눴다.

아니, ALO에서 컨버트한 사람만이 아니었다.

정확하기 짝이 없는 십자궁 연사로 검사들을 강력히 엄호하는 사람들은 시논과 마찬가지로 건 게일 온라인 출신의 플레이어들이었다.

또 밀집대형으로 폭풍처럼 적을 쓸어버리는 사람들은 수많은 VRMMO를 전전해온 최강의 길드 ≪슬리핑 나이츠≫의 일원들이었다.

아스나를 발견하고 방긋 미소를 짓는 마술사 시우네에게 오른손을 들어 보이며 다시 한 번 눈물이 나오려는 것을 참았다.

그들은 모두 분신인 아바타를 잃을 각오하에 도우러 온 것이었다. 그렇다면 유일하게 슈퍼 어카운트로 보호받는 자신이 최대의 위험을 감수함으로써 그들의 희생을 최소한으로 억제해야만 했다.

아스나는 전장을 달리며 원군들에게 계속 지시를 내렸고, 확대된 전선을 축소시켜 유적의 대로 입구를 중심으로 반원형으로 재편성했다.

아무리 컨버트해온 2천 명의 장비와 스테이터스가 강력하더라도 미국인 플레이어들은 아직도 만 명이 넘는 숫자가 남아 있었다. 소모전을 펼치면 사망자, 즉 데이터를 상실할지도 모를 플레이어가 계속 나올 것이다.

그 외에도 무시할 수 없는 걱정거리가 있었다.

언더월드에서 싸우는 한 결코 피할 수 없는 리얼한 통증이었다.

통증을 느낀 순간에는 이미 사망, 로그아웃되는 경우가 대부분인 미국인들과 달리 부상, 후퇴, 회복을 반복하는 일본인들은 항상 고통에 노출되어 있었다. 그것이 조금씩 마음을 망가뜨린다는 사실은 아스나 역시 직접적인 경험을 통해 알고 있었다.

――부탁이야, 모두들 힘내줘. 만 명의 적을 물리칠 때까지.

그렇게 되면 오션 터틀을 습격한 자들에게는 더 이상 언더월드에 투입할 수 있는 전력은 없을 것이다. 나머지는 기사장 베르쿨리와 시논에게 발이 묶여 있을 황제 벡터를 쫓아가 앨리스를 탈환하기만 하면 된다.

최전선에서 레이피어를 번뜩이며 아스나는 있는 힘을 다해

≪언더월드 대전≫ 전황
≪최종 부하 실험≫ 이틀째
동쪽 대문
정합기사
파나티오
정합기사
듀솔버트
아스나가
만들어낸
협곡
오크 족
릴피린
지모신 테라리아
리파
협력
교전
정합기사
셰이타
권투사 길드장
이스칸
미국인 플레이어로 구성된
암흑기사
교전
아스나
유 적
중국 · 한국
플레이어로 구성된
암흑기사
Poh
태양신 솔루스
시논
교전
정합기사
베르쿨리
암흑신
벡터
정합기사
앨리스
인계군 미끼부대
클라인, 리즈벳, 시리카,
에길 등 리얼월드에서
온 원군
정합기사
렌리
소녀연사
로니에
소녀연사
티제
키리토
(심신상실 상태)
월드 엔드 얼터
일러스트/쿠루스 타츠야

소리 질렀다.

"괜찮아……. 이길 수 있어! 모두 함께라면 반드시 이길 수 있어!!"

***

일본인 VRMMO 플레이어인 히로노 타카시는 대체 자신이 왜 이런 곳까지 온 것일까 하는 생각을 뒤늦게 하고 있었다.

오전 5시 친구의 전화에 잠을 깨 로그인한 ALO에서 갑작스러운 컨버트 요청에 응한 것은 결코 무엇인가를 필사적으로 소리치던 사람이 귀여운 여자아이였기 때문도, 그녀의 주장에 공감을 해서도 아니었다.

솔직히 왠지 모르게……라는 이유가 가장 컸다.

거기에 국가의 예산으로 만들어진 VRMMO는 어떤 세계일까 하는 호기심이 조금 있었다. 그리고 고등학교에 입학해 처음으로 친 시험이 최악이었던 탓에 어차피 이제 곧 어뮤스피어를 압수당할 것이라는 자포자기하는 심정 또한 약간 작용했다. 그리고——, 어쩌면 그쪽 세계에는 지금까지 해온 게임에서는 발견하지 못했던 ≪무엇인가≫가 진짜로 있을지 모른다는 예감이 왠지 들었기 때문이었다.

2년 동안 키운 캐릭터를 컨버트하여 들은 적도 없는 서버에 로그인한 타카시를 기다리고 있던 것은 눈앞에 버티고 선 붉은 갑옷의 거한과 네이티브의 영어 슬랭, 그리고 사정없이 쏟아지는 핼버드였다.

비명을 지르며 물러섰지만 핼버드의 끝이 왼쪽 다리 방어구에 명중, 장갑을 뚫고 살짝 정강이를 파고들었다. 그렇게 아픈 것은 초등학교 때 자전거에 치인 이후 처음이었다.

이런 말은 없었잖아——!! 마음속으로 절규하며 타카시는 핼버드의 추격을 필사적으로 피하고 초레어 장비인 한손검으로 겨우 거한을 격퇴했다. 다리의 상처에서 흐르는 대량의 리얼한 피에 구토를 일으킬 뻔했지만 지원부대가 끌다시피 하여 후방으로 옮겨주었다.

——더 이상은 못 해, 로그아웃할 거야!

그렇게 떠드는 타카시의 치료를 맡은 사람은 푸르스름한 사제복을 입은, 즉 프리스트인 동년배 여자아이였다.

그 아이를 보고 있으려니 왠지 무척이나 신기한 느낌이 들었다.

"곧 치료해드릴 테니 조금만 참아주세요. 기사님."

조용한 목소리로 그렇게 말하고 왼쪽 다리의 큰 부상——타카시의 기준에서지만——에 작은 두 손을 얹고 주문을 외우는 여자아이를 보며 그는 순간 NPC이려나 하고 생각했다.

그러나 회색이 섞인 갈색 눈동자에 떠 있는 진지함, 동양인 같기도 하고 서양인 같기도 한 아름다운 얼굴, 그리고 상처를 치료하는 하얀 빛이 전해주는 따스함. 그 모든 것이 타카시에게 이 아이는 NPC 같은 것도, 롤플레잉 게임 중인 일본인도 아닌, 이쪽 세계에서 살고 있는 진짜 인간임을 알려주었다.

그런 일이 가능한 것일까? 일본어로 말하긴 하지만 일본인도 그렇다고 NPC도 아니었다. 그렇다면 이 여자아이의 정체는 대체 무엇이란 말인가?

왼쪽 다리를 핼버드로 직격당했을 때가 아니라 그 상처를 여자아이가 마법으로 치료해줄 때가 되어서야 타카시는 자신이 단순한 이벤트가 아닌 무언가 거대한 사건의 한가운데에 있음을 강하게 실감했다.

사제복의 여자아이가 조금 자랑스러운 표정으로 두 손을 떼자 길이 5센티미터 정도였던 상처는 깨끗하게 나아 있었고 연갈색 흔적만 희미하게 남았을 뿐이었다. 통증도 물론 없었다.

"고……, 고마워……."

타카시는 더듬거리면서도 감사를 표했다. 뭔가 조금 더 ≪기사님≫에 어울리는 대사는 없을까 필사적으로 생각했지만 얼굴만 화끈거릴 뿐 도무지 혀가 움직여주지 않았다. 그 때문이었을까? 문득 정신을 차려보니 타카시는 자신도 전혀 생각 못 한 행동을 하고 있었다. 두 팔을 뻗어 소녀의 가녀린 몸을 살짝 끌어안은 것이다.

만약 이쪽 세계가 일반적인 VRMMO 월드였다면 타카시의 행위는 ≪NPC에 대한 부적절한 접촉≫으로 간주되어 시스템으로부터 경고를 받았을 것이다.

그러나 사제복의 소녀는 타카시의 품 안에서 움찔 몸을 떨며 놀란 듯 작게 숨을 들이마셨을 뿐이었다. 몇 초 뒤 타카시는 소녀의 팔이 쭈뼛거리며 자신의 몸을 감더니 소극적이긴 했지만 확실한 압력을 가하는 것을 느꼈다.

"괜찮을 거예요, 이국의 기사님."

귓가에 부드러운 목소리가 들려왔다.

"견습 수녀인 저 역시 이렇게 미약하나마 제 임무를 다하고 있으니까요. 기사님은 저보다 몇 배나 더 훌륭하게 또 용감하게 싸우고 계세요. 부디 잊지 말아주세요……. 당신이 많은 백성을, 그리고 세계를 지키기 위해 검을 들고 있다는 사실을."

그리고 소녀는 오른손으로 부드럽게 타카시의 등을 쓰다듬었다.

타카시에게 있어 여자아이를 끌어안는 경험은 현실세계와 가상세계를 통틀어 이번이 처음이었다. 그래서인지 설령 현실세계에서 애인이 생긴다고 해도 이 순간보다 더 큰 감동은 얻을 수 없을 것이라는 예감이 들었다.

꿈같은 순간이 지나고 서로의 몸이 떨어지자 타카시는 고민 끝에 물었다.

"저기……. 다, 당신 이름을 알려주실 수 있으세요?"

그러자 견습 수녀는 하얀 뺨을 살짝 물들이며 고개를 끄덕였다.

"네……. 전 프레니카라고 해요. 프레니카 세스키."

"프레니카……."

신비한 울림이었지만 눈앞의 소녀와 너무나도 잘 어울리는 그 이름을 중얼거리며 타카시는 명확한 목소리로 자신의 이름을 밝혔다. 베리오스라고 하는 캐릭터 명이 아닌 그다지 좋아하지 않는 본명을.

"……내 이름은 타카시……. 히로노 타카시. ……저기……, 이 전쟁이 끝나면 또 만날 수 있을까요?"

프레니카는 눈썹을 살짝 치켜올리더니 두 눈에 상냥한 빛을 담고 고개를 끄덕였다.

"물론이죠, 기사 타카시 님. 전쟁이 끝나고 세계에 평화가 찾아오면 그땐 꼭이요. 무운을, 삼신에게 빌겠습니다."

타카시의 왼손을 작은 두 손으로 살짝 감싼 뒤 프레니카는 조용히 일어섰다.

푸른 사제복 자락을 돌려 다른 부상자를 치료하기 위해 떠나는 프레니카의 뒷모습을 바라보며 타카시는 굳게 결심했다. 다시 그녀 앞에 가슴을 펴고――, 기사로서 서기 위해 마지막까지 용감히 싸울 것을. 이쪽 세계는 이미 게임이 아니었다. 타카시가 태어나고 자란 현실세계와 같은 질량을 가진 또 하나의 현실이었다.

설사 전투 중 히트 포인트, 아니 목숨이 다해 이 세계에서 퇴출될 때가 오더라도 마지막 순간까지 앞을 보고 검을 휘두를 것이다. 아무리 많은 상처를, 심한 고통을 받는다고 하더라도. 그렇게 하지 않으면 두 번 다시 프레니카를 만나지 못할 테니까.

타카시는 일어서서 "좋았어!" 하고 소리친 뒤 퀘스트가 아닌 사명을 완수하기 위해 다시 최전선을 향해 뛰기 시작했다.

제21장 각성
서기 2026년 7월 7일 / 인계력 380년 11월 7일

1

"늦지는 않았을……려나요."

과도한 혹사로 경직된 두 팔을 힘없이 늘어뜨리며 히가 타케루가 말했다.

일본의 더 시드 네트워크에서 갑자기 오션 터틀로 보내진 약 2천 개의 어카운트 데이터를 불과 한 시간도 안 되는 시간 동안 언더월드에 컨버트시킨 것이었다. 두 손의 손가락 끝은 여전히 키보드를 두드리는 느낌이 들었다.

"늦지 않았을 거야. 틀림없이."

스포츠 음료를 내밀며 코지로 린코 박사가 확고한 목소리로 대답했다.

음료를 받아든 히가는 악력을 잃은 오른손으로 힘들게 뚜껑을 비튼 뒤 꿀꺽꿀꺽 마셨다. 입에 들어오는 액체는 미지근했지만 그래도 가슴속이 시원해지는 듯했다.

절반 정도 마신 뒤 휴우 하는 한숨과 함께 히가는 힘없이 고개를 저었다.

"정말이지……. 제가 너무 멍청했지 말입다……."

라스 록폰기 지부에 갑자기 나타난 리파, 시논이라는 이름의 여고생들로부터 습격자들이 현실세계의 미국인 VRMMO

플레이어들을 언더월드로 다이브시키려 한다는 이야기를 들었을 때는 꼬박 5초간이나 사고가 정지해버리고 말았다.

게다가 그 사실을 알아낸 사람이 유우키 아스나의 휴대전화 단말에 접속해 있던 기존 타입 AI라는 말을 듣자 자신의 명청함을 전면적으로 인정할 수밖에 없었다.

키쿠오카 이좌의 지인이라는 고등학생들을 록폰기의 STL로부터 남은 슈퍼 어카운트로 언더월드에 다이브시키고 그 뒤 엄청난 컨버트 작업을 수행, 겨우 2천 명의 원군을 유우키 아스나의 현재 좌표로 강하시킨 참이었다.

모두 합쳐 5만이 넘는 미국인 플레이어들을 배제하지 못하면 ≪앨리스≫는 거의 확실하게 적의 수중으로 넘어갈 것이다. 실제로 상황을 인식한 키쿠오카 이좌와 나카니시 일위는 오션 터틀의 외벽을 인력으로 기어올라 위성 안테나를 물리적으로 파괴하는 일도 검토했다.

그러나 외벽까지 나가기 위해서는 메인 샤프트를 상하로 나누는 내압격벽을 몇 분간 열어야 할 필요가 있었다. 그것이 습격자들에게 알려지면 여기 서브 컨트롤 룸까지 제압당하는 최악의 결과를 초래할 수 있었다.

그런 까닭에 키쿠오카와 히가는 모든 것을 맡기기로 한 것이다. ≪창세 삼여신≫으로 언더월드에 강림할 세 명의 여고생과 어카운트 상실이라는 리스크를 지고도 원군으로 지원해준 일본의 VRMMO 플레이어에게.

그들의 접속을 용인한 시점에 앨리시제이션 계획의 기밀 정보는 이미 반 이상 공개된 것이나 마찬가지였다.

그렇지만 더 이상 그런 일은 큰 문제가 아니었다.

습격자들, 그리고 아마도 녀석들의 배후에 있을 미국의 군산복합체에 앨리스를 빼앗기고 다가올 무인병기 시대에 또다시 그들에게 완전히 지배당하는 일과 비교하면 말이다.

"그렇습다……."

히가는 의자에 완전히 몸을 파묻은 채 누구에게도 들리지 않을 음량으로 독백했다.

"앨리스는 이미 단순한 UAV 컨트롤용 AI가 아니야. 진짜 이세계에서 태어난 새로운 인류인 거지……. 자네는 이미 오래전 그 사실을 알고 있었고. 그렇지……? 키리가야 군?"

시선을 언더월드 남부의 상황을 표시한 메인 윈도우에서 구석에 표시된 키리가야 카즈토의 플럭트라이트 모니터창으로 옮겼다.

조금씩 흔들리는 방사광은 여전히 그 중앙에 차디찬 허무를 품은 상태였다. 상처받고 잃어버리고 만 주체……. 메인 이미지.

그 윈도우를 계속 열어두는 것이 견딜 수 없어진 히가는 마우스를 조작해 창을 최소화했다.

그리고 왼쪽 버튼을 클릭하기 직전 문득 손가락을 멈추었다.

"응……?"

동그란 안경을 밀어 올리며 윈도우 밑에 작게 표시된 플럭트라이트 활성 상태의 변동 로그를 응시했다.

불과 45분 전에 지금까지는 거의 움직이지 않았던 꺾은선 그래프가 예리한 꼭짓점을 그리고 있었다. 급히 마우스를 다시 쥐고 로그를 왼쪽으로 슬라이드시켰다. 그러자 열 시간 정도 거슬러 올라간 지점에 더 큰 꼭짓점이 하나 더 존재했다.

"자……, 잠깐만요, 린코 선배. 이것 좀 봐주시겠어요?"

"그렇게 부르지 말라니까."

못마땅한 목소리와 함께 코지로 박사가 메인 스크린으로 얼굴을 돌렸다.

"이건 키리가야 군의 플럭트라이트 그래프잖아? ……이 변동은 뭐지?"

"그의 상실된 의식이 일순이지만 활성화되는 모습을 보였다……는 뜻이지만 그럴 리가 없지 말임다."

"무슨 말이 그래? ——외부에서 자극이 있었던 것 아냐?"

"그렇다고 해도 그 자극을 처리하는 회로가 완전히 정지된 상태지 말임다. ……어디 보자, 이 시간은……."

히가는 꼭짓점 부분을 클릭해 시각을 표시시켰다. 그러나 그것을 확인한들 그 시각에 언더월드 내부에서 무슨 일이 있었는지를 알 방법은 없었다.

그러나 바로 그때——.

"잠깐만."

코지로 박사가 긴장된 목소리로 소리쳤다.

"이 시간이면……, 둘 다 그 아이들이 STL에서 다이브했을 때 아냐? 최초의 꼭짓점은 아스나 씨, 다음 꼭짓점은 록폰기에 나타난 시논 씨와 리파 씨……."

"앗, 정말요? ……우와, 정말이지 말임다."

히가도 숨을 들이켰다. 확실히 꺾은선그래프에 두 개의 예리한 꼭짓점이 만들어진 시간은 여고생들이 언더월드에 내려온 직후가 분명했다.

"대체 어떻게 된 일이지……? 그저 친한 인간이 나타났기 때문에 강한 반응을 나타낸 것뿐인 건가? 아니야……. 키리가야 군의 대미지는 그런 리리컬한 이유로 회복될 만한 게 아냐……. 뭔가 이유가……, 피지컬적이고 로지컬한 이유가 분명 있을 거야……."

의자에서 일어나 히가는 이리저리 콘솔 앞을 맴돌기 시작했다. 그런 히가의 움직임에 조금 떨어진 의자에서 매우 지친 기색을 보이고 있던 키쿠오카와 벽 쪽에 지쳐 쓰러져 있던 기술자들도 의아한 시선을 보냈다.

그러나 그것도 모른 채 히가는 사고를 계속 회전시켰다.

"자기……. 그리고 주체……. 자신을 자신이라고 규정하는 이미지……. 그 양자 패턴의 백업이 어딘가에 있는 건가……? 아니야, 불가능해……. 키리토 군의 플럭트라이트는 한 번도 복사한 적이 없었고 만약 복사했다고 하더라도 거기에서 자기 이미지를 꺼내서 읽는 일 따윈 불가능해……. 그의 플럭트라이트에 접촉 가능한 살아 있는 양자 패턴이라면……. 어디지……? 어디에……."

"있잖아. ……저기, 히가 군."

히가 군 하고 몇 번이나 이름을 불린 뒤에야 히가는 고개를 들었다.

"뭔가요?"

"아까부터 히가 군이 이야기하는 주체라는 건 구체적으로 무슨 뜻이야?"

"그러니까……, 그건 쉽게 말해……."

몇 초 동안 시간을 들여 사고를 전환한 뒤 빠른 어조로 대답했다.

"≪보는 것과 동시에 아는 것≫……이라고 할까, 마음속의 자신이지 말입다. 철학에서 발하는 객체에 대한 주체. 감각을 통해 받아들이는 모든 정보를 처리하는 메인 프로세서……를 말하는 거죠."

"흐음……. 그렇다면 히가 군은 STL을 사용해 유물론과 이원론을 통합한 거네? 뭐, 그 이야기는 됐고 내가 하고 싶은 말은 주체와 객체가 그렇게 간단하게 나눌 수 있는 것이냐 하는 거야."

"……네?"

예상외의 말에 히가는 두 눈을 몇 번인가 깜빡거렸다.

키쿠오카와 기술자들도 입을 다물고 쿨링팬이 돌아가는 소리만 낮게 울리는 실내에 코지로 박사의 허스키한 목소리가 이어졌다.

"인식하는 쪽은 주체. 인식당하는 쪽은 객체. 그건 어디까지나 사물의 관계를 나타내는 철학적 개념일 뿐 플럭트라이트로 가시화된 우리 한 사람 한 사람의 의식구조에 그대로 적용시킬 수는 없다고 생각해. 인간은 사회적 동물이지 유일한 개인으로 존재하는 게 아니니까. 자신 속의 타인, 타인 속의 자신……. 그런 것들이 어느 정도 네트워크적으로 접속되어 있을 수도 있어. 그렇게 생각 안 해?"

"타인……, 속의……, 자신……?"

소리를 내어 말해본 순간 히가는 그 개념이 자신이 가장 기피하는 종류의 것이라는 사실을 자각했다.

다른 사람에게 어떻게 보일까? 다른 사람과 비교하면 어느 정도일까?

코지로 린코에게 어떻게 보일까?

카야바 아키히코와 비교하면 어느 정도일까?

——그렇구나…….

——난 나 자신의 얼굴조차 모르고 있어. 자화상을 그리면 아마 닮은 듯 닮지 않은 이상한 그림이 나오겠지. 그건 내가 나 자신을——, 외모도 내용물도 아무리 발버둥 쳐도 카야바 선배와 비교도 되지 않는 자신의 모습을 계속 기피해왔기 때문이야. 내 안의 주체 같은 건 어차피 그 정도의 것이니까.

그래, 아마 주위 사람들 속의 ≪히가 타케루≫를 모아 합성하면 상당히 높은 완성도로 재현할 수 있는 정도의 존재밖에 안 되는 거야…….

이거 한 방 맞았군, 하고 자조 섞인 쓴웃음을 지으려던 히가는——.

그때에서야 겨우 코지로 린코가 한 말의 진의를 깨달았다.

"……셀프 이미지의 백업!"

그렇게 중얼거리고 번쩍 얼굴을 들었을 때는 이미 한심한 자기혐오는 어디론가 사라지고 없었다.

"그렇구나……. 있어, 있지 말임다. 키리가야 군의 날아가버린 주체를 보충할 수 있는 데이터가! 그와 가까운 사람들의 플럭트라이트 안에……!!"

소리치고 그에게 가능한 최대한 빠른 걸음으로 좌우를 맴돌았다.

"그렇지만 그걸 추출하기 위해서는 STL이 필요해……. 그것도 한 사람만으로는 재현성이 떨어지고. 적어도 두 사람, 아니 세 사람은……."

크게 숨을 들이마셨다가, 멈췄다.

키리가야 카즈토를 가장 깊이 알고 상세한 이미지를 영혼에 보존하고 있는 인물. 그것은 틀림없이 유우키 아스나였다. 게다가 그녀는 바로 지금 카즈토 바로 옆에 있는 STL에 누워 있었다.

그리고 록폰기 지부의 STL에는 역시 카즈토와 가까운 사이인 여자아이가 두 사람 더.

히가는 키쿠오카 이좌에게 시선을 던지며 갈라진 목소리로 물었다.

"키쿠 씨, 록폰기에서 다이브한 아이들은 키리가야 군의 관계자……인 거죠?"

"……그래, 맞아."

키쿠오카도 검은 테 안경의 렌즈를 번쩍 빛내며 끄덕였다.

"시논 군은 반년 전에 일어난 ≪사총(死銃)≫ 사건을 키리토 군과 함께 해결한 사이야. 그리고 리파 군은 키리토 군의 여동생이고."

일순의 침묵이 이어졌고 히가도 동그란 안경의 렌즈를 번뜩였다.

"……됐어, 됐어요, 이제! 할 수 있어……. 복원할 수 있을지도 모르지 말임다. 키리토 군의 셀프 이미지를! 그녀들의 플럭트라이트에 보존되어 있을 키리가야 군의 이미지를 추출해 상실된 영역에 연결시키면……. 그 살아 있는 데이터는 키리가야 군의 플럭트라이트에 융합되어 활성화시키고 원래의 주체를 회복시킬 겁니다……."

몸속 깊은 곳에서 끓어오르는 열기에 도취되었는지 히가는 짝 하고 양손으로 박수를 쳤다.

그리고 1초 뒤.

그 열기가 모조리 흔적도 없이 사라지는 것을 느꼈다.

"아……, 이런……, 말도 안 돼……. 아아아……!"

"왜, 왜 그러는 거야? 무슨 일인데? 히가 군!"

빠른 말투로 재촉하는 린코에게 시선을 던지며 히가는 열에 들뜬 것처럼 중얼거렸다.

"그 조작을 할 수 있는 곳은……, 메인 컨트롤 룸뿐이지 말임다……."

그저 무거운 침묵만이 화산재처럼 주위에 떨어져 서브 컨트롤 룸 바닥에 쌓였다.

깊은 한숨을 쉰 것은 지휘관인 키쿠오카였다.

"그렇군……. 당연히 그렇겠지……. 아니, 그렇게 침울해할 것 없어, 히가 군. 키리토 군의 치료에 광명이 보인 것만으로도 다행이잖아. 실제 오퍼레이션은 상황이 종료되고 오션 터틀에서 녀석들을 몰아낸 다음에라도……."

"그래서는……, 너무 늦지 말임다……."

고개를 숙인 채 히가는 키쿠오카의 말을 잘랐다.

"호위함 ≪나가토≫에서 특수 작전 부대가 돌입해 메인 샤프트 내부에서 대규모 전투가 벌어지면 서브 전원도 끊기겠죠. 메인컨의 설비도 파괴될지 모르고요. 그럼 당연히 키리가야 군의 STL은 셧다운될 테고 그는 언더월드에서 의식불명인 채 로그아웃이 되겠죠. 그렇게 되면……. 아마 키리가야 군은 이제 두 번 다시 STL에 접속하지 못할 겁니다. 현재로선 초기 스테이지를 통과하지 못했으니까요……. 치료는 어떡해서든 그와 세 명의 여자아이가 언더월드에 다이브해 있는 동안 해야만 하지 말입다."

담담하게 말을 이으며 히가는 다시 몸속 깊은 곳에서 일종의 결의가 차오르는 것을 느꼈다.

이런 상황에서 자신이라면 어떻게 할까?

얼마 전이었다면 히가의 주체는 이렇게 대답했을 것이다. 내가 할 수 있는 게 있을 리 없잖아. 카야바 선배도 아니고.

그렇지만 그런 것은 진짜 셀프 이미지가 아니다. 그저 도망치기 위한 핑계일 뿐인 것이다.

내가 아는 히가 타케루, STL과 언더월드를 설계한 대천재라면 틀림없이 이렇게 말할 것이다.

"……제가 가야지 말임다. 키쿠 씨."

"가다니……, 어디를?"

얼굴을 찌푸리는 알로하셔츠 차림의 지휘관에게 몸 전체를 돌리고 히가는 크게 숨을 마신 다음 말을 이었다.

"딱히 점거된 메인 컨트롤에 난입하겠다는 건 아니에요. 그러니까……, 지금 키리가야 군이 있는 제2 STL실과 내압격벽 아래의 메인컨은 오션 터틀을 관통하는 메인 샤프트의 선미 쪽 케이블덕트로 이어져 있죠. 그리고 케이블에는 한 군데 점검용 커넥트가 있고요. 제2 STL실을 통해 덕트로 침입한 다음 사다리를 타고 내려가 점검 커넥터에 랩톱으로 접속하면 키리가야 군의 STL을 조작할 수 있을 겁니다."

히가의 아이디어를 들은 키쿠오카는 순간 의표를 찔린 듯 검은 테 안경 안쪽의 눈을 크게 떴지만 금세 굳은 표정을 지으며 반박했다.

"그렇지만 점검 커넥트는 습격자와 우리를 나누고 있는 내압격벽의 건너편에 있잖아. 커넥트에 액세스하기 위해서는 현재 케이블덕트를 폐쇄하고 있는 격벽의 로크를 일시적으로 해제해야 하는데 덕트는 메인컨 옆에 있는 제1 STL실에서도 액세스할 수 있어. 만약 로크 해제를 들키게 되면 이쪽의 작전을 간파당해 아래쪽에서부터 공격을 당할 가능성도 있다고."

"그 문제는 미끼 작전으로 가죠."

"미끼……라고?"

키쿠오카의 눈빛이 한층 더 날카로워졌지만 히가는 재빨리 고개를 저었다.

"물론 귀중한 인원을 투입하자는 건 아니지 말입다. 격벽의 로크를 해제한 뒤 덕트 반대편에 있는 인간용 계단으로 아래쪽으로 투입하는 겁니다……. 그걸 써서요."

"그래……. ≪이치에몬≫ 말이군. 다행히 그건 어퍼 샤프트 창고에 보관되어 있지. 이봐, 누가 그걸 좀 여기로 가져와줘."

키쿠오카의 지시로 벽 쪽에 앉아 이야기를 듣고 있던 스태프 두 사람이 종종걸음으로 방에서 나갔다. 한편 코지로 박사는 걱정스러운 표정으로 입을 열었다.

“잠깐만……. 이치에몬을 미끼로 쓴다고 해도 그건 아직 계단을 천천히 오르내리는 일밖에 못 하잖아? 적의 주의를 끈 뒤 재빨리 돌아오는 일은 불가능해.”

이치에몬, 정식 명칭 ≪일렉트로액티브 머슬드 오퍼레이티브 머신1≫은 인공 플럭트라이트 탑재용 인간형 머신보디의 실험기였다. 금속 골격을 폴리머 근육으로 움직이는, 쉽게 말하자면 인간형 로봇이었다. 실험기인 까닭에 보기 좋은 외장재 등은 전혀 붙어 있지 않았고 부품과 와이어 등이 그대로 드러나 있어 방탄 성능은 전혀 없었다.

어제 히가에게 이치에몬의 자율보행용 밸런서 조정을 부탁받은 린코는 이런저런 불만을 늘어놓으면서도 꽤 진지하게 임했던 만큼 ≪이치에몬 미끼 작전≫은 마음에 내키지 않는 모양이었다. 물론 히가 자신도 무척 유감이었지만 지금은 기재를 아까워할 상황이 아니다.

“……이치에몬에게는 미안하지만 활약을 기대하는 수밖엔 없습다. 어쩌면 겉모양이 그러니까 적도 폭발이 두려워 마구 쏘아대지는 않을 수도 있죠.”

“……그러네…….”

그런 대화를 하는 사이 슬라이드 도어가 열리고 거대한 운반용 수레가 데굴데굴 굴러왔다. 그 위에 무릎을 세운 자세로 앉아 있는 것은 투박한 머리에 세 개의 렌즈를 단 무섭게 생긴 기계인형이었다.

코지로 박사는 복잡한 표정으로 이치에몬을 바라보다 바로 몸을 돌렸다.

"……하긴 확실히 이런 외양이라면 눈에 잘 띌 테고 이쪽이 뭔가 말도 안 되는 계획을 꾸미고 있을 거라는 생각을 들게 할 수도 있겠어……."

"적어도 무시는 못할 겁니다. 적이 이치에몬에 대응하는 동안 전 케이블덕트 하부에 침입, 점검 커넥터를 통해 키리가야 군의 STL을 조작하겠습니다. 문제는 이 녀석이 몇 분이나 시간을 벌어주느냐인데……."

히가의 말을 들은 키쿠오카는 꼰 다리로 나막신을 흔들며 말했다.

"아예 ≪니에몬≫도 같이 투입할까?"

"유감이지만 그건 무리지 말입니다."

히가가 어깨를 움츠리며 대답했다.

"확실히 기체의 성능은 니에몬 쪽이 낫습니다만 그 녀석은 완전히 인공 플럭트라이트에 의한 제어를 전제로 하고 있어 이치에몬과 달리 자율 밸런서가 탑재되어 있지 않습니다. 지금 상태로는 계단을 내려가는 순간 전복될 겁니다."

"그렇군……."

고개를 끄덕이는 지휘관으로부터 돌린 시선을 오른쪽으로 향하자 린코는 왠지 묘한 표정으로 바닥 한쪽을 보고 있다가 금방 제정신을 차리고 물어왔다.

"그렇지만 히가 군, 격벽의 로크 해제는 그렇게 얼버무린다고 해도 히가 군이 발견될 위험성이 완전히 없어지는 건 아니잖아. 역시 케이블덕트에는 호위해줄 사람을 데리고 가는 편이 좋지 않을까?"

"……아뇨, 지금으로선 자위관 스태프는 엄청 귀중한 전력이에요. 게다가 좁은 덕트를 빠르게 이동할 수 있는 사람은 비쩍 마른 저 정도잖아요. 빨리 갔다가 빨리 돌아올게요."

평소의 말투로 그렇게 대답했지만 구체적인 상황을 상상하자 심장 박동이 조금 가속되었다.

만약 적에게 발각되어 덕트 아래쪽에서 권총에 맞기라도 하면 도망칠 방법이 없다. 오션 터틀이 습격당했을 때도 총성을 들었을 뿐 적 전투원의 모습을 눈으로 본 것은 아니었다.

——그렇지만.

난……. 아니, 라스라고 하는 조직 자체가 키리가야 군에게 너무나도 큰 빚을 졌어.

히가 타케루의 뇌리에 다시 그런 생각이 스쳤다.

기억을 블록했다고는 하지만 현실세계에서 사흘, 언더월드 내부에서는 10년이라는 긴 시간의 다이브를 강요하여 인공 플럭트라이트들에게 중요한 방아쇠 역할을 하게 했다. 한계를 돌파한 플럭트라이트 ≪앨리스≫의 탄생에는 분명 카즈토라는 존재가 처음부터 마지막까지 자리 잡고 있었다.

뿐만 아니라 그 뒤 치료 목적이긴 했지만 리미터를 해제한 STL에 접속시킴으로써 결과적으로 플럭트라이트에 중대한 대미지를 입히고 말았다. 게다가 그 대미지는 그가 앨리스를 지키기 위해 언더월드의 지배조직과 힘든 싸움을 펼치며 많은 동료를 잃은 것이 원인이었다. 그렇다면 그를 치료할 수 있는 가능성이 있는 한 어떤 리스크가 있더라도 그 가능성에 도전해야만 한다. 그렇게 하지 않으면 평생 얼굴을 들 수 없을 것이다.

히가 타케루는 주먹을 힘껏 쥐고 키쿠오카를 보며 고개를 끄덕였다.

그때였다.

네 번째 목소리가 서브 컨트롤 룸에 울렸다.

"저기……, 저도 히가 치프와 같이 가겠습니다……."

전원의 시선을 모은 것은 지금까지 벽 쪽 매트리스에 앉아 있던 라스 기술 스태프 중 한 사람이었다.

히가 못지않은 작은 체구에 긴 머리카락을 뒤로 묶고 있었다. 용기 있게 나선 것에 비해서는 조금 믿음직스럽지 못한 뻣뻣한 동작으로 일어나 말을 이었다.

"저도 이렇게 말랐지만……, 그래도 치프의 총알막이……, 정도는 할 수 있을 겁니다. 게다가 지금까지 케이블 쪽을 보수한 건 저니까……."

알아듣기 힘들 만큼 작은 목소리로 말하는 그 남성 스태프의 얼굴을 히가는 빤히 쳐다보았다.

상당한 연상으로 아마 30대 중반일 것이다. 오션 터틀에 몇 개월이나 있었던 것 치고는 피부가 희다. 문득 대기업 게임 개발사를 퇴직하고 라스에 참가한 인물이라는 사실이 떠올랐다.

전력적으로는 자위관과 비교가 안 되겠지만 솔직히 동행이 있는 것만으로도 한결 마음이 든든하다. 히가는 의자에서 일어나 스태프에게 깊이 고개를 숙였다.

"……사실은 점검 커넥터의 위치가 가물가물 하지 말입다. 동행해 주시겠다니 정말 감사합니다. 야나이 씨."

2

현실세계에 귀환한 가브리엘 밀러는 STL 2호기 안에서 천천히 눈을 떴다.

정확하게는 귀환이 아닌 예정 외 방출이었다. 셸 베드에 누운 채 가브리엘은 희미하게 느껴지는 경이로운 맛을 입속에서 음미했다.

다른 사람도 아닌 내가 가상세계의 일대일 전투에서 패배하다니. 게다가 상대는 인간이 아니라 AI였다.

그 기사에게 패한 이유가 무엇인지 가브리엘은 귀중한 몇 초를 사용해 생각하려고 했다. 의지의 강도? 영혼의 유대? 사람과 사람을 묶어주는 사랑의 힘……?

——바보 같은 소리.

가브리엘은 입술 끝에 희미한 냉소를 띠었다. 현실세계든 가상세계든 눈에 보이지 않는 힘이 있다고 하면 그것은 오직 하나——. 자신을 이끄는 운명의 힘뿐이었다.

즉 패한 것은 필연적인 일이었기 때문이다. 운명은 암흑신 벡터 따위의 빌린 아바타가 아니라 가브리엘 자신의 모습으로 싸우기를 원하고 있는 것이다. 올바른 방식으로 다시 한 번 저쪽 세계에 강림할 것을 원하는 것이다.

그렇다면 거기에 따를 뿐이다.

생각을 마치고 가브리엘은 소리도 없이 시트에서 내려왔다.

다른 한 대의 STL에 눈을 돌리니 의외로 부관 바사고 카살스가 아직도 다이브 중이었다. 한참 전에 사망해 로그아웃을 했을 거라 생각했는데, 이 남자도 또 무엇인가 원하는 것을 찾아낸 것일까?

——뭐 마음대로 하라지.

어깨를 움츠리고 가브리엘은 인접한 메인 컨트롤 룸으로 이어지는 문을 열었다. 콘솔을 향하고 있던 빡빡머리 대원이 고개를 들고 긴장감이라고는 느껴지지 않는 목소리로 말했다.

"수고하셨습니다, 대장님. 이야——, 당하고 마셨네요——."

"상황은?"

싸늘하게 반문하자 크리터는 표정을 경직시키고 보고를 시작했다.

"그러니까——, 지시하신 대로 미국에서 긁어모은 플레이어 5만 명을 순차적으로 투입했습니다. 이미 절반은 소모했지만, 인계군의 섬멸이라고 하는 목적은 달성할 수 있을 겁니다. 불확정 요소로서는 라스 측도 마찬가지 수단을 들고 나온 것으로……. 전장에 일본에서의 대규모 접속이 확인되었습니다. 수는 대략 2천 정도이므로 큰 문제는 안 될 거라 생각합니다만."

"흐음……."

가브리엘은 한쪽 눈썹을 치켜 올리고 메인 스크린을 쳐다보았다.

그곳에는 언더월드 남부의 지형도가 표시되어 있었다. ≪동쪽 대문≫에서 일직선으로 남쪽으로 × 자 표시에서 끊어진 검은색 라인은 암흑신 벡터, 즉 가브리엘의 이동 로그일 것이다. 세계의 남단에 존재하는 시스템 콘솔까지는 아직 절반도 와 있지 않았지만 앨리스는 지금도 × 자 지점에 머물러 있을 것이다.

그리고 검은색 라인을 뒤쫓는 것처럼 굵고 하얀 라인도 남하하고 있었다. 인계군이겠지만 지금은 밀집된 상태에서 움직이지 않고 있었다.

그 하얀 인계군을 붉은색으로 표시된 대군이 바싹 따라와 있었다. 이것이 미국인으로 구성된 VRMMO 플레이어라면 흰색과 붉은색 사이에 방벽처럼 퍼져 있는 푸른빛이 일본에서 접속한 2천——일 것이다.

"이 일본인들이 사용한 것은 인계군의 디폴트 어카운트인 건가?"

"그럴 거라 생각합니다만 그게 무슨 문제라도?"

"아냐……."

크리터가 건넨 미네랄워터 병을 입으로 가져가며 생각했다.

일본의 VRMMO 중독자들이 그들의 분신, 아니 어떤 의미에서는 현실의 자신보다 소중한 존재인 캐릭터를 언더월드에 컨버트하는 일이 가능할까?

아니, 설마. 가브리엘은 다시 차가운 미소를 띠었다.

보름쯤 전 참가했던 VRMMO ≪건 게일 온라인≫ 일본 서버의 PvP 대회에서 일본인 플레이어들은 가브리엘에게 싱겁게 전멸당했다. 그들이 호기심으로 언더월드에 접속하더라도 자신의 캐릭터가 상실될 리스크를 짊어질 리는 없었다.

대회의 마지막 순간 필살의 초크 슬리퍼에 걸리고도 마지막까지 포기하려고 하지 않았던 하늘색 머리카락의 여자 스나이퍼가 살짝 뇌리를 스쳤지만 가브리엘은 금세 생각의 흐름을 되돌렸다.

"——좋아, 난 다시 한 번 다이브하겠어. 이 어카운트를 언더월드에 컨버트해."

마침 콘솔에 있던 펜과 종잇조각에 ID와 패스워드를 적어서 건네자 크리터가 기묘한 표정을 지었다.

"어라, 대장님도요?"

"대장님도……라니?"

"아뇨, 바사고 자식도 한 번 죽어서 돌아왔습니다만 무슨 영문인지 즐거운 표정으로 자기 어카운트를 컨버트해서 다시 들어갔거든요."

"……흐음."

가브리엘은 크리터 앞에 떨어져 있는 종잇조각에 시선을 던졌다. 바사고 것이 분명한 ID의 맨 앞 세 개의 알파벳이 똑똑히 보였다.

"……그래, 그랬군."

큭큭큭 하고 보기 드문 진짜 웃음소리가 목구멍에서 흘러나왔다. 한층 더 의아한 표정을 짓는 크리터의 어깨를 가브리엘은 탁 치며 말했다.

"신경 쓸 것 없어. 저렇게 보이지만 그 녀석에게도 있는 거야……. 원한이라는 것이. 그럼 잘 부탁해."

발걸음을 돌려 다시 STL실로 향하는 도중에도 가브리엘의 입술에는 일그러진 미소가 그려져 있었다.

***

같은 시각, 바사고 카살스 역시 검은 후드를 쓴 채 히죽히죽 웃으며 눈 아래 전장을 바라보고 있었다.

대로 입구에 선 신상의 머리 위에서는 미국인 플레이어와 일본인 플레이어가 피투성이가 되어 서로를 죽이는 모습이 잘 보였다.

아니, 정확히 표현하자면 그것은 일방적인 살육이라 불러야 할 것이다.

대로 입구를 중심으로 넓은 반원을 그리며 포진한 2천 명의 일본인들은 쇄도하는 붉은 보병 집단을 거의 소모 없이 쓰러뜨리고 있었다. 장비의 성능과 연계력의 차이도 컸지만 후방 지원 체제의 유무가 결정적이었다. 부상을 당한 플레이어는 즉시 대로 안쪽에 설치된 진지로 운반되었고 회복주문으로 부상을 고친 뒤 다시 건강한 모습으로 전선으로 달려갔다.

현실세계와 동일한 고통이 존재하는 언더월드에서 그들의 높은 사기는 감탄스러운 것이었다. 하긴 2천 명이나 되는 플레이어가 자신의 메인 캐릭터를 컨버트해서 참전하는 일 자체가 엄청난 기적이었다.

가브리엘 밀러조차 있을 수 없는 일이라 부정한 지금 이 상황을——.

바사고 카살스는 거의 정확하게 예측했다.

미국에서 접속이 가능하다면 일본에서도 인계 사이드의 원군이 올 것이라는 것. 그리고 그것은 컨버트를 이용해 이루어질 것이라는 것까지 바사고는 예측했던 것이다.

그는 지금 맹수처럼 활약하고 있는 일본인 플레이어 중에 ≪섬광≫ 아스나 이외에도 몇 사람인가 아는 얼굴을 발견하고 진심으로 기뻐하고 있었다.

이제 두 번 다시 맛볼 수 없을 것이라 포기했던 그 데스 게임이 형태를 바꿔 다시 출현한 것이다.

아니, 물론 이쪽 세계에서 죽는다 해도 현실세계의 플레이어들이 진짜 목숨까지 빼앗기는 것은 아니다.

그러나 언더월드에는 그 부유성에서는 없었던 것이 있고 있었던 것이 없었다.

즉——.

≪고통≫이 있고.

≪범죄 방지 코드≫가 없었다.

그렇다면 틀림없이 즐길 수 있을 것이다. 어쩌면 자신의 손으로 직접 생명을 빼앗는 것 이상의 흥분도 느낄 수 있을지 모른다.

"크크, 크크크, 크크크크크."

참지 못하고 바사고는 후드 아래에서 작게 웃음을 터뜨렸다.

***

——늦고 말았어.

시논은 장년 검사의 피투성이 시신과 그것을 끌어안고 우는 황금의 여성기사를 아무 말도 없이 응시했다.

기사의 주변에는 두 마리의 거대한 비룡이 슬픔을 공유하는 듯 머리를 숙이고 있었다.

세계의 운명을 좌우할 ≪빛의 무녀≫ 앨리스와 그녀를 납치한 암흑신 벡터, 그리고 두 사람을 추적한 기사장 베르쿨리를 따라잡기 위해 시논은 필사적으로 비행했다. ALO에서 맹훈련했던 비행술을 발휘해 시스템이 허락하는 최대의 속도로 남쪽으로 날아왔지만 겨우 따라잡았을 때에는 이미 전투는 끝나 있었던 것이다.

아니――, 찬양받아야 할 것은 베르쿨리의 힘일 것이다.

따라잡을 수 있을 리 없는 벡터의 비룡을 따라잡았고 쓰러뜨릴 수 있을 리 없는 슈퍼 어카운트를 쓰러뜨렸다.

그러나 한 가지 커다란 부조리가 존재했다.

기사장 베르쿨리의 죽음으로 인해 그 영혼은 영원히 소실되었다. 그런데 똑같이 죽은 암흑신 벡터의 영혼은 꼭 그렇지도 않았다.

시논은 울음은 멈추었으나 허탈한 모습으로 고개를 숙이고 있는 앨리스에게 위기가 사라진 것이 아님을 알리고 싶었지만 어떻게 말을 걸어야 할지 알 수 없었다.

귀중한 몇 분이 침묵 속에서 흘러간 뒤 먼저 입을 연 것은 기사 앨리스 쪽이었다.

울부짖는 모습이 처절하리만치 아름답던 앨리스를 바라보며 숨을 죽이고 있던 시논을 수면처럼 빛나는 코발트 블루빛 눈동자가 똑바로 응시했다. 분홍색 입술이 살짝 움직이며 백

은으로 만든 방울 소리를 연상시키는 목소리가 울렸다.

"당신도……, 리얼월드에서 오신 건가요?"

"네……."

시논은 고개를 끄덕이며 어렵게 입을 움직였다.

"전 시논이라고 해요. 아스나와 키리토의 친구고요. 암흑신 벡터와 싸워 당신과 베르쿨리 씨를 도울 생각이었지만……. 죄송해요, 늦어버렸네요."

격투의 흔적이 남아 있는 바위산에 무릎을 꿇고 머리를 숙이는 시논에게 앨리스는 조용히 고개를 흔들었다.

"아니에요……. 제가 어리석었어요. 배후를 경계하지도 않고 어린애처럼 납치당한 건 제 불찰이었어요. 아저씨의……, 위대한 정합기사장의 목숨에 비하면 저 같은 것의 목숨 따위는……, 아무것도 아닌데……."

그 목소리에서 느껴지는 깊은 후회와 자책에 시논은 말을 잃고 말았다. 앨리스는 필사적으로 눈물을 참는 표정으로 새로운 질문을 입에 담았다.

"전황은 어떻게 되어가고 있나요?"

"……아스나와 인계군이 리얼월드에서 온 붉은 군대를 간신히 막고 있어요."

"그렇다면 저도 북쪽으로 돌아가겠어요."

비틀거리며 일어서서 한쪽의 비룡으로 향하는 앨리스를 시논은 멈춰 세웠다.

"그건 안 돼요, 앨리스 씨. 당신은 이대로 남쪽 ≪종말의 제단≫으로 가세요. 제단에 있는 콘솔……. 아니, 수정판을 만

지면 리얼월드에서 부를 거예요."

"왜죠? 황제 벡터는 이미 죽었잖아요."

"……그건……, 그렇지가 않아요."

그리고 시논은 앨리스에게 설명했다. 리얼월드의 사람은 언더월드에서 죽어도 진짜 목숨을 잃는 것이 아니라는 것을. 황제 벡터에 들어가 있던 적이 지금 이 순간에도 새로운 모습으로 다시 습격해올지 모른다는 것을.

그 말에 앨리스는 지금까지 힘들게 억제했던 감정을 모조리 폭발시키며 분노를 터뜨렸다.

"아저씨가……, 목숨을 버리면서까지 물리친 적이 죽지 않았다고요? 그저 잠깐 모습을 감추었을 뿐 아무 일도 없었던 것처럼 소생할 거라고요? 지금 그렇게 말한 건가요?"

철컹 황금의 갑옷을 울리며 앨리스는 시논에게 다가섰다.

"그럴 리가……. 그런 말도 안 되는 이야기가 가능한 건가요……!! 그렇다면……, 아저씨는 무엇을 위해……, 무엇 때문에 죽지 않으면 안 되었던 건가요!! 한쪽만 목숨을 걸고 싸워야 한다니……. 그건……, 그건 그저 웃음거리일 뿐이지 않나요……."

푸른 눈동자에서 다시 눈물이 쏟아지는 것을 시논은 그저 바라볼 수밖에 없었다.

——나에게는 무슨 말도 할 자격이 없어.

GGO와 ALO에서의 전투로 셀 수 없을 만큼 많이 죽었던 나에게는. 그리고 이쪽 세계에서는 암흑신 벡터와 마찬가지로 죽어도 죽지 않는 나에게는——.

그러나 시논은 크게 숨을 마시고 앨리스의 두 눈을 똑바로 쳐다보며 말했다.

"그렇다면……, 앨리스 씨. 당신은 키리토의 고통도 가짜라는 건가요?"

순간 황금의 기사가 날카롭게 숨을 들이켰다.

"키리토도 리얼월드의 인간이에요. 이쪽 세계에서 죽어도 진짜 목숨까지 잃진 않죠. 그렇지만 그가 받은 상처는 진짜에요. 그가 느낀 고통은, 상처받은 영혼은 진짜라고요."

시논은 잠깐 말을 멈췄다가 다시 입술에 희미한 미소를 띠며 말을 이었다.

"……저는 말이죠, 키리토가 좋아요. 많이 좋아해요. 아스나 역시 그렇고요. 저 외에도 그 사람을 좋아하는 사람은 많이 있어요. 그 모두가 키리토를 걱정하고 있어요. 다시 건강해지기를 필사적으로 기도하고 있어요. 그리고 굳이 말을 하진 않았지만 왜 키리토가 그렇게까지 되어야만 했을까 생각해봐요."

앨리스의 양 어깨에 살짝 손을 얹고 시논은 단호한 어조로 말했다.

"키리토가 상처를 받게 된 것은 당신을 구하기 위해서였어요, 앨리스. 그 이유 때문에 그는 그렇게 될 때까지 힘을 냈어요. 그의 그런 마음까지 당신은 가짜라고 할 건가요……? 아니, 키리토만이 아니에요. 기사장님 역시 마찬가지예요. 당신을 구하기 위해 이렇게 상처투성이가 될 때까지 목숨을 바쳐 기회를 만든 거예요. 당신이 적의 손에서 빠져나올 수 있는 귀중한 시간을."

대답이 바로 돌아오지는 않았다.

앨리스는 쓰러진 베르쿨리의 시신을 잠시 아무 말 없이 응시하고 있었다.

다시 눈동자에서 커다란 눈물방울이 흘러나왔고——, 황금의 기사는 힘껏 두 눈을 감고 무엇인가를 참는 것처럼 얼굴을 위로 향했다. 그대로 갈라진 목소리로 다시 물었다.

"시논. 전……, 저는 ≪종말의 제단≫에서 리얼월드로 가더라도 다시 한 번 이쪽 세계로 돌아올 수 있는 건가요? 사랑하는 사람들을 다시 한 번 만날 수 있는 건가요……?"

앨리스의 절실한 물음에 확실하게 답변해줄 수 있는 지식이 시논에게는 없었다. 분명한 것은 앨리스가 적의 손에 떨어지면 언더월드라는 존재 자체가 전부 파괴되고 소멸된다는 것뿐이었다.

이쪽 세계와 앨리스를 지킬 수 있다면 틀림없이 그 소망도 이루어질 거라고 지금은 그렇게 믿는 수밖에 없었다.

그렇기에 시논은 천천히 고개를 끄덕였다.

"네. 당신이……, 그리고 여기 언더월드가 무사하다면요."

"……알겠습니다. 그렇다면 전 남쪽으로 향할게요. ≪종말의 제단≫에 무엇이 기다리고 있을지는 모르겠지만……. 그것이 아저씨의, 그리고 키리토의 의지라면……."

앨리스는 하얀 스커트를 펄럭이며 몸을 돌리더니 쓰러져 있는 베르쿨리의 머리카락을 부드럽게 쓰다듬은 다음 이마에 입술을 맞추었다.

일어섰을 때 여성기사의 온몸에서 어마어마한 오라가 솟아나고 있었다.

“아마요리, 타키구리. 조금만 더 힘을 내줘.”

두 마리의 비룡에게 그렇게 말한 뒤 앨리스는 시논에게 시선을 돌렸다.

“당신은……, 어떻게 할 건가요. 시논 씨?”

“이번에는 제가 목숨을 바칠 차례인지도 몰라요.”

방긋 웃으며 시논은 말을 이었다.

“암흑신 벡터는 여기서 다시 부활할 거예요. 전 어떻게든 쓰러뜨릴 수 있도록……, 적어도 충분한 시간을 벌 수 있도록 노력할게요.”

앨리스는 가볍게 입술을 깨물고 머리를 숙였다.

“……부탁드려요. 당신의 그 마음을 결코 헛되게 하지 않을게요.”

남쪽 하늘로 날아가는 두 마리의 비룡을 바라보며 시논은 오른쪽 어깨에 걸고 있던 장궁을 손에 쥐었다.

오션 터틀을 습격한 것은 미국 정부기관의 지원을 받는 군수회사일 가능성이 높다고 했다. 그리고 전투원 한 사람이 슈퍼 어카운트 04 암흑신 벡터를 이용해 앨리스를 공격했다.

현실세계에서는 일개 고등학생에 지나지 않는 시논에게는 도무지 이길 수 없는 상대였다.

그러나 이곳이라면. 가상세계에서의 일대일 전투라면.

누가 오든 이겨 보일 거야.

마음속 깊이 스스로에게 맹세하고 시논은 계속 적이 다시 다이브해 오는 그 순간을 기다렸다.

***

휘두른 오른 주먹에서 마지막 뼈가 부러지는 건조한 소리가 전해졌다.

권투사 단장 이스칸은 흉갑 한가운데를 관통당하고 큰대자로 쓰러진 적에게서 시선을 돌려 자신의 오른쪽 주먹을 아무 말 없이 내려다보았다.

거기에 있는 것은 이미 모든 물체를 부수던 강철 같은 주먹은 없었다. 분쇄된 뼈와 너덜너덜해진 살점 그리고 피가 들어 있는 퉁퉁 부은 가죽 주머니 같았다.

왼 주먹은 조금 전부터 그런 상태였다. 두 다리도 피투성이로 발차기는커녕 달리는 것조차 불가능했다.

"……멋지게 싸우셨습니다, 챔피언."

부관 단파의 쉰 목소리에 힐끗 뒤를 돌아보았다.

지면에 주저앉은 거한은 두 팔을 완전히 상실한 뒤에도 박치기와 몸통박치기로 계속 싸우고 있었다. 그 증거로 머리와 몸에 무수히 많은 상처가 새겨져 있었다. 항상 투지와 지혜로 빛나던 두 눈마저 흐릿해진 것을 본 이스칸은 단파의 천명이 이제 곧 다할 것임을 알았다.

이스칸은 용사의 영혼에 경의를 표하기 위해 부서진 오른 주먹을 들며 대답했다.

“뭐, 이 정도면 저쪽 세상에서 선대를 만나도 부끄럽지 않게 죽는 거겠지.”

다리를 끌고 부관 옆으로 이동해 무너지듯 주저앉았다.

2만을 넘던 붉은 군대는 장시간의 격전 끝에 3천 정도까지 줄어 있었다. 그러나 그 대가로 권투사단 역시 불과 300명 정도가 남았을 뿐이었다. 게다가 모두 만신창이 상태로 이제는 만족스럽게 진형도 꾸리지 못하고 한 곳에 모여 그저 죽음만 기다리고 있는 것에 지나지 않았다.

주위를 둥그렇게 둘러싼 3천의 적병이 그들의 숨을 끊을 마지막 돌격을 해오지 않는 것은——.

이스칸과 단파의 시선 앞에서 처절하게 전투를 이어가는 한 사람의 기사와 한 마리의 비룡 때문이었다.

***

육체와 정신의 소모는 완전히 한계를 넘은 상태였다.

정합기사 셰이타 신서시스 트웰브는 그 상태에서도 시야에 적의 그림자가 비치면 납덩어리처럼 무거운 오른팔을 들어 흑백합검을 움직였다.

부웅 하고 둔하게 바람을 가르는 소리.

엄청나게 가는 도신이 적 갑옷의 어깨 부분을 파고들었다. 그 반동으로 손목에서 팔꿈치까지 무수히 많은 바늘이 찌르는 것 같은 통증이 일었다.

“하……아아아아압!!”

≪무음(無音)≫이라는 이명과는 전혀 어울리지 않는 갈라진 목소리로 기합을 짜냈다. 검이 겨우 두꺼운 장갑을 뚫고 그 속의 몸을 일직선으로 잘라냈다.

의미를 알 수 없는 욕지거리와 함께 쓰러진 적병에게서 도신을 뽑으며 셰이타는 거칠게 숨을 몰아쉬었다.

이렇게까지 지쳐버린 것은 무한히 달려드는 적의 숫자 때문이기도 했지만 붉은 병사들에게서 느껴지는 기묘한 반응 때문이기도 했다.

심의가 잘 통하지 않았다. 무기도 갑옷도 셰이타의 신기와 비교하면 훨씬 프라이어리티가 떨어지는 것들이었지만 절단 시 불쾌한 저항감이 있었다. 적의 공격 역시 마찬가지였다. 힘으로 밀어붙이는 조잡한 참격뿐이었지만 왠지 기술의 흐름을 읽기 어려웠다.

마치 그림자와 싸우는 것 같았다. 사실은 이 자리에 없는 자들을 어딘가 먼 곳에서 비추는 그림자 군대 같았다.

그들과의 전투는 전혀 즐겁지 않았다. 베기 위해 살아 가는 자기 자신이 이 그림자들을 베는 것에서는 강한 혐오밖에 느끼지 않는다는 사실을 셰이타는 자각했다.

——왜지?

——상대가 그림자든 살아 있는 몸이든, 아니 석상이라고 할지라도 단단하기만 하면 만족했었는데. 베는 것밖에 모르는 인형, 그것이 나인데…….

극도로 가는 도신에 최대급 프라이어리티를 품은 신기 흑백합검. 그것은 절단만을 위해 만들어진 도구였고 셰이타 자신의 닮은꼴이기도 했다. 베는 것을 멈추면 존재의 의미가 완전히 사라진다고 할 수 있었다.

최고사제 어드미니스트레이터는 셰이타가 암흑계의 옛 전장에서 들고 온 한 송이 검은 백합을 한 자루 검으로 바꾸었다. 그것을 셰이타에게 하사하면서 이렇게 말했다.

——이 검은 네 영혼에 새겨진 저주를 형태로 만든 거야. 형질유전 파라미터의 동요가 만든 살인충동이라는 이름의 저주를 말이야. 베고, 베고, 계속 베도록 해. 그 피로 얼룩진 길 끝에 네 저주를 풀 열쇠가 있을지도 모르니까…….

그때는 최고사제가 하는 말의 의미를 알지 못했다.

셰이타는 들은 대로 무한에 가까운 세월 동안 오로지 베는 것을 계속했다. 그리고 드디어 최고의 호적수를 만났다. 지금까지 검을 통해 알게 된 모든 사람, 모든 것보다 단단한 한 사람의 권투사를.

다시 한 번 그 사람과 싸우고 싶어. 싸우게 되면 드디어 무엇인가를 알 수 있을지도 몰라.

오직 그 생각 때문에 셰이타는 인계군과 떨어져 이 전장에 남은 것이다. 그렇지만 아무래도 붉은 머리 투사와의 재결전은 이루어질 것 같지 않았다.

딱 한 모금 남아 있던 물을 목구멍으로 흘려 넣은 뒤 빈 가죽주머니를 버리며 힐끗 후방을 살폈다.

조금 떨어진 바위 위에 앉아 있는 상처투성이의 권투사 대장이 보였다. 왼쪽 눈동자에 왠지 슬픈 빛을 띠우고 빤히 셰이타를 바라보고 있었다.

갑자기 찌릿 하고 가슴이 아파왔다.

——이 통증은 뭐지?

——난 저 사람을 베고 싶어. 모든 것을 태우는 듯한 싸움을 다시 한 번 더 맛보고 싶어. 그리고 저 금강석보다 단단한 주먹을 잘라버리고 싶어. 그것만이 내 소망이었는데……. 그런데 왜 이렇게 가슴이……, 죄어드는 것일까…….

찡.

갑자기 희미한 소리가 오른손에서 울렸다.

셰이타는 흑백합검을 들어 올려 잠자코 들여다보았다. 모든 빛을 흡수하는 것처럼 새까만 칠흑의 도신 중앙에 거미줄보다도 가는 균열이 나 있었다.

아아…….

그렇구나.

셰이타는 크게 숨을 들이쉬고 미소를 지었다.

모든 의문이 방금 풀렸다. 어드미니스트레이터가 했던 말의 의미, 저주가 무엇인지를 셰이타는 이제 깨달았다.

쿵쿵거리는 소리에 시선을 돌리자 다음 적병이 투박한 전투용 철퇴를 들고 돌진해오는 것이 보였다.

셰이타는 부드러운 발놀림으로 적의 일격을 회피하고 오른손의 검을 붉은 갑옷 중앙에 찔러 넣었다.

마지막 공격은 완전한 무음이었다. 심장에 미끄러져 들어가 부드럽게 적의 생명을 끊은 흑백합검이——, 마지막까지 전혀 소리를 내지 않고 가운데 부분부터 무수히 많은 꽃잎을 흩날리며 부서졌다.

하늘하늘 부서지는 손 안의 칼자루를 보며 세이타는 아쉬운 듯 중얼거렸다.

"……오랫동안, 고마웠어."

일순 상쾌한 꽃향기가 느껴지는 것 같았다.

오른쪽에서는 오랜 세월 함께해온 기룡 요이요비가 꼬리 공격으로 적병을 부숴버리고 있었다.

회색 비늘은 무수히 많은 상처에서 흐른 피로 빨갛게 물들었고, 발톱과 어금니도 거의 빠지고 없었다. 열선은 이미 다 사용했고 움직임은 한없이 완만했다.

적의 돌격이 잠깐 멎은 것을 확인하고 세이타는 애룡에게 다가가 목덜미를 오른손으로 쓰다듬었다.

"너도 고마워, 요이요비. 많이 힘들지……? 이제 쉬자꾸나."

그리고 세이타와 비룡은 서로를 부축하며 권투사단의 생존자들이 모여 있는 낮은 언덕을 향했다.

권투사 단장은 앉은 채 당장이라도 터질 것처럼 부은 오른손을 들어 세이타를 맞이했다.

"미안해……. 소중한 검이 부러져버렸군……."

사과하는 말에 세이타는 머리를 흔들며 대답했다.

"괜찮아. 이제 알게 되었으니까. 내가 왜 모든 것들을 계속 베어야 했는지……."

털썩 지면에 무릎을 꿇더니 두 손을 들어 젊은 투사의 얼굴을 열 개의 손가락으로 부드럽게 감쌌다.

"베고 싶지 않은 것을 찾기 위해서였어. 지키고 싶은 것을 발견하기 위해 난 계속 싸웠던 거야. 그리고 그건 당신이었어. 그러니 이제 검은 필요 없어."

일순 크게 벌어진 권투사의 왼쪽 눈에 투명한 물방울이 솟아오르는 것을 셰이타는 조금 놀라며 응시했다.

젊은이는 강하게 이를 악물며 속삭였다.

"아아……, 젠장. 당신과 아이를 가지면 틀림없이 강한 아이가 태어날 텐데. 신대보다도 나보다도 훨씬 강한 최강의 권투사가 될 아이가……."

"안 돼, 그 아이는 기사로 길러야 돼."

두 사람은 짧게 서로를 마주보다 동시에 미소를 지었다. 부드러운 표정의 거한이 지켜보는 가운데 셰이타와 이스칸은 짧게 끌어안은 뒤 나란히 앉았다.

300명의 권투사와 한 사람의 정합기사 그리고 한 마리의 비룡은 붉은 보병들이 천천히 포위망을 좁혀오는 것을 그저 조용히 지켜보며 기다렸다.

***

"아무래도 대세는 결정……되었다고 봐야 되려나?"

아스나는 동시에 후방의 진지로 돌아온 클라인의 말에 "그러게"라고 대답했다.

약간의 부상을 당한 두 사람을 일본인 마법직 플레이어가 방금 배운 신성술로 회복시켜주었다. 언더월드 수도사의 이미지네이션을 이용해 효과를 증대시킨 기술까지는 흉내내지 못했지만 하이 레벨 캐릭터의 컨버트에 의한 높은 술식 행사

권한을 가진 까닭에 치유력은 충분했다.

"도와주러 와줘서 정말 고마워요."

여성 술사 플레이어에게 감사를 표하고 옆에 있는 클라인에게도 같은 말을 전했다.

"당신도 고마워, 클라인. 뭐라 감사를 해야 할지……."

말을 잇지 못하는 아스나를 보며 클라인은 쑥스러운 듯 코 아래를 문질렀다.

"이봐이봐, 새삼스레 왜 그래? 너와 키리토 자식한텐 이 정도론 다 갚지 못할 빚이 있잖아. ……그 녀석도 지금 여기 있는 거지?"

목소리를 죽이며 묻는 클라인에게 아스나는 조용히 고개를 끄덕였다.

"응, 전투가 끝나면 만나보도록 해. 클라인이 평소의 재미없는 개그를 늘어놓으면 반박하고 싶어 눈을 뜰지도……."

"이런, 너무하는걸."

평소의 밝은 표정으로 웃으면서도 크라인의 눈에는 깊은 배려가 담겨 있었다. 그도 이미 알고 있는 것이다. 키리토의 영혼이 받은 상처의 깊이를.

——아아, 그렇지만 정말…….

모든 일이 무사히 해결되고 적을 언더월드에서도 오션 터틀에서도 격퇴하면, 시논과 리파, 클라인 등 전 SAO 공략조, 사쿠야, 알리샤 등 ALO조……. 그리고 앨리스, 티제, 로니에, 솔티리나 등 모두가 둘러싸면 키리토도 눈을 뜨지 않고는 못 배길지도 몰랐다.

그 순간을 웃음과 함께 맞이하기 위해서라도 지금은 힘을 내야 했다.

부상이 치유되자마자 아스나는 한 번 더 술사 플레이어에게 감사를 표하고 일어섰다.

클라인이 말한 대로 이미 전투의 향방은 결정된 것이나 마찬가지였다. 붉은 미국인 플레이어들의 수는 일본인과 비슷한 정도까지 감소했고 전의를 상실한 듯 무모한 돌격만 반복할 뿐이었다.

그러나 이 고대 유적에서의 전투는 전초전에 불과했다.

문제는 황제 벡터에게 납치된 ≪빛의 무녀≫ 앨리스였다. 기사장 베르쿨리, 그리고 시논이 어떻게든 발을 묶고 있는 사이에 황제를 따라잡아 앨리스를 탈환하지 않으면 안 되었다. 아스나는 컨버트조로 최정예 팀을 편성해 인계군의 말을 빌려 전속력으로 남하할 생각을 하고 있었다.

따라잡기만 하면 아무리 적이 슈퍼 어카운트를 사용하더라도 일본의 톱플레이어를 모은 올스타팀에 이길 리 없었다. 그렇게 단언할 수 있을 만큼 그들의 힘은 압도적인 것이다. 용감하게 싸우는 검사들의 검과 방패와 갑옷이 햇빛에 반사되어 일곱 가지 색으로 빛나는 모습은 그야말로 북유럽 신화의 에인헤랴르(불사의 군대) 같았다…….

다시 나오려는 눈물을 닦고 아스나는 시선을 전선에서 최후방으로 돌렸다.

유적의 대로 입구 부근에서는 보급대의 마차도 안쪽에서 끌고 나와 즉석 진지로 이용되고 있었다. 부상당한 일본인들이 언더월드인들의 술식으로 치료받는 광경은 이 역시 말로 표현할 수 없을 만큼 감동적이었다.

"……괜찮아, 모든 게 잘 될 거야. 틀림없이……."

아스나의 혼잣말에 옆에 있던 클라인이 힘찬 목소리로 거들었다.

"당연하지. 그럼 슬슬 우리도 한 번 더 날뛰러 가볼까?"

"그래."

고개를 끄덕이고 다시 최전선으로 향하려던 아스나는——.

시야 한쪽을 스치는 무엇인가를 발견하고 움직임을 멈췄다.

——뭐지? 뭔가 검고……, 어두운, 얼룩 같은 것이…….

잠시 시선을 이리저리 움직이던 아스나가 드디어 그것을 찾았다.

대로 양쪽에 늘어선 거대한 신상.

오른쪽 가장 앞에 위치한 신상의 머리 위에 누군가가 서 있었다.

역광 때문에 잘 보이지 않았다. 붉은 다크 테리토리의 하늘에 번지듯 흔들리는 검은 그림자.

전장에서 도망친 미국인일까? 아니면 정찰을 하러 나간 일본인?

의아하게 생각하면서 눈에 힘을 주자 그 실루엣이 음산하게 흔들리는 것이 검은색 하프 망토를 둘렀기 때문이라는 것을 알 수 있었다. 후드를 깊이 내리고 있는 탓에 얼굴은 전혀 보이지 않았다.

"잠깐, 클라인. 저 사람……."

전선으로 달려가려는 클라인의 소매를 당기며 아스나는 왼손을 뻗었다.

"저기 선 사람, 어디선가 본 것 같지 않아……?"

"응……? 뭐야, 저런 곳에서 구경하고 있는 거야? 누구야, 대체……. 어디서 본 적이 있다니, 저런 우비를 걸치고 있으면 얼굴……, 따위……."

클라인의 목소리가 갑자기 끊겼다.

아스나가 시선을 돌리자 수염이 난 얼굴이 종이처럼 하얗게 질려 있었다.

"잠깐, 왜 그래? 생각난 거야? 누구였지, 저 사람?"

"아니……, 설마. 말도 안 돼, 그럴 리가……. 망령을……, 보고 있는 건가……?"

"마, 망령……? 무슨 말이야?"

"그……, 그러니까 저 검은 우비, 아니 가죽 판초는……. 랩콥의……."

그 단어를 들은 순간.

아스나도 머릿속이 얼음처럼 얼어붙는 것을 느꼈다.

랩콥. 정식 명칭 ≪래핑 코핀≫. 데스 게임 SAO 중기부터 후기에 걸쳐 부유성 아인크라드에서 공포의 대상이었던 최강의 살인자 길드였다.

≪붉은 눈의 자자≫와 ≪조니 블랙≫ 같은 유명 PKer가 다수 소속되어 있었으며 수많은 일반 플레이어를 자신들의 독니로 죽였던……. 최종적으로는 공략조 플레이어로 구성된 합동토벌대와의 사투 끝에 궤멸된 길드였다.

그 전투에서 래핑 코핀의 거의 모든 멤버는 사망하거나 흑철궁으로 보내졌지만 딱 한 사람 피신한 자가 있었다. 급습한 아지트에 어찌된 영문인지 모습이 보이지 않았던 길드장으로, 직간접적으로 SAO에서 가장 많은 플레이어를 죽인 남자. 바로――≪PoH(푸우)≫였다.

항상 검은 가죽 판초를 몸에 걸치고 고기용 식칼처럼 생긴 대형 대거를 장비했던 살인귀가 2년의 시간이 지나 언더월드 안에서 아스나와 클라인을 내려다보고 있었다.

"……거짓말."

아스나도 갈라진 목소리로 중얼거릴 수밖에 없었다.

환상일 것이다. 망령을 보고 있는 것이 분명했다.

사라져. 제발 사라져.

그러나 아지랑이에 흔들리는 검은 실루엣은 아스나의 소망을 비웃는 것처럼 천천히 오른손을 들었다. 그리고 놀리는 듯 과장된 동작으로 휙휙 좌우로 흔들었다.

이어지는 광경은――.

사상 최악의 악몽이었다.

검은 판초를 입은 그의 옆에서 배어나오듯이 새로운 사람의 그림자가 나타났다. 두 사람, 세 사람.

그리고 신상의 등이 맞닿아 있는 거대한 궁전 옥상에 조용히 붉은 집단이 출현했다. 왼쪽 궁전의 옥상에도 갑자기 수십 명 규모의 새로운 그림자가 나타났다.

――그만. 제발 그만해.

아스나는 필사적으로 기도했다. 이 이상의 절망에는 마음이 견딜 수 있을 것 같지 않았다.

그러나.

새로운 붉은 군대의 등장은 지칠 줄 모르고 계속되었다. 천, 오천, 1만 명.

결국 3만을 넘게 되자 아스나는 숫자를 파악하려는 것을 멈추었다.

있을 수 없는 일이었다.

5만 명의 미국인 플레이어들이 엄청난 고통과 함께 로그아웃된 지 얼마 되지도 않았다. 이렇게 많은 군대를 이런 단기간에 새롭게 준비할 수 있을 리 없었다. 그렇다고 일본인일 리는 없었다. 일본에서 언더월드에 대한 위장 유도가 있었다면 클라인 등이 가장 먼저 알아차렸을 것이다.

환각이야. 저건 모두 술식에 의해 만들어진 실체가 없는 신기루야.

어느 사이엔가 미국인 플레이어와의 전투에서 거의 승리한 전선의 일본인 플레이어들도 손을 멈추고 쳐다보고 있었다. 광대한 전장에 기묘한 정적만이 가득했다.

웅성웅성. 웅성웅성.

신전 옥상을 가득 메운 붉은 군대가 일으키는 소음이 불길한 바람처럼 아스나의 귀에 들려왔고 조금 목소리가 컸던 몇 마디의 말이 들렸다.

……비.겁.한.일.본.인.

……우.리.나.라.를.지.키.자.

……한.중.연.합.

영어도 아니고 일본어도 아니었다.

그때 옆에 있던 클라인이 깊은 탄식을 내뱉었다.

"아아……, 안 돼……. 이거 큰일이군……. 저 대군의 정체는 일본도 미국도 아니야……."

아스나는 차가운 땀이 등줄기를 흐르는 것을 느끼며 이어지는 클라인의 말을 들었다.

"……중국과 한국이야."

3

서울시 종로구 청진동에 위치한 VR방은 근처의 대학이 여름방학에 들어가서인지 조금 북적였다.

입장 수속을 마치고 드링크바에서 종이컵에 콜라를 따른 뒤 조월생은 개인실 안락의자에 몸을 눕히고 휴우 하고 긴 한숨을 내쉬었다.

최근 한숨이 늘어난 것 같았다. 이유 또한 알고 있었다. 올해 스무 살, 대학교 2학년인 월생은 내년이면 휴학을 하고 2년간 병역의 의무를 이행해야만 했다.

입대는 30세까지 하면 되므로 뒤로 미루려고 하면 얼마든지 가능했지만 재학 중에 병역을 마치지 않은 학생은 취업에 엄청나게 불리하게 된다. 주변의 학생들도 2학년을 마치고 휴학한 뒤 입대하는 사람이 대부분이었고 부모님도 그렇게 하라 말하고 있었기에 도망칠 곳이 없었다.

탄산이 빠진 느낌의 콜라를 마시고 다시 한 번 한숨.

체력이 부족한 자신이 강한 훈련을 견딜 수 있을지, 부대에서 괴롭힘을 당하진 않을지 등의 불안도 적지 않게 느꼈지만 무엇보다 우울한 것은 지금의 생활을 2년이나 빼앗긴다는 점이었다. 사실 지금의 생활이란 현실세계의 생활을 말하는 것은 아니다. 입학 직후 친구의 권유로 체험한 이래 월생이 매료된 가상세계——. 그곳에 2년이나 다이브할 수 없다는 것은 아마 어떤 훈련보다도 괴로울 것이다.

"……최소한 부대에 이것만 있어도……."

그렇게 중얼거리며 책상의 선반에 걸려 있는 풀다이브 인터페이스——≪어뮤스피어≫를 들었다. 많은 사람들이 이용하는 VR방의 비품인 까닭에 외장도 내장도 상당히 손상되어 있었지만 그래도 월생에게는 천사 머리 위의 링처럼 빛나 보였다.

일본에서 3년 전——. 2023년에 발매된 이 머신은 다음 해에는 전 세계에서 판매가 이루어졌고 원래부터 온라인 게임이 활발했던 한국에서도 엄청난 붐을 일으켰다. ≪PC방≫이라 불리던 인터넷 카페는 연이어 어뮤스피어를 완비한 ≪VR방≫으로 이름을 바꾸었고 젊은이들은 일본제 혹은 미국제 VRMMO——RPG에 빠져들었다.

월생이 1년 반 동안 플레이 해온 ≪신라 엠파이어≫ 역시 일본에서 개발된 ≪아스카 엠파이어≫를 한국 회사가 로컬라이징한 타이틀이었다. 그냥 번역만 한 것이 아니라 도시와 아바타, 퀘스트 내용을 한국의 고대 왕조 신라를 모델로 현지화한 것으로 서비스 직후부터 부동의 인기를 유지하고 있었다.

또 한편으로는 플레이어들 사이에서 순수 국산 타이틀의 등장을 기대하는 목소리도 적지 않았기에, 완전 프리 패키지인 ≪더 시드≫를 이용해 신작 VRMMO를 개발하려고 하는 기업도 적지 않았다. 그러나 그 패키지 자체가 일본제인 까닭에 일본에 구축된 거대한 ≪더 시드 연결체≫에 접속하지 않으면 기능을 완전히 발휘할 수 없다는 문제가 있었지만 현재 일본의 VRMMO는 대부분 한국과 중국에서의 접속을 차단하고 있었다. 덕분에 좀처럼 ≪신라≫ 등 수입 타이틀 못지않은 퀄리티를 가진 신작은 나타나지 않았고 한국인 플레이어는 상당한 불만을 가지고 있는 것이 현실이었다.

——입대 전에 국산 타이틀로 놀고 싶었는데, 힘들겠지…….

그런 생각을 다시 한숨에 실어 내보내고 월생은 의자의 등받이를 눕힌 후 어뮤스피어를 머리에 장착했다.

"……링크 스타트!"

이것만큼은 전 세계 공통인 보이스 커맨드를 말한 뒤 눈을 감았다.

무지개색 방사광을 빠져나온 다음 VR방 유저 ID와 패스워드를 입력해 개별 런처 공간에 내려온 월생은 바로 신라 엠파이어의 아이콘을 누르려고 했다.

그러나 그 직전 어두운 공간의 오른쪽에 뜬 SNS 윈도우가 맹렬한 속도로 스크롤되고 있는 것을 깨달았다. 아무래도 팔로우한 수백 명의 어카운트가 모두 같은 기사를 리트윗하는 모양이었다.

"……뭐야?"

머리를 갸웃거리면서도 런처 세트를 왼쪽으로 돌려 SNS를 정면으로 가져왔다. 기사를 탭해 확대. 표시된 트윗를 소리를 내어 읽었다.

"어디 보자……. 한국, 미국, 중국의 민간 업체가 공동으로 만든 완전 신작 VRMMO의 테스트 서버가……, 일본의 플레이어에게 해킹되어 테스트 플레이어가 공격받고 있다……?! 이게 뭐야?!"

솔직히 완전히는 믿기 어려운 내용이었다. 그러나 트윗 말미에는 동영상 주소로 보이는 URL이 첨부되어 있었고 반신반의 하는 마음으로 그것을 눌렀다.

재생 윈도우가 열렸고 그 직후——.

『전위, 돌격!!』

하는 용맹한 목소리가 엄청난 볼륨으로 울렸다. 일본 애니메이션을 자주 봤던 월생은 억양만으로도 그것이 일본어라는 것을 바로 알 수 있었다.

화면에서는 은색 장비를 몸에 두른 일본인으로 추정되는 플레이어들이 어두운 붉은색 장비를 착용한 플레이어들에게 달려들어 차례차례 죽이고 있었다. 번쩍이는 검을 휘두를 때마다 대량의 선혈이 사방으로 튀었고 영어로 된 욕설과 비명이 울려 퍼졌다.

잔혹한 표현에 대한 규제가 없는 것을 보면 테스트 서버라는 것은 틀림없었다. 트윗에 쓰여 있던 대로 일본인 플레이어가 미국인 플레이어를 일방적으로 공격하는 것처럼 보였다.

30초가 지나 동영상이 끝나자 월생은 잠시 멍해졌다.

≪서버 공격≫이라고 하면 보통은 부하를 가해 서비스를 정지시키거나 web사이트에서 새로고침 버튼을 계속 누르는 것이었지만 문자 그대로 VR월드에 다이브해 테스터를 공격하다니……. 그런 이야기는 처음 듣는 것이었다. 동영상의 내용을 믿는다면 그야말로 그런 일이 벌어진 것이었지만 왠지 기묘한 위화감이 느껴졌다.

그렇다……. 동영상에서는 장비의 스펙과 능력치에서 앞서는 일본인 플레이어가 미국인 테스터를 거의 일방적으로 학살하고 있었다. 그러나 필사적인 느낌은 공격을 받는 미국인들이 아니라 공격하는 일본인 쪽이었다. 서버 공격이라는 것은 기본적으로 놀이인데 마치 진짜……, 목숨이 걸린 것처럼 싸우는 느낌이…….

그때 딩동 하는 높은 알람 소리가 울렸고 월생은 깜짝 놀라 고개를 들었다.

월생이 온라인에 접속한 것을 알아차린 ≪신라≫ 길드의 동료가 보이스챗을 요청한 것이었다. 수락 버튼을 누르자 새로운 윈도우가 열렸고 급한 목소리가 월생의 캐릭터 네임을 불렀다.

『이봐, 문페이즈. 그 트윗 봤어?』

"어……, 응. 방금 봤어……."

『그럼 서두르지 않고 뭐해? 빨리 클라이언트를 다운로드하라고.』

"크……, 클라이언트?"

급히 시선을 SNS로 돌려 이어지는 트위트를 띄웠다.

——일본인의 비겁한 공격으로부터 테스트 플레이어를 구하기 위해 한국의 VRMMO 열사 플레이어를 모집함. 협력해 줄 사람은 클라이언트 소프트를 다운로드받고 어뮤스피어에 인스톨하기 바람.

"……이건가……? ——환웅, 넌 이게 진짜라고 생각해?"

『당연하잖아. 아까 동영상 안 본 거야?! 이렇게 이야기를 하는 동안에도 동포들이 살해되고 있다고!!』

"보긴 했지만……, 그래도 그 동영상……."

월생은 조금 전 느꼈던 위화감을 설명하려고 했지만 바로 가로막혔다.

『됐고 빨리 인스톨이나 해! 이미 명왕도 헬릭스도 다이브했어. 나도 그쪽에서 기다릴게!』

보이스챗이 종료되고 런치 공간은 정적에 빠졌다.

납득 되지 않는 점이 많았지만 길드 동료들은 거의 참가한 모양이므로 이대로 무시하면 나중에 무슨 소리를 들을지 알 수 없었다. 일단 다이브하면 보다 많은 정보를 얻을 수 있을 것이고——, 게다가 가만 생각해보면 이 소동 전부가 신작 게임의 게릴라 이벤트일 가능성도 있었다. 그렇다면 참가하지 않으면 손해였다.

결심하고 다운로드 버튼을 눌렀다. 클라이언트를 어뮤스피어에 인스톨하자 런처 세트에 새로운 아이콘이 추가되었다. 빨간 바탕에 【HELP US】라는 검은 글자만이 적힌 그 아이콘을 누르자 월생의 의식은 새로운 세계로 빠져들었다.

***

크리터는 중국과 한국의 대량 접속자들을 언더월드로 인도하고 난 지금도 아직 반신반의하는 상태였다.

바사고 카살스가 다시 다이브하기 직전 지시한 대로 일본 바로 옆에 위치한 두 개의 나라에도 언더월드 접속용 클라이언트를 뿌렸지만 그 작업 중에도 몇 번이나 고개를 갸웃거렸다.

——일본인이나 한국인이나 같은 사람들 아닌가?

미국에서는 일본과 한국이 바다를 사이에 두고 떨어져 있다는 사실을 모르는 사람이 많았다. 양쪽 모두 중국의 일부라고 생각하는 사람도 있을 정도였다. 크리터는 그래도 그 정도는 아니었지만 세 나라가 완전한 우호국이라고 생각하고 있었다. EU의 고만고만한 나라들처럼.

그런 까닭에 바사고가 남긴 지시는 크리터에게는 전혀 이해할 수 없는 것이었다.

새로운 가짜 사이트를 만들 시간이 없었으므로 정보의 확산은 SNS를 이용했다. 최초의 트위트는 "미 · 중 · 한의 민간기업이 공동으로 제작한 VRMMO 서버가 일본으로부터 공격받고 있다!!"는 내용이었다.

이어지는 트윗으로 "더 시드 연결체를 독점하려는 일본인 플레이어가 서버를 해킹, 강력한 캐릭터를 멋대로 생성하여 미국과 중국, 한국의 테스터를 공격하고 있다. 서버에는 아직 통각차단 기능도 윤리보호 코드도 존재하지 않는 까닭에 동포들이 엄청난 고통과 함께 학살되고 있다"라는 설명을 더했고 언더월드 내의 전투를 캡처한 동영상도 올렸다.

동영상은 사실 인계의 기사와 병사가 미국인 플레이어를 격퇴하는 모습이었지만 어차피 언더월드인들은 일본어로 대화한다. 동영상의 임팩트가 강력했는지 리트윗 수는 엄청난 기세로 증가했고 클라이언트 프로그램이 다운되는 속도는 미국에 비할 바가 아니었다.

크리터는 어안이 벙벙했다.

——아무래도 일본과 중국 · 한국의 VRMMO 플레이어는 사이가 안 좋은 모양인걸?

***

——사이가 좋기는커녕 서로를 증오한다고 해야 맞겠지.

과거 살인 길드 ≪래핑 코핀≫을 이끌었던 당시의 캐릭터 ≪PoH≫로 언더월드에 다시 다이브한 바사고 카살스는 검은 후드 아래에서 씨익 웃음을 띠었다.

오른손을 높이 들고 배후의 붉은 플레이어들에게 한국어로 소리쳤다.

"——저 침략자 놈들에게 뼈저린 교훈을 안겨줍시다! 두 번 다시 친구에게 손을 대지 못하도록 최대한 무자비하고 고통스럽게 죽이는 겁니다!!"

족히 5만은 될 듯한 대집단은 두 개의 언어로 분노의 포효를 터뜨렸다. 그들의 눈에는 일본인 플레이어들이 죽이고 있던 미국인 집단이 같은 나라의 테스트 플레이어로 보일 것이었다.

바사고는 폭소를 참으며 날카롭게 오른손을 내렸다.

쿠구구구궁! 하고 눈사태가 일어나는 듯한 커다란 소리와 함께 심홍색 군단은 바로 아래쪽에 보이는 일본인들을 향해 달려갔다.

——그래, 서로 죽여라. 추악하게, 처참하게, 바보처럼 춤을 추는 거다.

***

"……왔네."

시논이 입 안에서 중얼거렸다.

붉은 하늘에서 실처럼 뻗어 내려오는 칠흑의 파선이 드디어 보인 것이다.

지금 당장 ≪애니힐레이트 레이≫를 최대 위력까지 충전해서 적의 실체화 직후에 날리고 싶었다. 그렇게 하면 방어도 회피도 불가능할 것이다.

그러나 지금 해야 할 일은 시간을 버는 일이었다. 만약 적이 무한정으로 고위 어카운트를 생성할 수 있다면 즉사시켜도 의미가 없었다.

일단은 지구전으로 끌고 가서 적의 대응을 살펴보는 것이 중요했다. 만약 목숨을 아끼는 모습을 보인다면 한 번밖에 쓸 수 없는 귀중한 어카운트라고 판단할 수 있었다. 그 경우는 전력으로 공격하여 두 번 다시 같은 어카운트로 로그인하지 못하도록 하면 된다.

그러나 만약 어카운트가 양산형이라면 바로 죽여서는 안 된다. 최대한 전투를 오래 끌어 앨리스가 ≪종말의 제단≫까지 이동할 시간을 벌어야 했다.

그런 까닭에 시논은 활의 시위를 당기지 않고 공중에 호버링한 채 적의 실체화를 기다렸다.

검은 데이터 라인은 몇 분 전까지 기사장 베르쿨리의 유체가 있던 곳에 내려왔다.

기사장의 유체는 정합기사 앨리스가 다른 한 마리의 비룡의 안장에 태워 보냈다. 인계에서 기다리고 있는 여성 정합기사에게 맡길 것이라고 했다.

연적? 하고 묻자 앨리스는 살짝 미소를 지으며 대답했다. 제 연적은 당신이에요, 하고.

——하여튼!

그런 말을 들은 이상 간단히 로그아웃을 당할 수는 없었다. 키리토가 눈을 뜨는 순간까지는 무슨 일이 있더라도 이쪽 세계에 있어야 했다.

시논은 다시 한 번 마음속으로 결의를 다지며 바위산을 계속 주시했다.

검은 선이 평평한 정상의 중심부에 접촉하면서 점액질로 된 물웅덩이를 만들었다.

그것은 지옥으로 이어지는 밑바닥 없는 구멍처럼 진하고 깊은 색을 띠고 있었다.

라인이 마지막까지 물웅덩이에 빨려들었고——.

첨벙.

표면에 작은 파도가 일더니 소리도 없이 오른손이 튀어나왔다. 가늘고 긴 다섯 개의 손가락이 꿈틀거리며 허공을 움켜쥐는 것을 보며 시논의 등줄기에는 오한 같은 전율이 일었다.

지금 당장 태워버리고 싶다는 충동을 참으며 시논은 적의 실체화를 기다렸다.

스륵. 오른손에 이어 왼손도 나타나 물웅덩이의 가장자리를 잡았다.
축축한 물소리를 내며 남자의 머리가 나타났다.
——의외로 특징이 없는 얼굴의 아바타였다. 적어도 미남형이라는 느낌은 아니었다. 머리에 달라붙은 느낌의 짧은 금발, 가는 콧날과 얇은 입술, 백인계 디자인이었지만 묘하게 밋밋한 인상을 받았다.
정말 이것이 암흑신 벡터의 슈퍼 어카운트를 조작했던 인간의 새로운 모습인 것일까……라고 시논이 의아하게 생각하고 있을 때.
물웅덩이에서 상체만 내민 남자의 푸른 유리구슬 같은 눈동자가 이리저리 움직이더니 상공에 있는 시논을 포착했다.
순간 어라? 하는 생각이 들었다.
어디선가 본 듯한 눈이었다. 모든 것을 반사하는 동시에 흡수하는 것 같은 일체의 감정이 없는 눈동자.
시논을 확인한 그 눈이 살짝 크게 벌어졌다. 그리고 입술이 아주 조금이지만 일그러진 미소를 띠었다.
틀림없어. 나는 저 눈을……, 저 얼굴을 본 적이 있어. 그것도 아주 최근에. 어디에선가——.
시논이 고개를 갸웃거리며 계속 지켜보고 있는 가운데 남자는 주왁 하는 끈적한 소리를 내며 단숨에 물웅덩이에서 빠져나왔다.
복장 또한 어딘가 기묘했다. 지금까지 사용했던 장비가 자동적으로 컨버트된 것이겠지만 화려한 금속 갑옷 등은 전혀 걸치고 있지 않았다. 위아래 모두 짙은 회색 옷 위에 가죽조

끼만을 입고 있었고 발에는 목이 높은 부츠. 마치 현실세계의 병사가 걸치는 전투복 같았다. 무기는 왼쪽 허리의 장검과 오른쪽 허리의 크로스 보우.

남자가 완전히 빠져나온 뒤에도 검은색 물웅덩이는 사라지지 않았다. 놀라운 것은 그 자체가 분리되어 생물체처럼 움직이는 것이었다. 아니 실제로 생물이었다. 분리된 부분이 길게 늘어나더니 날개가 되었고 부산하게 파닥거렸다.

새와도 비룡과도 완전히 다른 기묘한 모습. 쟁반처럼 둥글고 평평한 몸 앞쪽에 동그란 눈이 네 개나 달려 있었다. 좌우에는 박쥐 같은 날개, 그리고 뒤에는 뱀처럼 긴 꼬리.

수수께끼의 날짐승은 전투복 차림의 남자를 태우고 날개를 파닥거려 이륙하더니 시논과 같은 고도까지 상승했다.

정면에서 30미터 정도 떨어진 위치에서 호버링하는 생물의 등 위에서 남자가 다시 희미한 미소를 지었다.

무슨 생각인지 빈 두 손을 똑바로 앞으로 뻗었다. 주문을 걸거나 뭔가를 하려는 건가 싶어 시논은 자세를 낮췄지만 그게 아니었다. 남자는 두 손을 마치 시논의 목을 조르는 듯 둥글게 만들더니 힘껏 조르는 제스처를 하는 것이었다.

바로 그 순간, 시논은 드디어 기억해냈다. 입술에서 쉰 목소리가 흘러나왔다.

"……새틀라이저……."

틀림없었다. 저 남자는 불과 2주 전 개최되었던 건 게일 온라인의 PvP대회 ≪제4회 불릿 오브 블리츠≫ 결승전에서 시논에게 초크 슬리퍼를 걸어 승리했던 미국인 플레이어였다.

그렇지만 어떻게 여기에 그 남자가?!

시논은 활을 겨누는 것도 잊고 멍하니 지켜보고만 있었다.

***

피라미드 형태의 자주 메가플로트 오션 터틀의 중앙부는 고강도 티탄 합금으로 만든 견고한 메인 샤프트가 관통하고 있었다.

높이가 100미터나 되는 그 원통형 샤프트 최하부에는 복층의 방호벽으로 보호받는 주동력원, 가압수형 원자로가 존재했고 그 바로 위에 점거된 메인 컨트롤 룸과 제1 STL실이 있었다.

언더월드, 더 나아가서는 앨리시제이션 계획의 중추라고 할 수 있는 라이트큐브 클러스터는 그보다 더 위쪽에 자리 잡고 있었다. 여기까지가 하층 샤프트였다.

샤프트는 클러스터 위에 수평으로 설치되어 있는 내압격벽에 의해 분단된다. 어퍼 샤프트라 불리는 격벽의 위쪽은 거대한 냉각설비 등과 함께 라스 스태프가 대피 중인 서브 컨트롤 룸과 키리가야 카즈토, 유우키 아스나가 사용 중인 제2 STL실이 설치되어 있었다.

7월 7일 오전 9시. 어퍼 샤프트의 선수 측에 설치된 계단을 한 대의 인간형 로봇이 자력으로 내려가기 시작했다. 라스가 개발한 실험기 ≪이치에몬≫이었다. 아장거리는 걸음걸이를 지켜보는 것처럼 세 명의 무장한 자위관이 뒤를 이었다.

같은 시각, 샤프트 선미 쪽 케이블덕트 내에 설치된 사다리를 두 사람의 몸집이 작은 인간이 어색한 동작으로 내려가려고 하고 있었다.

——폐소공포증도 고소공포증도 암소공포증도 없어 정말 다행이야.

히가 타케루는 그렇게 되뇌며 자신에게 용기를 북돋우려 했지만 이런 극한 상황에서 공포증의 유무는 그다지 관계없는 것 같았다.

어차피 오렌지색 비상등에 비친 덕트는 수직으로 40미터나 이어져 있었다. 땀 때문에 손이 미끄러지거나 다리를 가누지 못하고 발을 헛딛기라도 하면 까마득한 아래쪽, 덕트를 폐쇄한 내압격벽에 충돌해 결코 바람직하지 않은 감각을 맛보게 될 것이다.

이럴 줄 알았으면 야나이 연구원더러 먼저 가라고 할 걸 그랬다. 그러면 조금이라도 수직으로 난 구멍을 덜 볼 수 있었을 텐데 말이다.

——그보다 총알막이가 되겠다고 하더니 막상 여기까지 와서 "먼저 가시죠"는 뭐람?

히가는 조금 원망 섞인 눈초리로 몇 미터 위쪽에서 사다리를 내려오는 야나이를 슬쩍 쳐다보았다.

그렇지만 원래부터 하얗던 얼굴이 새파랗게 질린 채 필사적으로 매달려 있는 모습을 보니 뭐라고 할 수도 없었다. 이런 위험한 임무에 자원해준 것만으로도 고맙다고 해야 할 일이었고 야나이의 벨트에 꽂힌 자동권총은 조금이나마 마음을 든든하게 해주었다.

다시 시선을 아래쪽으로 돌리는 것과 동시에 왼쪽 귀의 인터컴에서 침착한 목소리가 흘러나왔다.

『어때, 히가 군? 문제는 없어?』

머리 위의 해치에서 덕트에 머리를 박고 두 사람을 지켜보고 있는 코지로 박사의 목소리였다.

히가는 입가의 마이크에 쉰 목소리로 대답했다.

"네……, 그럭저럭요. 이제 5분이면 내압격벽까지 내려갈 수 있을 겁니다."

『알았어. 그쪽 준비가 되는 대로 이치에몬 쪽에 돌입 지시를 내릴게. 히가 군이 격벽을 여는 건 적이 이치에몬을 발견하고 공격을 개시한 뒤야.』

"로저. 우와, 왠지 미션 임파서블 같은 느낌이 들지 말입다."

『부탁이니까 파서블로 만들어줘. 난 언더월드 내부 상황이 어떻게 굴러가느냐가에 따라 키리토 군의 부활에 엄청난 영향을 줄 것 같은 느낌이 들어. ……죄송해요, 야나이 씨. 그 아이를 잘 부탁드려요.』

후반부 말에 대한 야나이 연구원의 로저입니다! 하는 갈라진 목소리를 들으며 히가는 쓴웃음을 지었다.

——그 아이라니.

고개를 흔들며 어느 사이엔가 땀이 가신 손바닥으로 강철 손잡이를 꽉 쥐었다.

아래쪽을 보니 격벽은 어느새 상당히 다가와 있었다.

***

중국, 한국에서 다이브한 플레이어들이 모니터에 거대한 구름이 되어 꿈틀거리는 모습을 멍한 표정으로 보고 있던 크리터는 갑자기 울린 경보음에 벌떡 일어났다.

"뭐야……?!"

급히 콘솔을 살펴보니 오른쪽 서브 모니터 중 하나에 붉은 경고가 깜빡이는 것이 보였다.

"우왓……. 내압격벽의 로크가 해제되었잖아! 누, 누군가 통로를 보고 와줘!!"

그 말이 끝나기도 전에 장신의 돌격대원 한스가 돌격소총을 들고 빛과 같은 속도로 뛰어갔다.

"젠장, 좋은 패가 나왔는데!"

그렇게 투덜거리고 같은 색의 카드가 모인 트럼프를 바닥에 팽개친 뒤 수염을 기른 브리그도 뒤를 따랐다.

설마 화력 면에서 압도적으로 열세인 라스가 될 대로 되라는 식의 특공을 하는 건가? 아니면 뭔가 계략이……?

크리터도 콘솔에서 떨어져 컨트롤 룸 문으로 다가갔다. 현재 엘리베이터는 전원이 끊어져 있으므로 무슨 일이 일어난다면 계단일 것이다. 한스와 브리그도 그렇게 판단한 듯 탕탕하고 금속을 울리는 발소리가 들린다.

갑자기 그 소리가 끊기고 커다란 함성이 들렸다.

"Woah(우와)!!"

"Are you kidding(농담이지)?!"
그리고 소총의 연사음이 그 뒤를 따랐다.

***

케이블덕트 벽 너머에서 전해지는 투타타타 하는 건조한 소리가 자동소총의 발사음이라는 사실을 히가는 이미 알고 있었다.

지금쯤 메인 샤프트 반대쪽에서는 불쌍한 이치에몬의 온몸의 근육 실린더와 티타늄 골격에 수없이 구멍이 나고 있을 것이다. 그러나 배터리와 제어계는 등 뒤쪽에 있으므로 총격을 당하더라도 잠시 동안은 계속 움직일 것이다.

『됐어! 내압격벽의 해치를 열어!!』

인터컴에서 코지로 박사의 목소리가 울리는 것과 동시에 히가는 온몸의 힘을 다해 덕트를 분단하는 내압 해치의 핸들을 돌렸다. 퓨슉 하는 소리와 함께 유압 댐퍼가 움직였고 두꺼운 금속으로 된 뚜껑이 들렸다.

격벽의 반대편 로워 샤프트 쪽 덕트도 어두운 오랜지색 비상등이 비추고 있었다. 샤프트 반대편 계단실에서 이루어지는 전투의 사운드가 갑자기 볼륨을 높였다.

꿀꺽 침을 삼키고 히가는 소형 랩톱PC를 넣은 백팩을 고쳐 맨 뒤, 덕트보다 더욱 좁은 해치를 빠져나갔다. 다시 사다리를 밟으며 하강을 재개했다.

――이럴 때 액션 영화라면 화려하게 소리치겠지.

“……고—고—고—!”

입 안에서 중얼거리자 인터컴에서 린코의 의아해하는 목소리가 들려왔다.

『응? 뭐라고 말했어?』

“아, 아무것도 아닙다. ……케이블 점검용 커넥터까지 앞으로 10미터……. 앗, 찾았어요. 저거지 말입다!”

덕트 벽에 설치된 여러 줄의 굵은 광케이블을 검은색 패널 박스가 삼키고 있었다. 저 안에 있는 점검용 커넥터에 랩톱을 연결하면 이론상으로는 제2 STL실의 3호기와 4호기 그리고 멀리 떨어진 록폰기 지부에 있는 5호기와 6호기를 직접 오퍼레이션할 수 있었다.

——기다려, 키리가야 군. 이제 곧 너를 다시 눈뜨게 해줄 테니까!

공포심도 잊고 열심히 사다리를 내려가는 히가의 인터컴에서 다시 목소리가 울렸다.

『그럼 난 서브컨에서 키리토 군의 플럭트라이트를 모니터하고 있을게. 히가 군, 힘내!!』

코지로 박사——. 과거 린코 선배라 부르던 사람에게 마치 학생 시절로 돌아간 것처럼 격려를 받자 히가는 자신도 모르게 고개를 위로 들었다.

그러나 시야에 들어온 것은 필사적인 모습으로 사다리를 내려오는 야나이의 얼굴뿐이었다.

이런이런, 하고 고개를 저으며 히가는 패널 박스로 시선을 돌렸다.

***

격투의 흔적이 남은 바위산 정상에 나타난 전투복 차림의 남자는 남쪽으로 시선을 향하고는 무기질한 어조로 입을 열었다.

"……앨리스는 도망간 건가? 뭐, 상관없지. 바로 따라잡을 테니까……."

그리고 다시 시논을 보며 희미하게 웃었다.

"……너와는 분명 건 게일 온라인의 대회에서 싸웠었지. 이름은……, ≪시논≫이었나? 설마 이런 곳에서 만날 줄이야!"

암흑신 벡터 그리고 새틀라이저이기도 한 남자의 어딘가 비인간적인 목소리를 들으며 시논은 두 손이 떨리는 것을 필사적으로 참으려 했다. 그러나 손가락은 경직되고 손바닥에는 땀이 찼다. 잘못 움직이다가는 솔루스의 활을 떨어뜨릴 것만 같았다.

날개가 달린 원반형 생물의 등에 탄 새틀라이저는 온도가 없는 미소를 띠운 채 유창한 일본어로 말을 이었다.

"이건 어떻게 된 일이려나? 일본 국내에도 STL이 존재한다고는 들었지만……. 넌 라스 관계자인 건가? 아니면 이런 곳까지 와서 일하는 용병인 건가?"

시논은 메마른 입술을 간신히 움직여 갈라진 목소리로 되물었다.

"새틀라이저……. 네가 어떻게 여기에?"

"필연이니까 당연한 것 아닌가?"

엄청나게 즐거운 표정으로 회색 전투복에 싸인 두 팔을 펼치고 새틀라이저는 말했다.

"이건 운명이야. 나와 널 끌어당기는 영혼의 힘인 거지."

어조가 조금씩 변하고 있었고 내뱉는 목소리의 온도마저 내려가고 있었다.

"그래……, 난 널 원했어. 그래서 이렇게 만난 거야. 이것으로 많은 것을 알 수 있겠지. STL을 매개체로 이용하면 인공 플럭트라이트 뿐만 아니라 현실세계의 인간으로부터도 영혼을 빨아들일 수 있을지 없을지……. 그리고 GGO 게임에서는 맛볼 수 없었던 네 영혼이 얼마나 달콤한지도."

기이한 그의 말은 들은 순간, 시논의 뇌리에는 제4회 BoB 최종전에서 눈앞의 남자가 했던 말이 떠올랐다.

——Your soul will be so sweet.

——네 영혼은 틀림없이 달콤할 거야.

한층 더 체온이 떨어지는 것 같았다. 온몸이 경직되고 호흡조차 불규칙해졌다.

"자아……. 이쪽으로 오렴, 시논. 나에게 모든 것을 맡기는 거다."

새틀라이저의 파란 눈동자가 차갑게 빛났다.

쿠웅 하는 무거운 소리와 함께 세계가 일그러졌다.

공기가, 소리가, 그리고 빛마저도 비틀려 새틀라이저의 눈에 빨려들었다.

"아……!"

뭐야, 이건?
그런 생각 자체마저도 강렬한 자력에 흡수되었다.
——안 돼. 저항해야 돼. 싸워야만 돼.
그러나 마음 한쪽에서 외치는 목소리는 너무나도 작았다.
이윽고 파란 갑옷을 두른 시논의 몸 전체가 넓은 새틀라이저의 품 안으로 끌려가기 시작했다.
힘을 잃은 왼손 손가락 끝에 활시위를 건 채 시논은 소리도 없이 공중을 미끄러졌다.
몇 초 뒤 몽롱해진 의식 속에서 시논은 자신의 몸이 새틀라이저라고 하는 이름의 암흑에 천천히 휩싸이는 것을 느꼈다.
남자의 왼손이 등을 감쌌다. 오른손 손가락 끝이 뺨을 스치고 귀에 걸린 머리카락을 넘겼다.
노출된 왼쪽 귀에 새틀라이저의 얇은 입술이 다가왔고, 검고 차가운 물을 연상시키는 목소리가 직접적으로 파고들었다.
"시논, 넌 ≪새틀라이저≫라는 이름의 의미를 생각해본 적 있나?"
"…………?"
추욱 늘어진 채 시논은 머리를 좌우로 흔들었다.
"얼핏 미국인이 좋아하는 단어 *≪사토리≫에서 딴 이름 같지? 그렇지만 이건 순수한 영어야. 스펠링은 ≪Subtilizer≫. 의미는 ≪연마하는 자≫, ≪가늘게 만드는 자≫, ≪선택하는 자≫……, 그리고 ≪훔치는 자≫."
시논의 바로 눈앞에 있는 새틀라이저의 두 눈이 번쩍 하고

*사토리: 일본어로 깨달음을 의미함.

강하게 빛났다.

"난 널 훔칠 거야. 네 영혼을 훔칠 거야……."

***

조월생이 내려온 곳은 금이 가고 이끼가 낀 돌 위였다.

천연석이 아닌 인공물로 아무래도 신전 같은 초대형 건물의 옥상인 모양이었다. 주위에는 먼저 다이브한 한국인 플레이어들이 수천……, 어쩌면 1만 명 이상 모여 있었다.

아바타를 선택하는 프로세스는 없었기에 세세한 부분이나 무기에 차이는 있었지만 전원의 장비가 어두운 붉은색으로 통일되어 있었다. 월생도 같은 색깔의 갑주가 장착된 자신의 두 손을 잠시 내려다본 뒤 시선을 전방으로 옮겼다.

사람들 때문에 잘 보이지는 않았지만 신전 전방의 평지에서는 지금도 전투가 이어지는 모양이었다. 그런데도 주위의 한국인들이 움직이려고 하지 않는 것은 그 형세가 이미 결정되었기 때문일 것이다. 일본인 플레이어로 추정되는 컬러풀한 집단이 월생과 똑같은 붉은색 일변도의 집단을 거의 섬멸하고 부대를 재편성하고 있었지만 그래도 환호성 같은 것은 들리지 않았다.

역시 무언가 이상했다. 그렇지만 무엇이 이상한지를 언어로 표현할 수가 없었다.

적어도 다이브 전에 상상했던 것 같은 신작의 프로모션 이벤트는 아닌 것 같았다. 붉은 하늘과 검은 지면만 펼쳐진 필드는 너무나도 살풍경했고 다이브 전에 규약이라든가 주의사항 등은 전혀 표시되지 않는 것도 정규 이벤트로서는 있을 수 없는 일이었다.

그러나 그렇다고 트윗 내용을 그대로 믿을 생각도 들지 않았다. 무엇보다 테스트 서버에 난입해 테스터를 게임적 의미로 살해하는 일에 무슨 의미가 있는 것일까? 일시적인 고통이나 굴욕을 줄 수는 있겠지만 그런 일로 게임 개발이 지연되거나 중지될 리는 없을 것이다.

월생의 주위에 있는 한국인들도 반수 가까이는 지금 상황에 갈피를 못 잡는 모양이었다. "어떡하면 되는 거지?", "저 녀석들 진짜 일본인인 거야?" 하는 목소리가 여기저기에서 들리고 있었다.

——그러나, 바로 그때.

"동포들이여!"

전방 오른쪽에서 한국어가 들려왔다.

고개를 들어 쳐다보았지만 수많은 플레이어에 가려 발신자의 모습은 보이지 않았다. 그저 사람들 위에 【LEADER】라는 붉은 마커가 떠 있는 것이 보일 뿐이었다. 그 방향에서 다시 같은 목소리가 울렸다.

"요청에 응해줘서 정말 감사합니다! ——유감이지만 이곳에서 테스트 플레이를 하던 알파테스터들은 이미 일본인 침입자, 아니 침략자들에게 살해되고 말았습니다! 그렇지만 녀석들은 다른 테스트 장소로 이동해 또 같은 짓을 하려고 하고 있습니다!"

순간——.

수천 명이 모인 집단에 명확한 분노가 솟구치는 것을 월생은 느꼈다.

한국인 플레이어들에게 불을 붙인 것은 침략이라는 키워드일 것이다. 적지 않은 플레이어들이 느끼고 있던 망설임과 당혹감은 눈 깜짝할 사이에 사라지고 대신 뜨거운 적의가 그곳을 지배했다.

"……비겁한 일본 놈들!!"

누군가가 소리치자 산발적으로 규탄이 이어졌다. 그것이 잦아들자 다시 ≪리더≫가 잘 울리는 목소리로 발언했다.

"일본인들은 서버를 해킹하여 하이스펙의 장비를 마음대로 만들어낼 수 있습니다! 한편 관리자 권한을 빼앗긴 우리는 여러분들에게 디폴트 장비밖에 준비하지 못했습니다. 그러나 여러분들의 정의감과 애국심은 어떤 검이나 갑옷에도 지지 않을 것입니다!"

그 말에 한층 더 높은 함성이 따랐다.

"……우리나라를 지키자!!"

이어서 오른쪽의 멀리 떨어진 장소에서 한국어가 아닌 함성도 울렸다.

"한종렌멍!!"

의미는 알 수 없었지만 아마도 중국어일 거라고 월생은 생각했다. 아무래도 한국인과 비슷한 수의 중국인 플레이어도 모인 모양이었다.

급격히 높아지는 흥분 속에서도 월생은 여전히 위화감을 느끼고 있었다. 그러나 동시에 이 사람들의 기세는 누구도 말릴 수 없을 것이라는 것도 직감하고 있었다.

사람들 저편에서 ≪리더≫가 검은 장갑을 낀 오른손을 높이 들었다.

"————GO!!"

한국인도 중국인도 알 수 있는 명령을 받고 분노에 휩싸인 붉은 군대는 한 마리의 거대한 생물처럼 움직이기 시작했다.

***

"이……, 인계군! 보급대!! 전속 전진——!"

아스나는 동서의 궁전 옥상을 메운 붉은 대군이 움직이기 직전 목소리를 쥐어짜 그렇게 소리쳤다.

인계수비군의 보급부대는 대로 입구에 전개되어 있었고 궁전은 그 대로의 양쪽으로 위치해 있었다. 즉 보급부대의 바로 머리 위에 수만 명의 적이 있는 것이었다.

"물자를 버리고 마차와 술사는 지금 즉시 달리세요!!"

계속 지시를 내렸지만 이미 늦은 것 같았다. 새로 참전한, 아마도 중국과 한국의 접속자들은 지금이라도 거대 신상의 머리를 밟고 보급부대 한가운데로 뛰어내릴 것 같았다.

아스나는 이를 악물고 오른손 레이피어를 높이 들었다.

이미지를 검 끝에 집중시키고 날카롭게 내리쳤다. 일곱 가지 색의 오로라가 일직선으로 뻗어나가 대로 양쪽에 선 거대 신상에 명중했다.

의식이 날아갈 정도의 격통이 머리를 관통했지만 필사적으로 이미지네이션을 집중시키자 돌로 만든 신상들이 굉음을 내며 움직이기 시작했다. 사각형 입을 벌리고 짧은 팔을 휘둘러 궁전 옥상을 메운 플레이어들을 공격하기 시작한 것이다.

가장 앞에 있던 붉은 병사들이 당황해 물러났지만 뒤에서 밀려드는 아군과 충돌하면서 도미노처럼 쓰러졌다. 그 사이에 여덟 대의 마차와 200명 정도의 수도사대, 보급대가 이동을 개시했다.

아스나가 신상들을 조작할 수 있었던 것은 불과 30초 정도였다. 더는 고통을 이기지 못하고 무릎을 꿇었으나 인계군의 후방부대는 다행히 사지를 탈출하여 유적 북쪽의 광대한 황야로 대피하는 데 성공했다. 500명이 안 되는 위사대와 2천 명의 일본인 플레이어가 전진, 후방부대를 양쪽에서 감싸듯이 포진하여 응전 태세를 갖췄다.

그러나 이곳은 지형다운 지형이 존재하지 않은 탓에 수만 명의 적을 상대로 사방에서 방어전을 펼 수밖에 없는 절망적인 상황이었다. 머릿수에서 압도적으로 유리했던 미국인 플레이어들을 그래도 격퇴할 수 있었던 것은 궁전의 벽을 이용해 전선을 한 곳으로 한정시키고 회복술을 이용한 로테이션 공격이 가능했기 때문이었다. 4만에서 5만으로 추정되는 중국 및 한국 플레이어들에게 둘러싸이면 전선이 무너지는 것은 시간 문제였다.

"으윽……."

아스나는 얼마 남지 않은 기력을 쥐어짜 다시 한 번 레이피어를 들었다.
——부탁이야, 벽을……. 모두를 지킬 수 있는 튼튼한 벽을 마지막으로 만들어줘.
기도하며 이미지네이션을 집중시키려고 했다.
그러나.
강력한 스파크가 온몸을 관통하는 듯한 충격에 아스나는 다시 지면에 쓰러지고 말았다. 목구멍을 타고 넘어온 것을 토하자 그것은 소량의 피였다.
"무리하지 마, 아스나! 우리도 활약할 기회를 달라고!"
클라인이 큰소리를 치자,
"그래, 여긴 우리한테 맡겨."
굵은 목소리로 에길도 그 뒤를 이었다.
두 사람이 카타나와 양손도끼를 들고 아스나의 앞에 선 바로 그때.
일시적인 혼란에서 벗어난 붉은 군대가 이번에야말로 궁전 옥상에서 뛰어내리기 시작했다. 지면까지의 높이가 20미터나 되는 탓에 제대로 착지하지 못하고 전신에 대미지를 입고 움직이지 못하게 된 사람도 적지 않게 나오는 것 같았지만 후속 병사들은 부상자들을 쿠션 삼아 무사히 지면에 착지했다.
"돌격————————!!"
"트우————지이————!!"
한국어도 중국어도 배운 적 없는 아스나였지만 두 종류의 외침이 무슨 의미인지는 직감적으로 알 수 있었다.
좌우로 퍼지면서 밀려오는 붉은 군대를 가장 먼저 받아친 것은 클라인과 에길이었다.

"이야아아아아압!!"

"오우라아아아아!!"

공기가 진동될 정도의 기합소리와 함께 카타나와 도끼의 광범위 소드 스킬이 펼쳐졌다. 백색과 청색의 라이트 이펙트가 이중으로 번뜩였고, 수십 명이나 되는 적병이 선혈과 함께 허공을 날았다.

그들의 좌우에서도 ALO의 영주들과 그 부하들, 슬리핑 나이츠의 용자들이 전력을 다한 전투를 개시했다.

기관총처럼 울려 퍼지는 금속음. 무겁게 울리는 단발의 폭발음. 검이, 도끼가, 창이 울부짖고, 화려한 색깔의 소드 스킬이 작렬할 때마다 붉은 병사들이 쓰러져갔다.

압축된 공기가 삐걱거렸고 대군의 돌진이 순간 정지되었다.

그것은――.

무너진 제방에서 쏟아지는 탁류를 맨손으로 막으려고 하는 것이나 마찬가지인 노력이었다.

비명과 노호가 소용돌이치는 전장의 하늘에 희미하게 울리는 웃음소리를 아스나는 지면에 웅크린 채 들었다.

흐릿해지는 눈을 움직이자 궁전 옥상에서 검은 판초를 입은 남자가 춤을 추듯 몸을 꼬고 있는 것이 보였다.

***

메인 샤프트 반대편에서 간헐적으로 들려오는 총성을 들으며 히가는 낼 수 있는 최대의 속도로 사다리를 타고 내려갔다.

오렌지색 불빛을 받아 둔하게 빛나는 패널 박스에 겨우 도착하여 굳은 손가락으로 뚜껑을 열었다.

내부에는 복잡하게 얽힌 광케이블로 가득한 배선반이 있어 순간 기가 꺾였지만 그것들을 치우고 또 치운 끝에 겨우 목적했던 점검용 커넥터를 찾아낼 수 있었다.

이제부터야.

크게 숨을 들이마셔 사고를 안정시킨 다음 백팩에서 접속용 케이블과 랩톱PC를 꺼냈다. 케이블 한쪽을 점검 커넥터에, 다른 한쪽을 PC에 꽂고 기도하는 마음으로 STL 오퍼레이션용 프로그램을 기동시켰다.

검은색 윈도우가 열리고 좌상단에 커서가 약 올리듯 깜빡이기 시작했다. 잠시 뒤 그것이 오른쪽으로 움직이며 스테이터스를 표시했다.

STL#3, Connecting…………OK.

STL#4, Connecting…………OK.

먼저 서브 컨트롤에 인접한 제2 STL실의 두 대로부터 정상적인 신호가 돌아왔다.

이어 위성회선을 경유해 오션 터틀에 접속하고 있는 록폰기 지부의 5호기, 6호기와의 접속이 확립되었다.

"……좋아!"

히가가 낮게 중얼거렸다. 이것으로 키리가야 카즈토와 세 명의 소녀들이 사용하는 네 대의 STL 조작이 가능해졌다.

애석한 것은 메인컨트롤을 통해 제2 STL실 및 위성 안테나로 연결되는 회선만 연결된 상태였기에 제1 STL실의 두 대에는 손을 댈 수 없다는 점이었다. 그것이 가능하면 1호기와 2호기로 다이브한 습격자들을 언더월드에서 축출할 수 있었을 텐데 말이다.

거기서 잠깐 생각을 멈추고 히가는 작업을 서두르기 위해 작은 키보드에 오른손을 올렸다.

——간다!

기합을 넣는 것과 머리 위에서 높은 고함소리가 들려온 것은 거의 동시였다.

"……우, 움직이지 마!"

야나이의 목소리였다. 지금 상황에 대체 무슨 소리를 하는 것일까?

짜증스럽게 머리를 든 히가의 눈에 들어온 것은 불과 3미터 앞에서 검푸르게 빛나는 자동권총의 총구였다. 그 총구 너머, 작은 두 눈이 시뻘겋게 충혈된 야나이가 다시 소리쳤다.

"PC에서 손을 떼! 그러지 않으면 쏜다!"

"……에?"

입을 딱 벌리며 놀란 것은 불과 0.5초도 되지 않았다.

히가는 순식간에 상황을 파악하고 추측을 시작했다.

——이 녀석이다!

이 남자, 야나이야말로 미국인에게 앨리시제이션 계획에 대한 정보를 흘린 스파이였던 것이다.

그러나 유감스럽게도 대응책까지는 떠오르지 않았다. 바싹 마른 입술에서 무의미한 질문이 나왔다.

"……야나이 씨, 대체 뭔가요?"

창백한 이마에 비지땀을 뻘뻘 흘리며 기술자는 떨리는 입술을 열어 가는 목소리로 말했다.

"미……, 미리 말하지만 날 배신자 취급하는 건 곤란해."

——취급이고 뭐고 그 자체잖아!!

그런 히가의 마음속 절규가 들리는 것처럼 야나이는 더욱 말을 보태었다.

"나는 내 의도를 관철하는 것뿐이야. 보스의 유지를 잇기 위해……. 그 때문에 라스에 잠입한 거고."

"보……, 보스의 유지? 누구를 말하는 건데요……?"

어이없다는 목소리로 그렇게 묻자 야나이는 이마에 붙은 머리카락을 왼손으로 떼며 살짝 광기 어린 미소를 띠었다.

"너도 잘 아는 사람이지. ……스고우 씨야."

"뭐……."

——뭐라고오오오?!

총을 본 순간보다도 더 크게 놀란 히가가 두 눈을 크게 떴다.

스고우 노부유키. 히가와 코지로 린코, 그리고 그 카야바 아키히코와 동시대에 토우토공업대학의 시게무라 연구실에 재적했던 남자. 경이로운 천재였던 카야바에게 노골적으로 대항의식을 불태웠으나 결국 넘지 못하고, 그 때문인지 아닌지는 모르겠지만 SAO 플레이어 수백 명을 위법한 인체실험에 이용하려는 폭거에 나섰다.

키리가야 카즈토의 활약으로 음모가 밝혀지고 체포된 스고우는 1심의 실형 언도에 항소해 현재는 도쿄고등재판소에 상고 중이었다.

"……딱히 죽은 것도 아니지 말입다. 그 사람."

자신도 모르게 그렇게 중얼거리자 야나이는 히힛 하고 높은 웃음소리를 내었다.

"비슷한 거야. 적어도 10년은 들어가 있어야 될 테니까 연구자로서는 죽은 거나 마찬가지지. 나도 위험했어. 다른 한 사람의 스태프에게 전부 뒤집어씌워 겨우 무사할 수 있었지만 말이야."

"그럼 당신도……, 스고우의 인체실험에 관여한 겁까……?"

"관여한 정도가 아니야. 실제로 데이터를 취합한 건 나였으니까. 정말 즐거운 연구였지……. 버추얼 촉수 플레이도 그랬고……."

――대체 왜 키쿠오카 이좌는 이런 범죄자의 신원을 제대로 체크하지 못한 것일까!

하고 히가는 씩씩거리며 생각했지만 금세 쉽지 않았겠다는 생각과 함께 한숨을 쉬었다.

위장기업 라스는 미국에 거의 좌지우지되는 방위기술 기반에 국산이라는 바람을 불어넣자는 의도로 설립되었다. 그 말은 기존의 재벌계 메이커나 방위상사의 권익을 위협하는 존재가 될 수 있다는 뜻이었다.

그런 연유로 기술계 스태프를 모으는 일은 무척 힘들었다. 대기업에서 오는 사람은 없는 것이나 마찬가지였던 만큼, 렉토라는 대기업의 풀다이브 기술연구 부문에서 근무한 경력이 있는 야나이가 환영을 받은 것은 어쩔 수 없는 일이었다.

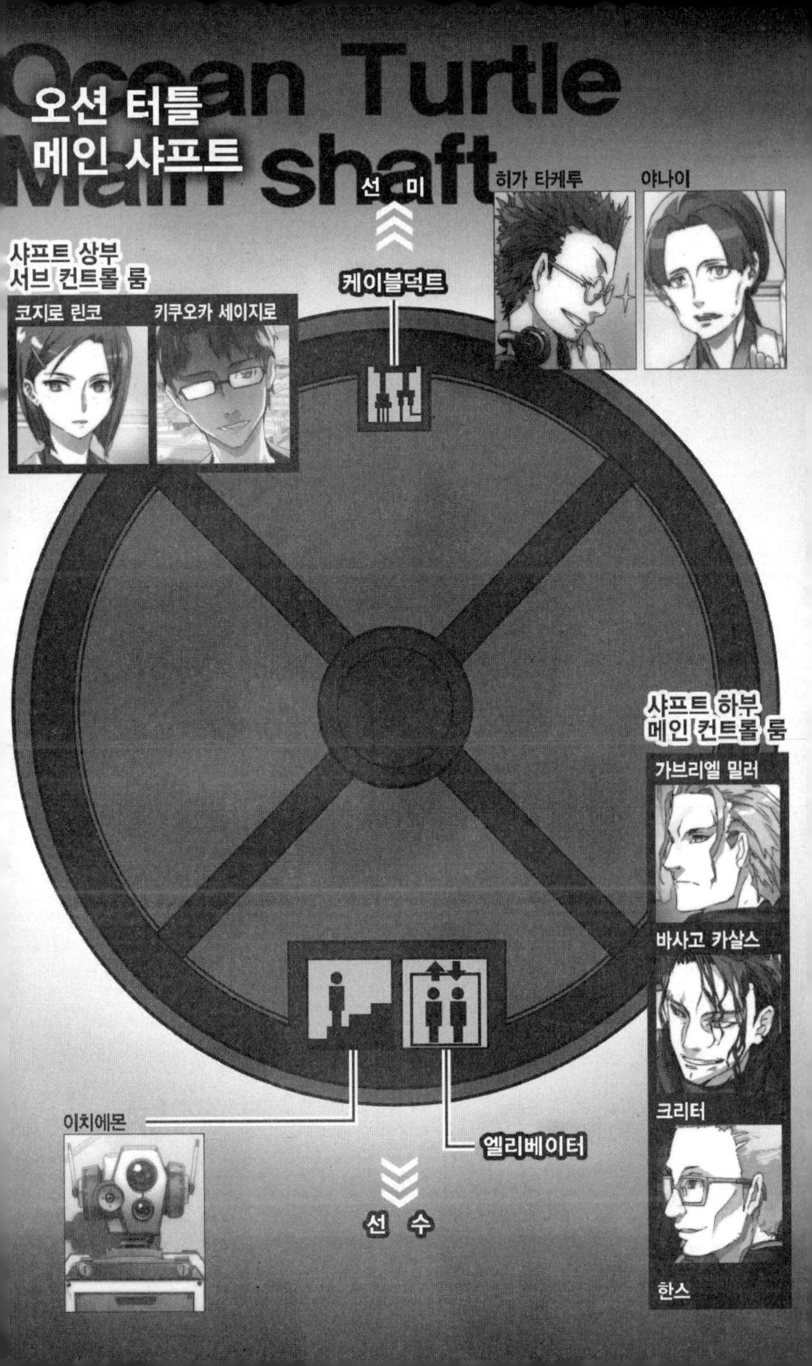
Ocean Turtle Main shaft
오션 터틀
메인 샤프트
선 미
케이블덕트
히가 타케루
야나이
샤프트 상부
서브 컨트롤 룸
코지로 린코
키쿠오카 세이지로
샤프트 하부
메인 컨트롤 룸
가브리엘 밀러
바사고 카살스
크리터
한스
이치에몬
엘리베이터
선 수

히가의 눈에 야나이가 잠시 멍하니 회상에 빠지는 듯했지만 금세 권총을 다시 쥐는 것이 보였다. 프레임 왼쪽의 안전장치도 확실히 풀어놓고 있었다. 기술계 스태프에게까지 사격훈련을 시킨 키쿠오카의 용의주도함이 지금만큼은 부메랑이 되어 날아온 상황이었다.

다행히 야나이에게는 아직 토해내어야만 할 울분이 남은 듯 높은 목소리로 이야기를 계속했다.

"……뭐 보스의 인생은 이미 엔드롤이지만, 그 사람이 연결한 라인은 아직 살아 있지. 그렇다면 내가 그걸 제대로 사용해야 그 사람도 체면이 서지 않겠어?"

"라인……이라니 어디 말입까?"

반사적으로 묻자 야나이는 잠시 망설이는 듯하더니 씨익 웃으며 대답했다.

"미국의 국가안전보장국."

"뭐, 뭐라고?!"

그렇게 히가는 깜짝 놀라는 척했지만 내심으로는 '역시' 하고 생각했다.

미국가안전보장국(NSA)이 일본에서 도청이라든가 통신자료를 수집하는 등의 활동을 하는 것은 공공연한 비밀이었다. 일본이 선도하는 풀다이브 기술에 그들이 흥미가 없을 리가 없었다. 스고우의 부하였던 야나이로부터 앨리시제이션 계획에 대한 정보를 입수한 NSA가 해군 잠수함까지 동원해 ≪A. L. I. C. E.≫를 빼앗으러 온 것이었다.

야나이는 죄책감을 느끼는 모습도 없이 자랑을 이어나갔다.

“……아래에 있는 미국인들이 앨리스만 확실히 회수하면 나에게도 엄청난 보너스와 저쪽에서의 자리가 약속되어 있거든. 이것이야말로 스고우 씨가 꿈꾸었던 아메리칸 석세스 스토리 아니겠어?!”

——그 뒤 세계는 미군이 배치할 초고성능 인간병기에 벌벌 떨겠지만 말이야.

히가는 그렇게 반박하고 싶은 것을 필사적으로 참았다. 지금은 조금이라도 대화를 오래 끌며 희박한 찬스를 붙잡아야만 했다.

——알아차려줘요, 린코 씨!

강하게 염원하다가 그만 왼손의 랩톱PC를 떨어뜨릴 뻔한 히가는 급히 PC를 고쳐 들었다.

“우, 움직이지 마!!”

순간 야나이가 갈라진 목소리로 소리치더니 총구를 덕트 벽을 향하고는 방아쇠를 당겼다. 노란 빛이 번뜩였고 팽창된 공기가 양쪽 귀를 찌잉 하고 울렸다.

덕트의 금속 벽에 불꽃이 튀었고——.

히가의 오른쪽 어깨에 격심한 충격이 가해졌다.

“어라?”

하고 야나이가 놀란 목소리를 내었다.

***

시논은 바로 눈앞에 있는 두 개의 파란 눈동자 속에 칠흑처럼 까만 소용돌이가 블랙홀처럼 회전하는 것을 멍하니 바라보았다.

동틀 무렵에 꾸는 꿈과 흡사했다.

무엇인가 하지 않으면 안 된다. 무엇인가를 분명 했지만, 그것은 꿈이었고 사실은 하지 않았다. 그것이 오로지 반복되는 환상의 사이클.

싸늘하게 식은 손가락이 목덜미를 만졌다. 강한 혐오감, 공포, 그러나 그런 것들마저도 바로 의식에서 빠져나가 회색의 공허함으로 바뀌었다.

——안 돼.

이건 더이상 가상공간에서 일어나는 비현실적인 일이 아니었다.

그런 인식이 붉은 경고등처럼 머리 한쪽 구석에서 깜빡였다. 시논은 그쪽으로 의식을 집중하려고 했지만 끈적거리는 검은 액체가 어느 사이엔가 허리 부근까지 삼키고 있었다. 어디로도 도망갈 수 없었다. 저항하는 것조차도 불가능했다.

남자의 얼굴이 더욱 가까이 다가왔다. 얇은 입술이 오므라들며 스읍 공기를 마셨다. 감정이, 사고가, 영혼까지도, 공기와 함께 빨려들었다.

——안 돼.

——훔쳐가지 마.

하는 애원조차 즉시 빼앗기고 남은 것은 둔한 마비감뿐.

"그만……해……."

중얼거리는 시논의 입술에 남자의 입술이 다가왔고——.

번쩍!!

하는 빛과 함께 강한 충격이 시논의 의식을 강타했다.

크게 벌어진 두 눈이 자신의 상의 목깃 부분에서 튀는 눈부신 은색 불꽃을 포착했다.

――――――뜨거워!!

벼락에 맞은 것과 흡사한 느낌이 남자의 흡인력을 순간적으로 능가하였다. 미약하게나마 회복된 사고력을 총알의 뇌관처럼 폭발시킨 시논은 온몸의 힘을 짜내 남자의 두 팔 안에서 탈출할 수 있었다.

솔루스의 비행 능력을 발휘하여 크게 거리를 두었다.

"……크윽……."

몹시 괴로워하며 시논은 상의 안쪽에서 여전히 스파크를 일으키는 물체를 오른손으로 꺼내었다.

그것은 가는 체인에 달린 하얀색 금속이었다. 직경 1.5센티미터 정도의 원반형 금속 끝에 구멍이 있어 사슬이 연결되 있었다.

"어……떻게, 이게……?"

――여기에?!

시논은 경악하며 갈라진 목소리로 신음했다.

그것은 현실세계의 아사다 시노가 항상 목에 차고 다니던 목걸이였다. 비싼 것은 아니었다. 사슬은 써지컬 스테인리스였고 금속은 그냥 은을 도금한 알루미늄이었다.

그러나 시논에게 있어서는 큰 의미가 있는 물건이었다.

작년 연말 시논이 휘말렸던 ≪사총 사건≫.

범인 일당 중 한 사람이었던 동급생 남자아이가 석시닐콜린이라는 극약이 든 고압주사기로 시논을 공격했을 때 달려온 키리가야 카즈토――, 즉 키리토가 시논을 감싸다 왼팔에 약을 분사당했다.

그 약의 침투를 막은 것은 그가 깜빡 잊고 가슴에서 떼지 않았던 심전도 모니터용 전극이었다.

시논은 사건 뒤 바닥에 떨어져 있던 전극을 발견하고 그 전극에서 테이프 부분을 떼어내고 은색 금속 소자를 펜던트로 가공했다. 그 자작 목걸이를 항상 몸에 지닌다는 사실은 키리토와 아스나에게도 비밀로 하고 있었고 라스 록폰기 지부에서는 옷을 입은 채로 다이브한 탓에 히라이라는 이름의 스태프도 목걸이를 볼 기회는 없었을 것이다.

그러므로 이 목걸이가 언더월드에서 오브젝트화되는 일은 있을 수 없었다.

――그렇지만.

다이시 카페에서 키리토가 말한 적 있었다. STL이 만들어내는 가상세계는 단순히 폴리곤으로 이루어진 오브젝트가 아니라고.

기억과 이미지네이션에 의해 탄생한 또 하나의 현실――이라고.

그렇다면 이 목걸이는 시논 자신의 이미지가 출현시킨 것일 터였다.

시논은 은색 펜던트에 살짝 입을 맞춘 뒤 옷 속으로 다시 넣었다.

완전히 회복된 의식을 멀리 떨어진 공중에서 호버링하고 있는 검은 날개 달린 생물로 향했다.

생물의 등에선 새틀라이저가 아무 말 없이 자신의 오른손을 쳐다보고 있었다. 그런 그의 손가락 끝에서 희미하게 하얀 연기가 피어오르고 있는 것을 시논은 볼 수 있었다.

시선을 느낀 것인지 고개를 든 새틀라이저의 입가에는 아주 조금이었지만 불쾌한 빛이 떠 있었다. 남자의 얼굴을 똑바로 보며 시논이 말했다.

"넌 신도 악마도 아냐. 보통 인간이지."

확실히 새틀라이저의 힘은 압도적이었다. 아마도 엄청나게 강한 이미지네이션으로 시논의 정신……, 플럭트라이트까지 간섭하는 것 같았다.

——그렇지만 이미지를 떠올리는 힘과 집중력이라면 지지 않아.

왜냐하면 그것은 저격수에게 있어 가장 중요한 힘이었다.

시논은 솔루스 어카운트의 GM장비 장궁 ≪애니힐레이트 레이≫를 두 손에 쥐고 천천히 시선을 옮겼다.

하얗게 빛나던 활의 중앙부가 푸른빛이 도는 검은색으로 변했다.

변색 범위가 넓어지면서 부드럽게 굽어 있던 활이 완전한 직선으로 바뀌었다. 검푸르게 빛나는 긴 본체는 강철의 총신이 되었고 이어서 제동기, 손잡이, 개머리판이 출현했으며 마지막으로 거대한 조준경이 솟아나듯 실체화했다.

시논의 손에 있는 것은 이미 아름다운 장궁이 아니었다.

투박하고, 용맹하며, 말도 안 될 만큼 아름다운 50구경 대물저격총——≪울티마 라티오 헤카테Ⅱ≫였다.

둘도 없는 짝꿍의 볼트 핸들을 날카로운 소리와 함께 당기며 시논은 씨익 웃었다.

새틀라이저의 콧등에 얕은 주름이 잡히고 입술이 분노를 띠며 일그러졌다.

***

교전이라 할 정도의 상황은 불과 7분밖에 이어지지 않았다.

그 뒤의 상황은 3분간의 방어전을 거쳐 일방적인 살육으로 변했다.

"사수해……! 언더월드의 사람들만큼은 어떡해서든……!!"

아스나는 머리가 깨질 것 같은 통증을 무시한 채 최전선에서 레이피어를 휘두르며 있는 힘을 다해 소리쳤다.

그러나 그녀의 말에 대답하는 믿음직한 목소리는 이미 들려오지 않았다.

그녀 주위에서는 컬러풀한 장비를 착용한 일본인 플레이어들이 한 사람 또 한 사람 피처럼 붉은 갑옷을 두른 이웃나라 사람들에게 포위되어 검이나 창으로 난도질당하고 있었다. 노호, 비명, 그리고 단말마의 절규가 계속 울렸다.

이에 비교하면 미국인 중창병들의 돌격작전 쪽이 훨씬 대처하기 쉬웠다.

새롭게 출현한 대군은 두 개의 나라에서 다이브한 까닭인지 아니면 영문을 알 수 없는 분노에 흥분해서인지 앞뒤를 가리지 않고 섬멸만을 노리고 있었다. 몇 사람이 한꺼번에 목표물의 다리를 붙잡아 쓰러뜨리고는 달려들어 자유를 빼앗았다. 이런 식의 전투를 강요당하면 수적 차이를 전술로 극복하는 것은 절대 불가능했다.

2천으로 이루어진 원형 방어진은 눈 깜짝할 사이에 침식되고 헐거워졌다.

아스나는 끊임없이 밀려드는 적병들을 레이피어로 필사적으로 베고 꿰뚫으면서도 어젯밤 언더월드에 다이브한 이후 처음 마음속으로 절망의 비명을 질렀다.

누군가, 제발 도와줘……라고.

***

절망적인 전황에서도 비교적 건투를 이어가는 부대 중 하나가 알브헤임 온라인에서 실프 족 영주인 여성 플레이어 사쿠야가 이끄는 녹색 검사대였다.

실프 족은 원래부터 기동력을 활용한 빠른 연계공격이 뛰어났다. 중장갑을 두른 플레이어의 돌진공격에 무게를 두는 샐러맨더 족에 대항하기 위해 발전시킨 전법이 지금과 같은 혼전에서도 어느 정도 유효하게 기능한 것이다. 경장 검사들이 어지럽게 움직이며 서로를 커버함으로써 적에게 집중공격을 당하지 않을 수 있었고 한 사람씩 각개격파 당하는 것을 피할 수 있었다.

“——좋아, 우리가 돌파구를 만들 테니 용담대, 영란대는 전선을 오른쪽으로 밀어 올려!!”

자신도 선봉에 서서 가느다란 장도를 종횡무진 휘두르며 사쿠야가 소리쳤다.

우익 방향에서 전투 중일 샐러맨더 족과 합류한 뒤 그들의 돌파력을 이용해 단숨에 적진을 돌파할 생각이었다. 지원부대를 다시 대로로 피신시키고 좁은 입구에 전선을 한정시키면 미국인 플레이어와 마찬가지로 압도적인 적의 전력을 소모시킬 수 있을지도 몰랐다.

“간다! ≪싱크로 소드 스킬≫ 준비!! 카운트, 5, 4, 3…….”

사쿠야가 거기까지 지시했을 때였다.

자신의 왼편에서 울린 비통한 목소리가 귀에 명료하게 들려왔다.

“——모두들, 포기하지 마. 조금이라도 시간을 벌어!!”

순간적으로 지시를 멈춘 사쿠야는 왼쪽 방향으로 시선을 돌렸다.

당장이라도 황색을 기조로 한 장비의 일본인 부대가 붕괴되면서 붉은 파도에 휩쓸리기 직전이었다. 그리고 그 가장 앞쪽에 두 손에 장착한 메탈 크로우를 붙잡힌 채 지면에 쓰러진 작은 캐트 시의 모습이 똑똑히 보였다.

“알리샤!”

사쿠야는 소리쳤다. 순간 그녀는 냉정하고 침착한 지휘관에서 한 명의 여대생으로 되돌아갔다.

"안 돼――――――!"

소리치며 단신으로 왼쪽으로 달렸다. 막아서는 적을 오른쪽으로 또 왼쪽으로 베고 오로지 친구를 향해 나아갔다.

캐트 시 족 영주 알리샤 루는 장검에 가슴과 배를 관통당하면서도 접근하는 사쿠야를 알아차리고 피를 토하는 목소리로 소리쳤다.

"안 돼, 사쿠야. 돌아가!! 부대를 지휘해!!"

그 한마디를 마지막으로 노란 머리카락 위로 솟은 삼각형 귀가 사쿠야의 시야에서 사라졌다.

"알리샤――――――!!"

비명과 같은 소리를 지르며 사쿠야는 캐트 시 부대를 쓸어버리려는 적의 대집단에 홀로 뛰어들었다. 계속 소드 스킬을 반복하며 선혈과 살점의 비를 흩뿌리며 앞으로만 달렸다. 친구가 쓰러져 있는 장소까지는 이제 조금만 더…….

푸욱.

갑작스러운 충격을 느끼고 시선을 떨어뜨리자 등 뒤에서 오른쪽 배를 관통해 나온 창의 끝이 눈에 들어왔다.

가상세계에서 처음으로 느끼게 된 엄청난 고통이 온몸의 신경을 휘저으며 몸에서 힘을 빼앗았다.

그래도 사쿠야는 네 걸음 더 전진했지만 거기까지였다. 아바타가 의식의 제어에서 벗어나면서 앞으로 고꾸라졌다.

직후 엄청난 원한의 폭풍이 사쿠야를 삼켰다. 오른손의 애도를 빼앗기고 왼팔은 중간에서 절단되었으며 계속해서 날카로운 금속이 사쿠야의 몸을 꿰뚫었다.

***

이곳에 다이브한 2천 명――급속히 감소 중이기는 했지만――의 일본인 플레이어 중 가장 정확히 상황을 파악하고 있던 사람은 길드 ≪슬리핑 나이츠≫의 3대 리더인 안시은, 즉 시우네였다.

아버지가 재일 한국인이고 어머니가 일본인인 시우네는 2개 국어가 가능했다. 따라서 붉은 병사 중 반수가 내뱉는 분노 어린 말을 단편적으로나마 듣고 그들이 어떤 정보에 선동되었는지를 추측할 수 있었다.

일본과 한국의 넷유저 사이에 단절과 반발이 일어나기 시작한 것은 시우네가 태어나기 전인 2000년대 초반이라고 했다. 이유는 많이 있겠지만 인터넷의 발달 그 자체가 단절을 가속시킨 요인인지도 모른다.

그런 흐름은 시우네와 동료들이 사랑하는 온라인 게임의 세계도 여지없이 침식했다. 2026년 현재 주류의 VRMMO에서도 국제 서버에서는 일본인과 한국인 혹은 중국인 플레이어 사이에서 사냥터 독점이 심각한 문제가 되는 일은 자주 있는 일이었다. 최근에는 ALO과 같이 해외에서의 접촉을 제한하는 타이틀이 대부분인 까닭에 이웃나라와의 단절이 더욱 깊어지는 것처럼도 느껴졌다.

한국과 일본 양쪽의 문화를 접하며 자라온 시우네는 그런 상황에 오랫동안 마음에 상처를 받아왔다. VR호스피스에서 시우네를 새로운 세계로 이끌어준 슬리핑 나이츠의 동료들은 시우네의 태생을 알아도 여전히 친근하게 대해주었기에 모두를 위해서도 언젠가 자신의 손으로 단절 상태인 가상세계에 다리를 놓고 싶었다.

그럼에도 불구하고.

지금도 궁진 옥상에서 전투를 지켜보고 있는 자는 교묘한 말로 한국과 중국의 VRMMO 플레이어를 선동하고 적개심을 부추겨 VRMMO 역사상 최대의 증오와 비극을 탄생시키려 하고 있었다.

——내가……, 내가 어떻게든 해야 돼. 아마 일본인 플레이어 중에서 한국어를 할 수 있는 건 나뿐일 거야.

——부딪치지 않으면 전해지지 않아. 그렇지, 유우키?

3개월 전 헤어진 전임 길드 마스터에게 마음속으로 말을 건넨 뒤 시우네는 주변에 있는 네 명의 동료들에게 큰 소리로 지시했다.

"모두, 부탁이야. 한 번이면 되니까 브레이크 포인트를 만들어줘!!"

선두에 서서 아수라처럼 분전을 계속하던 양손검사 쥰이 즉시 소리쳤다.

"알았어. 테치, 타루켄, 노리, 싱크로로 큰 기술을 펼치는 거야! 카운트, 2, 1!"

완벽하게 동기화되어 펼쳐지는 단발의 고위력 소드 스킬이 대지를 흔들며 폭발을 일으켜 수십 명의 적을 녹아웃시켰다.

일순의 정적과 정체 속에 시우네는 이곳의 리더로 보이는 덩치가 큰 한국인 플레이어에게 달려가 내려치는 장검을 왼손으로 받았다.

손바닥이 찢어지고 피가 흘렀다.

그러나 가상의 통증은 과거 시우네가 경험했던 백혈병 치료를 위한 골이식 요법과 샐비지 요법의 고통에 비교하면 그리 대단한 것도 아니었다. 살짝 얼굴을 찌푸렸을 뿐 시우네는 똑바로 상대의 눈을 바라보며 한국어로 소리쳤다.

"——잠깐만 들어줘요. 당신들은 속고 있어요! 이 서버는 일본기업의 것이고 저희들은 크래커가 아니라 정규 접속자라고요!!"

널리 울려 퍼진 그녀의 목소리에 정적이 조금 더 이어졌다.

시우네에게 맨손으로 검을 잡힌 한국인은 조금 기가 죽은 듯 뒷걸음을 쳤으나 금세 날카로운 목소리로 반박했다.

"——거짓말하지 마! 너희들이 조금 전 우리와 같은 색깔의 플레이어를 학살하는 걸 똑똑히 봤다고!!"

"그건 당신들과 마찬가지로 거짓 정보에 속아 다이브한 미국인들이에요! 일본기업의 게임 개발을 방해하는 것은 당신들이고요!! 다시 한 번 잘 생각해보세요……. 지금의 분노와 증오가 정말로 당신들의 것인지."

시우네의 말에 한국인들이 당혹스러운 표정으로 입을 다물었다.

다시 찾아온 정적을 뚫고 날카로운——, 그렇지만 어딘가 곤혹스러워 하는 느낌이 담긴 질문이 무리의 뒤쪽에서 들렸다.

"그 말이 정말이야?!"

한국어로 그렇게 소리치며 달려 나온 것은 다른 병사들과 외견이 다를 게 없는 한 사람의 플레이어였다. 반사적으로 자세를 낮추는 시우네의 바로 옆으로 달려온 그는 적의가 없다는 듯 오른손의 검을 내리며 헬멧의 바이저를 올렸다.

"난 ≪문페이즈≫라고 해. 그쪽은?"

갑자기 이름을 물어 시우네는 당황했지만 문페이즈라 이름을 밝힌 남자의 두 눈은 진지한 빛을 띠고 있었다.

왼손으로 잡고 있던 검을 놓고 가상의 피가 떨어지는 손바닥을 가슴 쪽으로 가져와 꽉 쥐면서 시우네는 입을 열었다.

"……난 시우네라고 해."

"그렇군, 시우네 씨. 나도 이번 일은 어딘가 이상하다고 생각했어."

문페이즈가 빠른 어조로 그렇게 말하자 주위의 한국인 플레이어 사이에서 분노의 목소리가 들렸다.

그러나 문페이즈는 오른손의 검을 강하게 칼집에 넣음으로써 그들을 침묵시킨 뒤 한 걸음 앞으로 나왔다.

"──당신 말을 증명할 수단은 있어?!"

"……아……!"

시우네는 말이 막혔다.

여기 ≪언더월드≫는 정부의 지원을 받은 일본기업의 연구개발용 VR월드였고 공격한 것은 그 연구의 성과인 신세대 AI를 탈취하려는 미국인이다──. ALO의 세계수 돔에서 친구 리즈벳이 눈물로 호소한 그 말을 시우네는 전혀 의심하지 않았다. 그러나 증명하라고 하면 할 수 있는 말이 궁해졌다.

가상세계에 물적 증거 같은 것이 있을 리 없었다. 있다고 한다면 누군가의 증언 정도겠지만 일본 쪽에서 무슨 말을 해도 믿어주지 않을 것이었다. 시우네가 아무 말 못 하고 있는 사이에 주위의 한국인들의 적의가 다시 높아지는 것이 느껴졌다. 어떻게 하면……, 어디에…….

"——시우네, 언더월드 사람이야!"

갑자기 왼쪽 뒤편에서 노리가 소리쳤다.

"이쪽 세계의 주민인 언더월드 사람을 만나게 해서 그들이 일본어로 말하는 것을 보여주면 이곳이 일본 서버라는 것을 이해할 거야!"

"아……!"

분면 그 방법이라면 가능성이 있었다. 시우네 본인도 원진 중앙의 언더월드 병사들과는 한두 마디밖에 나누지 않았지만 그들에게서는 현실세계 사람도 NPC도 아닌, 분명 영혼을 울리는 충격이 느껴졌다. 설사 말이 통하지 않더라도——, 어쩌면 통하지 않기 때문에 한국인들도 느낄 수 있을 것이다. 마음을 열고 그들을 만나 대화를 나누기만 하면 말이다.

일본어로 전해진 노리의 말을 시우네는 한국어로 통역해서 문페이즈에게 전하려고 했다.

그러나 그 순간 그의 뒤쪽에서 섬뜩할 만큼 붉은 빛이 번쩍하고 빛났다.

"앗……. 위험……."

시우네는 필사적으로 경고하려고 했지만 늦고 말았다. 짧지만 두터운 칼날이 문페이즈의 등을 깊이 도려냈고 문페이즈는 그대로 10미터 가까이 나가떨어지고 말았다.

"크악……."

고통스럽게 시음하는 문페이즈를 대신해 시우네 앞에 선 것은 궁전 옥상에 있던 검은 판초를 입은 남자였다.

오른손에 든 마치 중식도 같은 모양의 대거로 문페이즈를 가리키며 한국어로 소리쳤다.

"이 전장에 배신자는 필요 없어!"

그리고 그 칼을 돌려 주위의 한국인들을 가리켰다.

"너희들도 더러운 일본인에게 속으면 안 돼!!"

그 목소리는 무겁고, 강하고, 차갑고, 그러면서도 어딘가 조소를 하고 있는 것처럼 느껴졌다.

칼이 마지막으로 향한 것은 아연한 표정으로 서 있던 시우네였다.

"여기가 일본의 서버고 너희들이 정규 접속자라면 어떻게 너희들이 그렇게 고급 장비를 가지고 있는 거지? GM장비급으로 번쩍거리는 장비를 말이야. 치트키로 신나게 뽑아낸 거잖아!!"

그래, 맞아! 하는 소리가 주위에서 따랐다.

시우네는 필사적으로 남자의 말을 부정했다.

"……아니에요! 장비가 다른 것은 저희의 메인 캐릭터를 이쪽 세계에 컨버트했기 때문이라고요!"

그 순간 검은 판초를 입은 남자가 큰 소리로 웃었다.

"하핫, 테스트 서버에 메인 캐릭터를 가져오는 멍청이가 어디 있어?! 거짓말이야, 전부 거짓말이라고!!"

“정말이에요, 믿어주세요! 저희들은 캐릭터를 잃을 각오로 여기에…….”

슈욱 하고 공기를 가르는 소리가 들렸다.

시우네는 날아든 대거가 자신의 오른쪽 어깨에 깊이 박히는 순간, 고통보다도 훨씬 큰 절망을 느꼈다. 무기를 던진 남자가 사납게 소리치는 말은 시우네도 모르는 언어였다.

중국인 플레이어 소집단이 일시적인 정전 상태를 깨고 오른쪽에서 돌격해 오는 것을 보고 바로 옆에 있던 한국인 리더도 욕설과 함께 시우네를 걷어찼다.

지면에 쓰러진 시우네는 뒤쪽에서 동료들이 달려오는 발소리를 들으면서도 다시 일어설 수 없었다.

***

——왜지?

정합기사 렌리 신서시스 트웬티세븐은 전장을 가득 메운 강한 증오를 느끼며 그 말만을 가슴속에서 반복했다.

——왜 그들은 같은 리얼월드인이면서 이렇게까지 서로를 미워하고 죽이지 않으면 안 되는 것일까?

아니, 렌리에게 그런 말을 할 자격은 없는지도 모른다. 언더월드에 사는 사람들 역시 인계인과 암흑계인으로 나뉘어 몇 백 년이나 피투성이의 모습으로 전쟁을 반복해왔다. 불과 며칠 전 동쪽 대문에서 흘린 피의 양은 이 전장의 토지를 흠뻑 적실 정도의 양이었다. 렌리 자신도 양쪽 허리에 찬 신기 ≪쌍익인≫으로 셀 수 없을 만큼 고블린 족의 생명을 빼앗았다.

그렇지만 그렇기 때문에──.

언더월드 바깥쪽에 펼쳐져 있다는 리얼월드에서는 다툼도 증오도 없을 것이고 전쟁 같은 것은 결코 일어나지 않을 것이라고 믿었다.

그러나 그것이 환상이었다는 것은 이미 분명했다. 리얼월드인인 아스나와 그녀의 동료들은 언더월드인과 똑같은 언어를 사용했지만 새로 쳐들어온 수만의 군대가 지르는 고함소리는 렌리로서는 전혀 이해할 수 없었다. 언어조차 이렇게 괴리되어 있다면 휴전이나 화해의 교섭조차 불가능할 것이다.

그렇다면 다툼이야말로 인간의 본질인 것일까?

이쪽 세계도 바깥쪽의 리얼월드도 그리고 혹시 존재한다면 더욱 바깥쪽에 있는 세계에서도 사람들은 영원히 서로를 죽이고 있는 것일까?

──그런 건 내가 용납 못해!

렌리는 강하게 두 손을 쥐고 터지려는 눈물을 참았다.

정합기사 셰이타는 적이었던 암흑계 권투사를 지키기 위해 혼자 사지에 남았다. 그 사람은 틀림없이 검과 주먹을 통해 암흑계 사람을 이해하게 된 것일 터이다. 피에 젖은 길 건너편에는 틀림없이 희망이 있는 것이다.

그렇다면 지금은 싸워야 할 때였다. 계속 보호만 받고 있을 수는 없었다.

렌리는 필사적으로 방어전을 펼치는 아군 리얼월드인 부대를 돕기 위해 전선으로 이동하려고 했다.

그 순간 작은 목소리가 뒤에서 울렸다.

"기사님, 저도 가겠어요."

돌아보니 그곳에는 보급부대에 소속된 빨강 머리 소녀연사 티제가 서 있었다. 비교적 작은 검을 꽉 쥐고 비장한 표정을 띠고 있었다.

"……안 돼, 넌 그 사람을 지키지 않으면……."

"그 역할은 로니에에게 양보할게요. ……제가 정말 좋아했던 유지오 선배는……."

티제는 낙엽색 눈동자에 이슬을 반짝이며 말을 이었다.

"그 사람은 정말 좋아하는 것을 지키기 위해 목숨을 바쳤어요. 저도 그 뜻을 잇고 싶어요."

"……그렇군."

렌리는 강하게 입술을 깨물었다.

정합기사인 자신조차 저 무시무시한 전장에서 살아남을 거라는 확신은 없었다. 정식 위사도 아닌 티제가 무사할 수 있을 거라고는 생각하기 어려웠다.

그러나 바로 그때 새로운 목소리가 울렸다.

"저도 가겠습니다, 기사님."

티제의 옆에 나타난 것은 갈색 머리카락을 뒤로 묶은 장신의 여성위사장이었다. 지금까지 분전을 계속한 탓에 옷은 더러워지고 갑옷은 상처투성이였지만 늠름한 얼굴에 깃든 투지는 아직도 사라지지 않고 있었다.

"……저도 키리토와의 약속을 아직 지키지 못했습니다. 그 아이가 저렇게 되어서까지 지키려고 했던 사람들을……, 세계를 여기서 포기할 수는 없습니다."

"솔티리나 선배……."

티제가 떨리는 목소리로 이름을 부르자 위사장도 희미한 미소와 함께 고개를 끄덕였다.

자긍심 때문도 명예 때문도 아니라 지켜야만 하는 것을 위해 싸우겠다는 것이었다.

두 사람의 그런 결의가 자신에게도 전해져 공명되는 것을 렌리는 느꼈다.

오른손으로 허리의 신기를 살짝 만지며 고개를 끄덕였다.

"……알았어. 그렇다면 너희들은 내가 지키겠다……. 절대 내게서 떨어지지 마."

"네!"

"부탁드립니다, 기사님!"

티제와 솔티리나가 힘차게 대답하며 왼쪽 허리에서 검을 뽑았다.

마찬가지로 한 쌍의 신기를 두 손으로 잡으며 렌리는 마음속으로 말했다.

——엘드리에 씨. 셰이타 씨. 그리고 베르쿨리 기사장님.

——당신들처럼 저도 이제야 제 목숨을 버릴 장소를 발견한 것 같습니다.

그리고 정합기사 렌리는 두 사람의 여검사와 함께 비명과 절망이 소용돌이치는 전장으로 뛰어들었다.

4

코지로 린코는 서브 컨트롤 룸으로 달려가 방금 전까지 히가 타케루가 앉아 있던 의자에 앉았다.

정면의 대형 모니터에 몇 개나 열려 있던 윈도우 중 아래쪽의 작은 창을 주시했다. 표시되어 있는 것은 키리가야 카즈토의 플럭트라이트 상태를 표시한 입체 그래프였다.

무지개색 그러데이션이 들어간 방사선 중앙에는 ≪주체의 결함≫을 뜻하는 어둠이 검게 배어나고 있었다.

지금 히가 타케루는 네 대의 STL을 조작하여 문제의 결함을, 카즈토와 깊은 관계를 가진 세 명의 소녀의 기억을 이용해 복원하려고 했다. 그 때문에 적에게 점거된 로워 샤프트에 혼자서――, 아니 겨우 둘이서 잡입한 것이었다.

지금쯤 습격자들은 미끼로 계단에 돌입시킨 ≪이치에몬≫의 반격에 정신이 없을 것이었다. 그러나 라이플로 마구 쏘아대면 아무리 강철로 된 로봇이라고 해도 오래는 못 버틸 것이다. 이치에몬을 파괴하면 적도 생각할 것이다. 대체 일본인들은 무슨 짓을 하고 있는 것일까? 하고.

――히가 군, 서둘러!

마음속으로 그렇게 기도하고 있을 때 스륵 문이 미끄러지면서 알로하셔츠 차림의 남자가 나막신을 울리며 달려왔다.

"어……, 어때? 키리토 군 쪽은?"

"조금 전 히가 군의 오퍼레이션이 막 시작되었어. 미끼 쪽은 잘 되고 있어?"

그렇게 되묻자 키쿠오카 세이지로는 숨을 헐떡이며 내려온 안경을 슬쩍 밀어 올렸다.

"이치에몬의 뒤에 있다가 연막탄을 잔뜩 던져 넣었어. 연기가 통로에서 배출될 때까지 조금 더 시간을 끌 수 있겠지만 그 후에는 다시 격벽을 잠그지 않으면 위험해. 시간이 별로 없어."

"히가 군은 아무리 길어도 5분 안에 결과가 나올 거라고 했는데……."

입을 다물며 린코는 다시 모니터로 시선을 돌렸다.

키리가야 카즈토의 플럭트라이트에는 여전히 변화가 없었다. 두 손을 꼭 쥐고 미국의 주부들이 흔히 말하는 "a watched pot never boils(주전자를 지켜보면 좀처럼 끓지 않는다)"라는 속담과 같은 심경으로 시선을 큰 모니터 중앙에 향했다.

그곳에는 마치 가공의 판타지 세계에나 나올 것 같은——아니 어떤 의미에서는 그 자체라고 해도 되겠지만——언더월드의 전체 지형도가 펼쳐져 있었다.

그 지도에는 며칠 전 오션 터틀에 도착하자마자 보았던 인계 전체도보다 훨씬 외각 지역까지 표시되어 있었다. 인계를 둘러싼 원형 산맥에서 남쪽으로 계속 내려간 곳에 유적 같은 인공 지형이 보였다. 그곳에서는 유우키 아스나의 현재 위치를 표시하는 밝은 점과 인계의 군대를 표시하는 푸른 도트의 집합, 일본에서 접속 중인 원군 플레이어를 나타내는 하얀색 도트 집합이 밀집되어 있었다.

그리고 그들을 둘러싼 엄청난 수의 붉은 도트――습격자들에게 선동되어 다이브한 미국인 플레이어로 추정되는――가 있었으나 그 규모는 예상보다도 컸다. 일본인들의 스무 배, 아니 서른 배는 될 것 같았다.

정말로 괜찮을 것일까? 아스나 외에 두 사람은 어디로 가버린 것일까 하고 화면을 살펴보니 유적에서 멀리 남쪽으로 떨어진 곳에 하늘색 점을 하나 발견했다. 아마 이것이 아사다 시노일 것이다.

그렇다면 키리가야 스구하는 어디지? 다시 지도를 꼼꼼히 살핀 끝에 힘들게 찾아낸 황녹색 도트는 주전장에서 상당히 북쪽으로 떨어진 곳에서 빛나고 있었다. 그 근처에도 붉은 적 집단이 존재했지만 분명 히가는 두 사람 모두 아스나의 좌표로 다이브시킨다고 했었다. 그런데 어떻게……? 하고 눈썹을 찌푸렸던 린코는――.

문득 스구하의 반짝이는 황녹색 빛에 가려 또 하나의 하얀색 도트가 깜빡이는 것을 알아차렸다.

"…………?"

분명 라스 쪽에서 STL로 다이브한 인간은 더 이상 없었다. 그렇다면 이 도트는 뭐지?

반사적으로 마우스를 미끄러뜨려 커서를 신중하게 도트에 맞춘 다음 클릭하자 새로운 윈도우가 열렸다. 눈에 힘을 주고 미세한 영자 폰트를 읽었다.

"어디 보자……. 제한, 대항지수……, 검출역치……, 보고?

뭐야, 이게…….”

의미를 모르겠네, 라고 말을 이으려는 그 순간이었다.

“뭐……, 뭐라고?!”

지금까지 키리가야 카즈토의 그래프를 주시하던 키쿠오카가 갑자기 큰 소리를 지르는 바람에 펄쩍 뛸 뻔했다.

“왜, 왜 그래?”

그러나 키쿠오카는 아무 말도 없이 마우스를 빼앗아 들더니 린코가 연 윈도우를 확대시켰다. 그리고 몸을 내민 채 빠른 어조로 으르렁거리듯 중얼거렸다.

“크윽……, 분명해. 새로운 한계 돌파 플럭트라이트야……! 그렇지만 왜 이 시점에……!”

벅벅 머리를 긁는 키쿠오카의 얼굴을 린코는 눈을 동그랗게 뜨고 쳐다보았다.

“뭐……? 그렇다면 제2의 ≪A. L. I. C. E.≫라는 말?”

“그래, 맞아……. 아니, 잠깐 기다려……. 이건…….”

키쿠오카는 상세한 로그가 표시된 윈도우를 고속으로 스크롤하며 다시 신음했다.

“……엄밀히 말하자면 ≪앨리스≫와 동일한 레벨이라고는 할 수 없어. 윤리회로가 아닌 정동회로에 의해 인공 플럭트라이트의 제한을 돌파한 것 같지만……. 그래도 귀중한 샘플이라는 것은 분명해. 이대로 얌전히 있어주면 좋겠지만……. 아아, 안 돼. 바로 남쪽에 위치한 미국인 집단 쪽으로 향하고 있어!”

두 손으로 얼굴을 감싸는 키쿠오카로부터 마우스를 다시 빼

았은 뒤, 린코도 문제의 인공 플럭트라이트가 한계를 돌파했을 때의 로그를 주시했다.

"흐음……. 확실히 감정 필드에 새로운 노드가 연쇄반응적으로 발생했네……. ——응? 잠깐, 키쿠오카 씨?"

"뭐……, 뭔데?"

한탄하며 몸을 비틀고 있던 키쿠오카가 고개만 모니터 쪽으로 돌렸다.

"그러니까, 이쪽 근처에서 삽입된 외부 명령은 뭐지? 묘하게 위화감이 든다고 할까……, 무척 자의적인 것 같은데……. 마치 회로의 새로운 발생을 방해하려는 것처럼……."

린코는 눈을 가늘게 뜨고 작은 폰트로 표시된 코드를 주시했다.

"우측 시각 영역에……유사통각을 주입? 이래서야 기껏 인공 플럭트라이트가 제한을 돌파한들 그 프로세스가 통증으로 사라질 텐데? 당신들은 언더월드의 사람들에게 이런 제한까지 두고 있었던 거야?"

"아……, 아니야. 그런 짓은 안 했어. 할 리가 없잖아. 목적과는 완전히 반대되는 행위……라고 할까 명백하게 방해되는 짓이잖아."

"그래……, 맞아. 게다가 이 코드의 습관이 히가 군과는 달라……. 아, 최초의 위치에 코멘트아웃이 있어. ……≪코드 871≫? 871이라니 뭐지?"

"871? 그런 번호는 들은 적이 없는데……? 아……, 잠깐만, 잠깐만 기다려. 아주 최근 어딘가에서……, 분명……."

갑자기 키쿠오카는 나막신을 울리며 달려가 조금 떨어진 의자 등받이에 걸려 있는 하얀 가운을 집었다. 그리고는 탁 하는 소리와 함께 펼치더니 옷깃 안쪽을 응시했다.

"뭐야? 왜 그러는 거야?"

린코가 묻자 검은 테 안경 아래에서 두 눈을 크게 벌리고 있던 키쿠오카가 백의의 태그를 가리켰다.

그곳에는 검은 유성 매직으로 【871】이라고 또렷하게 적혀 있었다.

"그 가운은……, 아까 히가 군과 같이 내려간 스태프인 야나이 씨의……."

중얼거리던 린코는 자신의 목소리가 갈수록 작아지는 것을 느꼈다.

야나이.

"……*야나이?!"

린코와 키쿠오카는 동시에 일어서며 외쳤다.

***

권투사들의 단장 이스칸은 다가오는 붉은 군대의 모습을 가물거리는 왼쪽 눈으로 보고 있었다.

기묘한 언어를 쓰는 병사들은 포위망을 불과 20미터까지 좁히더니 이미 권투사들에게 전의가 남아 있지 않은 것을 확인하고는 서로에게 고개를 끄덕였다.

---

*야나이: 일본어로 871은 각 숫자의 머리글자를 따 야나이라고 읽을 수 있음.

직후 의미는 알 수 없지만 사나운 함성을 지르며 일제히 발을 굴렀다.

이스칸은 뼈가 부서진 왼손으로 옆에 앉은 여기사의 오른손을 강하게 쥐었다. 그녀 역시 그에 답하듯 이스칸의 손을 쥐었고, 마비된 손에 기분 좋은 통증이 일순이나마 되살아났다.

최후의 시간을 맞이하기 위해 머리를 숙이고 눈을 감으려고 했다. 그 순간――.

"……저건……?"

셰이타의 목소리에 다시 얼굴을 들었다.

전장 북쪽에 펼쳐진 협곡 저편에서 흙먼지를 일으키며 달려오는 대군이 보였다.

크고 둥근 몸. 튀어나온 평평한 코와 늘어진 귀.

오크였다.

"……어떻게……?"

이스칸이 어리둥절한 목소리로 중얼거렸다. 오크군은 황제 벡터의 명령에 따라 훨씬 북쪽에 있는 ≪동쪽 대문≫에서 대기하고 있어야만 했다. 황제가 모습을 감춘 이상 그 명령이 해제될 리가 없었다. 실제로 잔존 암흑기사들은 협곡 바로 건너편에서 우직하게 계속 대기하고 있었다.

어리둥절한 모습으로 오크의 대군을 응시하던 이스칸은 그 대군의 선두에 작은 그림자가 달려오는 것을 알아차렸다.

오크가 아니었다. 녹색이 섞인 노란색 머리를 휘날리고 있었고 연두색 복장 사이로 보이는 팔다리는 눈이 부시도록 희었다. 틀림없는 인족, 그것도 젊은 인계인 여성이었다.

그렇지만 저래서야 마치 한 사람의 작은 여검사가 오크 족 전군을 이끄는 것 같지 않은가?

쇄도하는 대군을 알아차린 것인지 권투사단을 포위한 붉은 병사들의 움직임도 멈추었다.

직후 오크군의 선두에서 달리던 소녀가 협곡에 걸린 석교에 돌입했다.

번쩍 하고 눈부신 빛이 일었다. 소녀가 등에서 은색 장검을 뽑아든 것이다.

순간 무엇인가를 느낀 것인지 이스칸의 왼손에 잡혀 있던 셰이타의 오른손이 움찔 하고 움직였다.

인족 소녀는 다리 중간쯤에서 장도를 높이 쳐들었다. 붉은 병사들까지는 아직 200미터 이상의 거리가 남아 있었다.

그러나――.

소녀의 검과 양팔이 뿌옇게 흐려졌다. 이스칸의 눈으로도 그 참격은 볼 수 없었던 것이다. 은색의 섬광이 반짝였고 직후 엄청난 현상이 일어났다.

검게 물든 지면에 눈부신 빛의 선이 생겼다――고 생각한 순간 그 연장선상에 있던 붉은 병사 수십 명의 몸이 소리도 없이 절단되어 비명도 지르지 못하고 쓰러졌다.

내려친 장도가 소녀의 손 안에서 빙글 반전하여 다시 전율스러운 속도로 솟아올랐다. 다시 빛의 선이 붉은 군대를 관통했고 중장갑을 두른 병사들을 갑옷째 찢어버렸다.

"……굉장한걸."

셰이타가 들릴락말락 한 목소리로 중얼거렸다.

***

솔루스의 활에서 변신한 애총(愛銃) 헤카테Ⅱ를 시논은 망설임 없는 동작으로 겨누었다.

새틀라이저와의 거리는 20미터도 채 되지 않았다. 대물저격총으로 저격하기에는 너무나 가까운 거리로 이 거리에서 움직이는 적을 고배율 스코프 안에 잡기란 극히 어려운 일이었다.

그런 까닭에 시논은 새틀라이저가 움직이기 전에 승부를 내기 위해 스코프의 렌즈 너머로 검은 그림자가 보인 순간 방아쇠를 당겼다.

섬광. 굉음.

엄청난 반동이 공중에서 호버링 중인 시논을 덮쳤다. 비스듬하게 회전하려는 몸을 필사적으로 제어했다. 한 발을 쏠 때마다 자세가 무너져서는 연사가 불가능했지만 지금의 일격이 명중하면 그것으로 끝이다.

겨우 몸을 안정시킨 시논의 시야에 새틀라이저의 모습이 포착되었다.

그리고 경악으로 두 눈이 크게 벌어졌다.

날개 달린 생물의 등에 선 남자는 왼팔을 들고 다섯 손가락을 갈고리처럼 구부리고 있었다.

손바닥에서는 어둠과 빛이 뒤섞인 채 격렬하게 소용돌이치고 있었고 그 중앙에서 작게 빛나는 것은 의심할 여지없이 시논이 발사한 탄환이었다.
시논의 의식처럼 흡수되는 것일까?
50구경 대물저격총이 발사한, 두께 2센티미터짜리 강판도 관통하는 총탄마저도.
시논의 마음에 희미하지만 공포가 일었다. 그것과 동기되는 것처럼 새틀라이저의 왼손에서 나오는 어둠이 그 강도를 높였다.
"지면 안 돼……."
시논이 무의식적으로 중얼거렸다. 이어서 다시 소리를 질렀다.
"지지 마, 헤카테!!"
파앗.
하는 소리를 내며 빛이 어둠을 관통했다.
새틀라이저의 왼손에 거대한 구멍이 생겼고 선혈과 살점이 소용돌이처럼 흩어졌다.
——이길 수 있어.
시논은 크게 숨을 들이마신 뒤 헤카테Ⅱ의 노리쇠 손잡이를 잡아당겼다. 배출된 탄피가 반짝이며 낙하한다.
새틀라이저는 부상당한 왼손을 조용히 내려다보고 있었다. 손바닥에 난 거대한 구멍을 검은 어둠이 점액처럼 메우고 있었지만 그리 쉽게 나을 상처는 아닐 것이다.
미소가 사라진 얼굴을 들고 시논을 바라보았다.
오른손이 움직여 허리에서 크로스 보우를 잡았다.
"……흥."

시논은 가볍게 콧방귀를 뀌었다. 그런 것으로 대물저격총에 대항할 수 있을 리 없었다.

파앗.

갑자기 크로스 보우가 일그러졌다.

좌우로 튀어나온 활이 접히면서 전체 길이가 배 이상으로 늘었다. 그리고 목제였던 프레임이 검은 금속이 되어 둔한 빛을 발했다.

불과 1초 뒤, 새틀라이저의 오른손에는 헤카테 못지않은 거대한 라이플이 쥐어져 있었다. 시논은 그 총의 이름을 알고 있었다.

바렛 XM500.

헤카테Ⅱ와 마찬가지로 50구경이면서 보다 신형인 대물저격총이었다.

새틀라이저의 입가에 다시 일그러진 미소가 새겨졌다.

"……잘났어."

그렇게 중얼거리며 시논은 헤카테의 개머리판을 척 오른쪽 어깨에 밀착시켰다.

***

"우왓……. 괘, 괜찮아?"

마치 진심으로 걱정하는 듯한 야나이의 목소리에 히가는 일순 고통도 잊고 소리쳤다.

"뭐……, 뭡니까. 본인이 쏘아 놓고 대체 무슨 소릴 하는 겁까……?!"

"아니, 맞힐 생각은 없었어. 그건 정말이야. 살인죄까지 짊어질 각오까지는 안 했거든. 기껏 서해안에 멋진 콘도미니엄을 사도 부들부들 떨며 살아선 의미가 없잖아?"

야나이의 말이 아무래도 사실인 것 같다는 생각이 든 순간, 안심을 해서인지 갑자기 온몸에서 힘이 쭉 빠졌다. 안 돼, 하고 마음을 다시 조이며 히가는 쭈뼛쭈뼛 오른쪽 어깨의 상처를 확인했다.

덕트 벽에 튕긴 탄환이 쇄골 바로 아래쪽에 명중한 모양이었다. 통증이라고 하기보다 차갑게 마비되는 느낌이 오른팔 전체에 번지기 시작했다. 셔츠는 이미 옆구리 부분까지 새빨갛게 물든 것이 찰과상은 아닌 것 같았다.

현재의 상황, 그리고 앞으로의 전개에 대한 공포가 비로소 위장 아래쪽에서부터 조금씩 올라와 히가는 얕은 호흡을 반복했다. 몇 미터 떨어진 야나이는 여전히 곤혹스러운 얼굴로 떠들고 있었다.

"사실은 히가 씨의 작업을 조금 방해도 할 겸 점검 커넥터를 파괴한 뒤 아래쪽 메인컨트롤 쪽으로 탈출할 생각이었거든. 나도 잠수함에 태워주기로 했으니까 말이야. 라스 측에 사망자도 안 나왔고 이제 앨리스만 무사히 회수하면 해피한 결말인 거잖아?"

"사망자가……, 안 나왔다고……?"

히가는 다시 상처의 고통도 잊고 야나이에게 반발했다.

"……지금 이 기회에 키리가야 군을 치료하지 않으면 그의 의식은 두 번 다시 회복되지 않을 겁다! 그렇게 되면 그의 영혼을 죽인 것은 당신이라구요, 야나이 씨! 그런데도 사람을 죽일 각오가 안 되었다고 말하는 겁까?"

"아——. 그——……, 그건……."

야나이의 얼굴에서 사악 표정이 사라졌다. 오랜지색 비상등에 비친 수염 난 그의 뺨이 두세 차례 경련을 일으켰다.

"그래……, 죽어도 상관없어. 그 꼬마는."

"뭐라고……?"

"왜냐하면 그 녀석이 죽였거든. 내 소중한 어드미짱을."

"어드미……짱?"

익숙하지 않은 이름에 당황하는 히가를 바라보며 야나이는 분개한 목소리로 외쳤다.

"공리교회 최고사제 어드미니스트레이터 예하 말이야! 난 약속했었어. 그 아이가 언더월드를 완전히 지배할 수 있도록 최대한 협력하겠다고. 게다가 만약 서버가 초기화되더라도 그 아이의 라이트큐브만은 안전하게 보관하겠다고 말이야."

히가의 눈이 놀라 휘둥그레졌다.

공리교회라는 것은 언더월드 내의 인계를 통치하는 조직의 명칭이다. 엄청나게 엄격한 법률과 강력한 무력으로 손쉽게 주민들을 지배하고 있었다.

히가 일행이 한계돌파 플럭트라이트 ≪앨리스≫의 출현을 탐지하고도 확보하지 못한 것은 시간이 가속되는 언더월드에서 공리교회가 눈 깜짝할 사이에 앨리스를 연행하여 그녀의 플럭트라이트에 기억을 바꾸는 처치를 했기 때문이었다.

그렇다, 너무나도 빠르고 너무나도 적확한 솜씨였다.

마치 인공 플럭트라이트가 무엇인지 정확히 알고 있었던 것처럼.

그리고 그것은 사실이었다. 공리교회는――, 적어도 가장 지위가 높은 ≪어드미니스트레이터≫라는 이름의 인공 플럭트라이트는 이 세계의 구조를 알고 있었던 것이다.

"……당신이 언더월드를 오염시킨 거군……."

히가가 낮게 중얼거리자 야나이는 쯧쯧 하며 과장되게 혀를 찼다.

"아니야, 먼저 콘택트한 건 그 아이 쪽이었어. 내가 당직이었을 때 갑자기 스피커에서 여자아이의 목소리가 들리더군. 그땐 정말 놀랐지……. 그녀는 자력으로 언더월드의 모든 커맨드가 기입된 리스트를 발견했고 이쪽으로의 회선을 열었어. 리스트 호출 커맨드를 깜빡하고 지우지 않은 히가 씨 잘못이라고. 원인을 따지자면 말이야."

후후후훗 하고 웃으며 야나이는 무엇인가가 떠올랐는지 충혈된 눈으로 말을 이었다.

"나도 처음엔 이제 언더월드에 남은 길은 완전초기화밖에는 없다고 생각했어. 그래서 어차피 모두 사라질 테니 괜찮을 거라는 생각에 몰래 STL로 어드미짱을 만나러 가기도 했지. 그랬는데 말이야……. 아아, 그렇게 아름다운 아인 난 처음 봤어. 스고우 씨가 ALO에 가둔 아이도 귀여웠지만 어드미짱은 성격도 목소리도 동작도 모든 것이 그야말로 내 이상형이었어……. ――그 아이는 내게 약속했어. 협력해주면 보답으로 나를 첫 번째 심복으로 삼아주겠다고. 언젠가 현실세계도 같이 지배해 나를 왕으로 만들어주겠다고……."

―――――――아니야.

오염된 것은 이 남자다.

히가는 전율로 온몸의 털이 곤두서는 것을 느꼈다. 야나이는 어리석은 배신자였지만 바보는 아니었다. 그런 인간을 이렇게까지 홀려서 지배해버리는 어드미니스트레이터는 대체 어떤 존재였다는 말인가.

그렇게 회상에 잠겨 있는 듯했던 야나이의 얼굴에서 다시 표정이 사라졌다.

"……그렇지만 그 아이는 죽어버렸어. 살해당한 거지……. 스고우 씨의 실험을 방해한 그 꼬마에게. 원수를 갚아주지 않으면 어드미짱이 너무 불쌍하잖아……."

충혈된 눈을 크게 치뜨고 야나이는 다시 권총을 히가를 향해 겨누었다. 자동권총은 한 발을 쏘게 되면 자동적으로 해머가 코킹되므로 방아쇠가 첫 발에 비해 훨씬 가벼워진다. 집게손가락에 살짝 힘을 주는 것만으로도 다시 총탄이 발사될 것이다.

"……그래, ……맞아. 역시 나도 한 사람 정도는 죽여야 그 아이의 영혼이 위로받을 거야……."

크게 벌어진 야나이의 눈 중앙에서 수축된 동공이 가늘게 떨리고 있었다.

……이런. 이번에야말로 진심이야.

히가는 자신도 모르게 눈을 감았다.

***

――――――――시간이 없어.

리파는 멀리 떨어진 곳에서 아스나를 비롯해 클라인, 리즈벳 일행이 궁지에 몰려 있는 것을 느끼고 강하게 입술을 깨물었다.

그러나 눈앞에는 3천 명 가까이나 되는 붉은 갑옷의 병사들이 가는 길을 막고 있었다.

오크 족 족장인 릴피린에게 요청하여 아스나와 키리토를 구하기 위해 남쪽으로 향했지만 어렵게 발견한 것은 원래 목적이었던 인계수비군이 아니었다.

현실세계에서 다이브한 것으로 추정되는 군대에 포위된 겨우 수백 명의 사람들은 릴피린, 즉 오크 족과 마찬가지로 암흑계 군대에 소속된 권투사들이었다. 그것을 알게 된 리파는 순간적으로 마음이 흔들렸지만 마음을 다잡고 그들을 구하기로 마음먹었다.

"적진은 나 혼자 공격할게. 릴피린은 권투사들과 합류해 그쪽으로 다가오는 적만 쓰러뜨려줘."

그렇게 지시하자 릴피린은 "우리도 같이 싸울 거야!" 하고 격렬하게 항의했다. 그러나 리파는 강하게 고개를 흔든 뒤 투박한 오크의 손을 꼭 잡으며 말했다.

"안 돼, 당신들로 하여금 더 이상 희생자가 나오게 하고 싶지 않아. 나는 괜찮아……. 저런 녀석들은 몇 만 명이 있든 절대 지지 않아."

그렇게 웃어 보이고 리파는 홀로 붉은 군대 쪽으로 향했다.

테라리아의 히트 포인트가 거의 무한한 회복력을 가지고 있는 것은 이미 확인했다. 게다가 전방의 현실세계 사람들도 리파와 마찬가지로 가상의 생명을 가진 사람들이었다. 키리토 일행에 대한 구원이 어차피 늦었다면 여기서 오크 족들을 함부로 죽게 할 수는 없었다.

초원거리에서의 2연격으로 수십 명의 적을 처치한 리파는 걸음을 멈추지 않고 그대로 적의 한가운데로 돌진했다.

어떤 이유에서인지 ALO와 비교해 거리가 몇 배나 확장된 소드 스킬을 연속으로 구사할 수 있었다. 테라리아의 GM장비 ≪바듀라스 아니마≫에서 선명한 섬광이 방출될 때마다 방사상으로 피바람이 일었다.

그러나 소드 스킬과 소드 스킬 사이에 발생하는 경직시간까지는 없앨 수 없었고 그 틈을 타고 무수히 많은 적의 칼날이 덮쳐왔다. 전부 피하지는 못해 리파의 몸에도 몇 군데 상처가 생겼고 타는 듯한 통증이 눈앞을 깜깜하게 만들었다. ——그러나.

"이야압——————!"

날카로운 기합소리와 함께 오른발로 강하게 지면을 밟았다. 발밑에서 화악 하고 초록색 빛이 넘치면서 온몸의 상처가 일순에 치료되었다.

그리고 그것으로도 지워지지 않는 격통의 여운을 참으며 리파는 계속 검을 휘둘렀다.

설사 만 번을 찔리더라도 이곳의 적만큼은 현실세계로 되돌려 보내야만 했다.

다이브 좌표의 오류로 의도하지 않은 곳에 떨어진 자신에게 주어진 역할이 있다면, 그것은 틀림없이 한 사람이라도 많은 언더월드 사람들을 구하는 일일 것이다. 키리토가 사랑하고 지키려고 했던 사람들 말이다.

"She's such a boss(저 녀석이 대장이다)!!"

그런 고함소리와 함께 날카롭게 들어오는 검을 리파는 왼팔로 막았다.

"하아앗!!"

그리고는 바로 반격에 나서 그자를 단칼에 베었다.

리파는 팔에 꽂힌 검을 입으로 뽑아 선혈과 함께 뱉었다.

***

제2탄째는 거의 동시였다.

두 정의 대물저격총에서 발사된 탄환은 스칠 듯 교차하면서 탄도가 크게 바뀌었고 그대로 허공으로 사라졌다.

시논은 이번에는 아까처럼 균형을 잃지 않고 두 다리로 단단히 허공에 버티고 서서 반동을 억제했다. 시선의 끝에서는 새틀라이저 역시 격렬하게 날갯짓하는 이상한 생물의 등에 우뚝 버티고 서 있었다.

이처럼 상하좌우 완전히 오픈된 공간에서 그것도 대물저격총끼리 교전하는 일은 시논에게는 처음 있는 일이었다. GGO

에서는 플레이어의 비행이 지원되지 않았으므로 당연하다면 당연한 일이었지만 양각대를 세운 상태에서 엎드려쏴가 기본인 헤카테의 공중에서의 반동은 상상 이상이었다.

이 승부——.

먼저 반동을 억제하고 적보다 일순이라도 빨리 다음 탄을 쏘는 쪽이 승리할 것이었다. 탄피를 배출하며 시논은 그렇게 생각했다.

새틀라이저도 똑같이 생각하고 있을 것이다. 오른쪽 방향으로 돌아 들어가려는 시논과는 계속 반대로 자리를 잡으려 하고 있었다.

무슨 신호가 있었던 것은 아니었으나 완전히 동시에 양쪽 모두 고속기동을 시작했다.

공중에서 균형을 유지할 수 있는 최대한의 예각으로 턴을 반복하면서 랜덤으로 비행을 계속했다. 총구를 계속 적을 향해 겨누면서도 자신 역시 적의 사선 안에 들어가 있다는 사실이 강하게 의식되었다.

새틀라이저가 들고 있는 바렛이 결국 시논의 움직임을 먼저 읽었는지 팟 하고 눈에 보이지 않을 정도로 빨리 움직였다.

——온다!!

시논은 이를 악물고 두 눈을 크게 떴다.

바렛의 총구에서 불이 뿜어져 나왔다.

한계속도로 비행하면서 몸을 왼편으로 틀었다.

가슴을 스칠 듯 아슬아슬한 거리를 총탄이 으르렁거리며 지니갔다. 파란색 아머가 파직 하는 소리를 내며 금이 갔다.

────────피했어!

처음이자 마지막 찬스였다. 새틀라이저가 반동을 억제하기 위해 정지했다. 그 일순을 노리고 쏴야 했다.

그러나 헤카테를 조준하던 시논이 본 것은.

정면으로 날아드는 새로운 탄환이었다.

연사──! 어떻게?!

아아……, 이런!

한 발 쏠 때마다 노리쇠 손잡이를 당겨야 하는 헤카테와 달리 바렛은 반자동 라이플이다.

그 생각이 떠오른 것과 동시에 시논의 왼쪽 다리가 무릎 위에서 폭발하듯 터져나갔다.

***

절망적인 상황에 저항하며 마지막까지 전장에 서 있었던 것은 슈퍼 어카운트로 보호받는 아스나와 언더월드인인 정합기사 렌리 및 그의 기룡, 그리고 기사와 용에게 보호를 받으면서도 과감하게 검을 휘두르는 소녀연사 티제와 위사장 솔티리나였다.

아스나는 극한의 피로와 통증으로 시야가 가물거리는 가운데도 용맹하게 싸우는 기사 렌리의 모습을 계속 눈에 담았다.

십여 분 전, 작은 체구의 기사는 전선에 모습을 나타내자마자 십자 모양의 부메랑을 자유자재로 날려 밀려드는 적병을 닥치는 대로 베었다. 그 공포스러운 위력은 분노로 불타는 이

≪언더월드 대전≫ 전황
≪최종 부하 실험≫ 이틀째
동쪽 대문
정합기사
파나티오
정합기사
듀솔버트
아스나가
만들어낸
협곡
오크 족
릴피린
협력
교전
정합기사
세이타
권투사 길드장
이스칸
지모신 테라리아
리파
미국인
플레이어로 구성된
암흑기사
교전
아스나
유 적
중국 · 한국
플레이어로 구성된
암흑기사
Poh
인계군 미끼부대
콜라인, 리즈벳, 시리카,
에길 등 리얼월드에서
온 원군
정합기사
렌리
소녀연사
로니에
소녀연사
티제
키리토
(심신상실 상태)
교전
새틀라이저
태양신 솔루스
시논
정합기사
앨리스
월드 엔드 얼터
러스트/쿠루스 타츠야

국인들의 돌격을 몇 분이나마 멈추게 할 정도였고 거대한 비룡이 뿜는 열선 또한 적을 엄청난 공포로 밀어 넣었다. 그렇게 그들은 언더월드라고 하는 이세계에서 태어나고 자란 진짜 용기사의 존재를 충분하고도 남을 만큼 증명했다.

그러나 결국 적도 알아차렸다. 기사 렌리가 부메랑을 투척하고 조작하는 동안 본인은 거의 무방비 상태라는 것을.

몇 십 번째인가 부메랑이 비상하여 붉은 군대의 최전열을 쓸어버리려는 순간, 후방에서 무수히 많은 장창이 투척되었다. 미국인 플레이어와 싸울 때 아스나가 남몰래 두려워했던 전법이 드디어 실현된 것이다.

창은 붉은 하늘에서 검은 비처럼 쏟아졌다.

최초의 공격은 렌리의 비룡이 펼친 날개와 동체로 막아 주인을 지켰다.

떨어져나간 비늘과 붉은 피를 뿌리며 용은 그대로 쓰러졌다.

바로 새로운 창의 비가 내렸다.

쐐액 하는 소리를 내며 날아드는 무수히 많은 창날을 잠깐 쳐다본 뒤 기사 렌리는 돌아서서 바로 뒤에 있던 티제를 끌어안아 자신의 몸 아래로 숨겼다.

다음 순간 등에 두 개의 창이 꽂혔고 렌리는 티제를 덮치듯 앞으로 쓰러졌다. 주인을 잃은 십자형 부메랑이 순간적으로 빛을 뿜으며 두 개로 분열되었고 각각 지면에 꽂혔다.

그때는 이미 전장의 다른 곳에서도 전투는 거의 종료된 상태였다.

탈진해 쓰러진 일본인 플레이어들에게 붉은 병사들이 일제히 달려들어 앞 다투어 무기를 내리쳤다. 피와 살이 튀며 희미한 비명이 울려 퍼졌고 잠시 뒤 끊어졌다.

혹은 방패와 갑옷 전부를 파괴당한 뒤 지면에 맨몸으로 쓰러져 있는 사람도 많았다. 그들의 뺨을 타고 흐르는 통한의 눈물은 상처에서 흘러나오는 피만큼이나 고통스러운 것이었다.

컨버트해온 2천 명으로 편성되었던 방어진이 거의 무력화되자 지금까지 방어진 중앙에서 보호받던 인계군이 마침내 노출되었다.

비무장 상태인 보급부대와 수도사대를 지키기 위해 약 400명의 인계군 위사들이 원형으로 서서 검을 들고 있었다. 처절할 정도의 각오가 서린 얼굴로 천천히 다가오는 붉은 군대를 보며 마지막으로 돌격할 시간만 조용히 기다리고 있었다.

"……안 돼……."

아스나는 자신의 입술에서 흘러나온 고통스러운 목소리를 들었다.

그 고통은 온몸의 부상 때문이 아니라 절망과 슬픔으로 마음이 부러져 생긴 것이었다.

"부탁이야……. 제발 그만해……."

애원과 함께 오른손에서 레이피어가 떨어져 지면을 굴렀다. 그 상처투성이 도신에 뺨에서 떨어진 눈물방울이 흘렀다.

눈앞에 선 붉은 그림자가 적의로 가득한 욕설과 함께 양손검을 높이 치켜들었다.

――바로 그 순간.

벼락과도 같은 커다란 음성이 울렸고 아스나를 향해 떨어지려던 칼날과 전장의 모든 곳에서 진행 중이던 모든 전투를 정지시켰다.

스톱────────!! 엄청나게 큰 볼륨으로 소리친 것은 지금까지 떨어진 곳에서 계속 전투를 지켜보던 검은 판초를 입은 남자였다. 살인 길드, 래핑 코핀의 두목 PoH의 망령.

이웃나라 플레이어들은 마커나 뭔가로 검은 판초를 입은 남자를 지휘관으로 인식하고 있는지 투덜거리면서도 무기를 내렸다. 아스나를 베려고 했던 남자도 한참 동안이나 혀를 차다 검을 거뒀고 대신 거친 발차기를 날렸다.

등부터 지면에 고꾸라진 아스나는 힘이 들어가지 않는 팔로 필사적으로 몸을 일으켰다.

시선을 돌리니 검은 가죽으로 된 옷을 흔들며 이쪽으로 걸어오는 키가 큰 남자의 모습이 보였다. 낮지만 잘 울리는 목소리로 주위의 붉은 플레이어들에게 말을 하고 있었지만 한국어인 탓에 이해할 수 없었다.

그리고 주위의 붉은 병사들이 차례로 고개를 끄덕이더니 주위의 동료들에게 무엇인가를 전하기 시작했다.

갑자기 옆에 서 있던 남자가 아스나의 머리카락을 붙잡았다. 자신도 모르게 비명을 질렀지만 남자는 아랑곳 않고 마구잡이로 끌고갔다.

다른 곳에서도 비슷한 일이 일어나고 있었다. 아무래도 아직 살아 있는 일본인 플레이어를 한곳에 모을 모양인 듯했다.

검은 판초는 여전히 검을 움켜쥐고 있는 인계군 위사들의 바로 앞까지 태연히 걸어가더니 돌아서서 손을 들어 아스나의 머리카락을 쥐고 있는 남자에게 다시 무엇인가를 지시했다.

난폭하게 등을 차인 아스나는 몇 미터나 날아가 지면에 쓰러졌다. 주위로 계속 일본인 플레이어들이 쓰러졌다.

생존자의 수는 이미 200을 넘었다.

히트 포인트의 양이 생존율에 직결되었는지 역시 하이레벨 플레이어가 많이 남아 있었다. 잠깐 둘러보자 금세 ALO의 영주들과 슬리핑 나이츠 멤버들을 발견할 수 있었다.

모두 모든 무장이 파괴되거나 빼앗겼는지 너덜너덜해진 옷만을 몸에 걸치고 있었다. 노출된 피부에는 여기저기 상처가 나 있었고 부러진 칼날이 박혀 있는 사람도 많았다. 그리고 그들의 얼굴에는 하나같이 깊은 무력감과 패배감이 서려 있었다.

이미 더 이상 아무것도 보고 싶지 않았다. 고개를 숙인 채 마지막 순간까지 눈을 감고 있고 싶었다.

그러나 아스나는 번지는 눈물 속에서도 여기 전장에 컨버트해준 플레이어들의 모습을 눈에 각인시키려 했다.

시선을 돌리던 아스나는 조금 떨어진 곳에 양쪽 무릎을 꿇은 채 어깨를 떨고 있는 여성 플레이어를 발견했다. 핑크색 쇼트 머리는 흙먼지로 가득했고 검붉은 색깔의 코스튬도 여기저기 찢어져 있었다.

아스나는 기어가듯 그녀의 뒤로 다가가 친구의 몸에 두 팔을 둘렀다.

리즈벳은 순간 온몸을 경직시켰지만 아스나의 가슴에 머리를 기댔다. 피와 눈물로 얼룩진 뺨이 떨리며 갈라진 목소리가 새어나왔다.

“모두들……. 내가……, 내가……, 모두를…….”

“아니야……. 아니야, 리즈!”

아스나도 울먹이는 목소리로 작게 소리쳤다.

“리즈 때문이 아니야. 내 잘못이야……. 조금만 생각하면 예상할 수 있는 일이었는데…….”

“아스나……. 난……, 몰랐어. 싸움이 이렇게 무서운 것인 줄……, 패배가 이렇게 고통스러운 일인 줄……, 몰랐던 거야…….”

대답해줄 말을 찾을 수 없었던 아스나는 다시 한 번 힘껏 리즈벳을 껴안았다. 두 눈에서 넘친 눈물이 계속 뺨을 적셨다.

작게 흐느끼는 소리가 들려 그쪽으로 고개를 돌리자 지면 위에 쓰러져 움직이지 않는 에길과 그 옆에 웅크린 시리카가 보였다.

에길은 지금까지 히트 포인트가 남은 것이 의아할 정도로 심각한 부상을 입고 있었다. 시리카를 지키기 위해 엄청난 격전을 반복한 모양인지 커다란 몸에는 부러진 검이며 창이 몇 개나 꽂혀 있었었고 사지는 거의 부서진 것이나 마찬가지였다. 이를 악물고 있는 것은 상상 이상의 고통을 견디고 있는 탓일 것이다.

그 근처에는 책상다리로 앉아 고개를 숙인 클라인의 모습도 있었다. 이쪽은 왼쪽 팔이 어깨 아래쪽에서 절단되어 트레이드 마크인 반다나로 감겨 있었다.

생존자는 모두 거의 그런 상태였다.

무기도 갑옷도 그리고 투지도 빼앗긴 채 땅에 쓰러져 있는 200명을 검은 판초를 입은 남자는 힐끗 흘겨보고——, 후드 안쪽으로 보이는 입에 씨익 커다란 미소를 띠었다.

그리고 몸을 돌려 인계군 기사들을 향해 섰다.

오른손이 올라가고 모두 죽이라는 지시가 떨어지는 순간을 아스나는 공포와 함께 기다렸다.

그러나 인계군에게 던져진 것은 의외의 내용의 일본어였다.

"무기를 버리고 투항해라. 그렇게 하면 너희들도, 뒤에 있는 포로들도 죽이지 않겠다."

위사들의 얼굴에 순간 놀라는 기색이 떠올랐고 이어서 강한 분노가 뒤따랐다. 몇 걸음 앞으로 나와 검은 판초와 마주선 것은 여성위사장 솔티리나였다. 렌리 일행과 함께 계속 최전선에서 싸운 그녀의 검은 날이 부서져 있었고 이마에서는 피가 흐르고 있었다.

그럼에도 불구하고 여전히 아름다움을 잃지 않은 솔티리나는 의연한 목소리로 소리쳤다.

"……웃기지 마라!! 이제 와서 우리가 목숨을 아까워할 줄 알았다면……."

"그 사람 말을 따르세요——!!"

솔티리나의 말을 끊으며 아스나는 필사적으로 외쳤다.

리즈벳을 끌어안은 채 눈물에 젖은 얼굴을 들고 아스나는 애원했다.

"부탁이에요……. 당신들은 살아야 해요! 어떤 굴욕이 있더라도 살아남아야 해요!! 그것이……, 그것이 우리들의……,

유일한…….”

희망이기 때문에.

가슴이 메어와 더 이상 말을 할 수 없었다.

솔티리나와 위사들은 꾹 입을 다문 채 찡그린 얼굴로 부들부들 몸을 떨었지만 결국 천천히 어깨를 떨어뜨렸다.

철컹, 철컹 하는 소리와 함께 던져지는 검을 보며 주위를 몇 겹으로 둘러싼 이웃나라 플레이어들 사이에서 승리의 함성이 솟았고, 그 함성은 금세 자국 이름의 연호로 이어졌다.

검은 후드남은 슬쩍 한쪽 손을 들어 몇 명의 플레이어를 불러 무엇인가를 지시했다. 남자들은 바로 고개를 끄덕이고 항복한 인계군을 가르듯 원진 안쪽으로 달려갔다.

대체 무슨 짓을……? 하고 생각하는 것도 잠시, 검은 판초를 입은 남자는 뚜벅뚜벅 소리를 내며 다가와 아스나 앞에 섰다.

후드 안쪽은 이렇게 가까운 거리에서도 잘 보이지 않았다. 억센 입 주위와 머리 주위의 검은 머리카락만 겨우 보이는 정도였다.

그 입이 일그러진 웃음을 띠고 왠지 명랑한 분위기의 목소리를 발했다.

“……여어, 오랜만이야. ≪섬광≫!”

————역시 이 남자는?!

숨을 삼키고 아스나는 쥐어짜듯 입을 열었다.

“……넌……, PoH…….”

“이런, 그리운 이름이 나왔군. 그 이름을 기억해주다니 기쁜걸.”

그때 오른쪽 손으로 지면을 기어온 클라인이 활활 타는 듯한 눈으로 검은 후드를 노려보았다.

"네놈……, 네놈이었던 거냐? 살아남아 있었을 줄이야……. 이 살인자 놈!!"

한 손만으로 붙잡으려고 하는 클라인을 남자의 부츠가 거칠게 걷어찼다.

아스나는 빠득 어금니를 깨물며 낮은 목소리로 물었다.

"이건……, 복수인 거야? 래핑 코핀을 궤멸시킨 우리들 공략조에 대한……?"

PoH는 잠시 조용히 아스나를 내려다보았다. 그 어깨가 가늘게 쓸리고 있는 것을 아스나는 알아차렸다.

몇 초 뒤 더 이상 참지 못하겠다는 듯 크게 웃음을 터뜨렸다. 판초를 입은 몸을 비틀며 큭큭큭큭, 하하하하 하고 계속 웃었다.

발작 같은 조소를 드디어 멈추더니 오른손 집게손가락을 세우며 PoH는 유쾌한 듯 입을 열었다.

"아, 그러니까……. 이럴 때 일본에선 뭐라고 하더라……. 계속 미국에 있었더니 유행어 같은 건 다 잊어버렸군."

빙글빙글 돌리던 손가락이 딱 하고 소리를 냈다.

"맞아, 이거였지. 너 바~보 아냐? 하하하, 정말 재미있군. 그런데 말이야……."

갑자기 한쪽 무릎을 굽히며 앉은 남자는 지근거리에서 아스나의 얼굴을 들여다보았다. 후드 안쪽으로는 번쩍번쩍 빛나는 눈동자만 보였다.

"……그거 알아? 래핑 코핀의 비밀 아지트를 너희 공략조에게 밀고한 게 바로 나라는 거 말이야."

"뭐……?"

아스나도 클라인도, 그리고 빈사상태에 있던 에길까지도 눈이 휘둥그레졌다.

"왜……, 그런 일을……?!"

"그야 원숭이들끼리 서로 죽고 죽이는 모습을 보고 싶어서이기도 했지만……. 가장 큰 이유는 역시 그거겠지. 나는 말이야……, 너희들을 ≪살인자≫로 만들고 싶었거든. 위대한 용자님인 양 최전선에서 거들먹거리는 공략조님들을 말이야. 밥상을 차리는 건 힘들었어……. 래핑 코핀 녀석들에게도 직전에 경고해 도주는 어렵지만 반격은 가능하도록 만들어야 했고 말이야."

――그 아지트 급습작전이 사전에 노출되었던 것은 그래서였나? 아스나는 놀라면서도 그런 생각이 들었다.

그 때문에 전투 개시 직후에는 레벨과 장비에서 앞서는 공략조 쪽이 밀렸고 몇 명의 사상자까지 나왔다. 열세를 뒤집은 것은 솔로 플레이어이면서도 실력을 인정받고 있던 키리토의 분전 덕분으로, 그가 래핑 코핀 측의 주력을 처치함으로써 상황이 역전되었다.

"……그걸……, 노린 거였어?"

아스나는 갈라진 목소리로 물었다.

"키리토 군에게……, PK를 시키기 위해서였던 거야……?"

"예스. 앱솔루틀리 예스."

PoH는 들뜬 목소리로 긍정했다.

"난 그 전투를 숨어서 구경하고 있었지. 검은 옷 선생님이 열 받아서 둘이나 죽였을 때는 하마터면 폭소를 터뜨려 은신을 들킬 뻔했지만 말이야. 계획은 그 뒤 그 녀석과 널 마취약으로 무력화해서 그때의 일을 듬뿍 인터뷰라도 할까 생각했는데 설마 75층 플로어에서 엔딩이 될 줄은 몰랐지."

순식간에 타오르는 분노가 아스나로 하여금 부상의 통증을 잊게 만들었다.

"키……, 키리토 군이 얼마나 그때 일을 고민하고 괴로워한 줄 알아?!"

"호오, 그거 잘됐군."

PoH의 목소리는 대조적으로 얼음 같은 냉기를 띠고 있었다.

"그렇지만 그 녀석은 워낙 수상해서 말이야. 정말로 후회하고 있다면……, 보통 VR게임 같은 건 보는 것도 싫어지는 것 아닌가? 죽인 녀석한테 미안해서 말이지. 어쨌거나 그 녀석도 여기 있지? 왠지 느껴지거든. 왜 마차에 처박혀 있는지는 모르겠지만……. 뭐, 직접 물어보지."

말문이 막힌 아스나를 비웃으며 PoH는 벌떡 일어섰다.

여전히 주위에서 일어나는 커다란 환성 밑바닥으로 얼음처럼 찬 목소리가 흘렀다.

"It's show time."

SAO에서 암약했던 당시의 구호를 입에 담고 스윽 오른손을 올리는 PoH 너머로——.

붉은 병사들의 손에 난폭하게 밀리는 휠체어와 그 휠체어를 필사적으로 따라오는 회색 제복 차림의 소녀가 보였다…….

아아…….

안 돼.

그것만큼은.

아스나의 마음속에서 비통한 애원이 흘러넘쳤다. 클라인이 벌떡 일어나려고 했지만 바로 제지당했다.

PoH는 바로 눈앞까지 운반된 휠체어를 상체를 살짝 굽혀 들여다보았다.

"……으응?"

의아한 듯한 음성과 함께 발끝으로 툭 휠체어에 앉아 있는 키리토의 가는 다리를 찔렀다.

"뭐야, 이게……? 이봐, 검은 옷, 일어나. 안 들리는 거야? 검은 검사님?"

과거의 이명으로 불린 키리토는――, 전혀 반응하지 않았다.

검은 셔츠 사이로 보이는 가슴 아플 만큼 야윈 몸을 등받이에 기대고 얼굴을 깊게 숙이고만 있을 뿐이었다. 아무것도 들어 있지 않은 오른쪽 팔소매가 바람에 날렸고 두 자루의 검을 쥔 왼손도 빼만 눈에 띄었다.

아스나 옆으로 쓰러진 로니에가 새빨갛게 부은 눈을 깜박이며 작은 소리로 말했다.

"키리토 선배……. 전투 중 몇 번이나 몇 번이나 일어서려고 하다가……, 그만 힘이 다했는지 조용해졌어요……. 그렇지만……, 눈물이……, 눈물만은 계속……."

"로니에 씨……."

아스나는 왼손을 들어 흐느끼는 로니에의 가녀린 몸을 끌어 당겼다.

그리고 고개를 들어 PoH에게 날카롭게 외쳤다.

"알고 있을 텐데? 그는 싸우고 싸우고 또 싸우다가 상처를 입고 말았어. 그러니 이제 그만해! 키리토 군을 그만 놔줘!!"

그러나 검은 판초를 입은 남자는 아스나의 목소리 따위 귀에 들리지 않는 듯 키리토의 얼굴을 지근거리에서 들여다보았다.

"이봐이봐이봐, 거짓말이지? 이러면 재미없잖아? 어이, 일어나라니까! 헤이, 스탠드업! 굿모……닝!!"

갑자기 PoH는 오른발을 은으로 된 바퀴에 대고 사정없이 밀어 쓰러뜨렸다.

요란한 금속음과 함께 넘어진 휠체어에서 마른 몸이 지면에 내동댕이쳐졌다.

아스나와 클라인이 동시에 일어서려고 했으나 병사들의 검에 제지당했다. 에길도 낮게 분노의 신음을 토했고 리즈벳과 시리카, 그리고 로니에는 애처로운 비명을 질렀다.

그러나 PoH는 전혀 신경 쓰지 않고 키리토에게 다가가 발끝으로 거칠게 몸을 뒤집었다.

"뭐야……. 진짜 망가져버린 거야? 그 용자님이 이젠 인형이 된 거야?"

여전히 꼭 두 자루의 검을 안고 있는 왼팔로부터 하얀 칼집을 빼앗았다. 난폭하게 뽑은 도신은 중간쯤에서 애처롭게 부러져 있었다.

크게 혀를 차는 것과 동시에 PoH는 검을 던져버리려고 했다. 그러자——.

"아……. 아——……."

키리토가 가늘고 쉰 목소리와 함께 왼팔을 하얀 검으로 힘없이 뻗었다.

"웅?! 움직였어!! 뭐야, 이걸 원하는 거야?"

PoH는 놀리듯 하얀 검을 움직이다가 그것을 아무렇게나 던졌다. 그쪽으로 따라가는 키리토의 왼팔을 허공에서 붙잡고 홱 낚아챘다.

"이봐, 무슨 말이든 해보라고!!"

짜악, 짜악! 소리를 내며 PoH의 왼손이 키리토의 뺨을 사정없이 때렸다.

아스나의 시야가 분노로 벌겋게 물들었다. 그러나 다시 일어서는 것보다도 빨리 클라인의 피를 토하는 듯한 절규가 울려 퍼졌다.

"이 자식! 키리토를 건드리지————, 크윽!!"

한 손으로 붙잡으려고 하는 그의 등을 뒤에서 굵은 검이 관통했고 그대로 지면에 박아버렸다.

커헉 하고 대량의 피를 토하면서도 클라인은 자신의 몸을 이끌고 계속 앞으로 가려고 했다.

"네놈……만은……!! 용서……, 못……."

푸욱!!

둔한 소리가 울렸고 두 번째 검이 클라인의 등을 꿰뚫었다.

아직 마르지 않은 것이 신기할 정도로 아스나의 두 눈에서

는 눈물이 끝없이 흘러나왔다.

***

한쪽 다리가 통째로 날아간 아픔보다도 제대로 날 수 없다는 사실에 시논은 공포를 느끼고 있었다.

지금까지 시논은 다리로 공기를 찬다는 느낌으로 자유비행을 제어해왔다. 역시나 오른쪽 다리만으로 시도한 급속회피는 꼴사나운 나선회전으로 변하고 말았다.

"크윽……."

이를 악물며 시논은 유일하게 가능한 기동, 즉 직선으로 계속 후퇴하기 시작했다. 왼쪽 다리에서 흘러나온 피가 선명한 붉은 라인을 공중에 그렸다.

최대한의 속도로 거리를 유지하며 새틀라이저를 조준해 세 발째 탄환을 발사했다.

그러나 여유로운 표정으로 쫓아오던 적의 라이플도 동시에 불을 뿜어 네 발째를 발사했다.

동일 선상을 돌진하는 두 개의 총탄은 교차하는 순간 높은 불협화음과 선명한 불꽃을 뿌리며 궤도를 벗어났고 각각 멀리 허공으로 사라졌다.

가슴 깊은 곳에 퍼지는 공포를 볼트 핸들을 당기며 빈 탄피와 함께 배출, 시논은 네 발째를 발사했다.

또다시 두 개의 천둥소리가 겹쳐서 울렸다. 탄환들은 접근한 순간 거대한 에너지를 공중에 방출했고 나선을 그리며 날아갔다.
다섯 발째. 여섯 발째.
결과는 완전히 똑같았다. 새틀라이저는 일부러 시논의 사격에 맞춰 방아쇠를 당김으로써 탄환을 격돌시키는 것이 분명했다.
현실세계에서는 물론이고 GGO 내에서도 이런 곡예는 불가능했다. 그러나 이쪽 세계에서는 이미지네이션이 모든 것에 우선한다. 의도적으로 행하고 있는 새틀라이저는 물론이고 시논까지 이 결과를 예상하기 때문에 초음속의 탄환이 맞부딪친다는 있을 수 없는 현상이 현실이 되는 것이다.
그래도 시논은 다시 손잡이를 당기고, 조준을 한 다음, 방아쇠를 당긴다는 세 가지 동작 외에는 아무것도 할 수 있는 것이 없었다.
일곱 발째의 탄환이 애절한 비명을 뿌리며 크게 오른쪽으로 벗어나 사라졌다.
탄피 배출. 조준.
——철컥.
철컥, 철컥, 시논의 손가락이 움직임에 따라 공이가 허무하게 울렸다.
헤카테Ⅱ의 장탄 수는 탄창 하나에 일곱 발. 예비 탄창은 없었다.
그에 비해 바렛 XM500의 장탄 수는 열 발. 아직 두 발이나 남아 있었다.
100미터 이상 떨어진 곳에서 새틀라이저가 짓는 차가운 미소를 시논은 분명히 보았다.

겨누어진 검은 총이 불을 뿜었다.

왼 다리에 이어 시논의 오른쪽 다리가 허벅지 위쪽부터 날아갔다.

순간 일직선으로 비행할 수조차 없어진 시논의 몸은 점차 낙하하기 시작했다.

반동을 억제한 새틀라이저가 마지막 한 발을 발사하기 위해 오른쪽 눈을 스코프에 대었다. 렌즈 가득 확장된 푸른 구슬 같은 눈동자가 시논의 심장을 정확히 꿰뚫었다.

——미안.

미안, 아스나. 미안, 유이. 미안……, 키리토.

시논이 그렇게 중얼거린 순간, XM500이 열 발째의 탄환을 자신의 입에서 토했다.

붉은 화염의 나선을 허공에 그리며 새틀라이저의 시선을 정확히 트레이싱해 날아온 탄환이 시논의 파란 갑옷을 분쇄하고 상의를 증발시킨 다음 피부에——.

파앗!!

다시금 아까 나타났던 불꽃이 일었다.

감으려던 두 눈을 활짝 뜬 시논 바로 앞에서 고속으로 회전하는 가느다란 탄환을 작은 은색 원반이 막고 있었다.

소용돌이치는 하얀 불꽃의 중심에서 두께 2밀리미터도 되지 않는 금속이 확고한 의지를 담아 빛나는 것을 본 순간, 시논의 두 눈에서 눈물이 터졌다.

——포기할 수 없어.

절대 포기할 순 없어. 믿는 거야. 나를. 헤카테를. 그리고 이 목걸이를 통해 이어져 있는 한 사람의 남자아이를.

한층 더 격렬한 섬광과 함께 은색 원반과 라이플의 탄환이 동시에 증발했다.

시논은 헤카테Ⅱ를 힘찬 동작으로 겨누고 방아쇠에 손가락을 걸쳤다.

아무리 이미지네이션에 의해 총으로 변형되었다고 해도 이 무기에게 부여된 시스템상의 특징은 유지되고 있을 것이다. 주위의 공간으로부터 리소스를 자동으로 흡수하여 공격력으로 충전하는 솔루스의 활 ≪애니힐레이트 레이≫의 힘은.

그렇다면 쏠 수 있다. 탄창의 총알이 전부 떨어졌다고 하더라도, 반드시 헤카테는 대답해줄 것이다.

"가랏……────────!!"

시논은 방아쇠를 당겼다.

발사된 것은 금속을 두른 철갑탄이 아니었다.

무한의 에너지를 농축시킨 순백의 광선이 머즐 브레이크에서 일곱 가지 색 오로라를 뿌리며 일직선으로 공중을 날았다.

새틀라이저의 얼굴에서 미소가 사라졌다. 오른쪽으로 미끄러지며 회전을 하려는 순간, 하얀 빛이 바렛의 기관부에 명중했다.

오렌지색 불덩어리가 팽창하면서 새틀라이저를 완전히 삼켰다──.

굉음. 폭발.

밀어닥치는 뜨거운 돌풍을 피부로 느끼며 시논은 돌처럼 낙하했고, 몇 초 뒤 바위투성이 지면에 격돌했다.

이미 나는 것은 물론이고 기어갈 수도 없을 것 같았다. 날아간 두 다리에서 느껴지는 고통은 의식을 유지하는 것조차 곤란할 정도였다.

그래도 시논은 눈을 뜨고 혼신의 힘을 다한 일격의 결과를 기다렸다.

아득한 하늘 위에 퍼져 있던 검은 연기가 바람에 날려갔다.

그 안에서 나타난 것은──, 호버링을 계속하는 새틀라이저의 모습이었다.

그러나 전혀 상처가 없는 것은 아니었다. 라이플의 폭발에 휘말린 오른쪽 팔은 완전히 날아갔고, 어깻죽지에서 희미한 연기가 오르고 있었다. 매끈했던 얼굴의 오른쪽도 검게 그을리고 입술에서는 한 줄기 피가 흐르는 것이 보였다.

새틀라이저의 얼굴에는 확고한 살의가 떠올라 있었다.

……좋아. 몇 번이든 상대해줄 테니까.

시논은 남아 있는 모든 힘을 쥐어짜 헤카테를 들어 올리려 했다.

몇 초 뒤 새틀라이저가 갑자기 시선을 돌렸다. 날개가 달린 생물이 빙글 방향을 틀더니 가느다란 연기를 끌면서 일직선으로 남쪽을 향해 사라졌다.

시논은 이미 유지하는 것도 한계였던 대물저격총을 힘없이 지면에 내렸다. 땅에 닿은 순간 그것은 원래의 하얀 활로 모습이 바뀌었다.

마지막 힘으로 시논은 오른손을 들어 가슴 위에 남은 목걸이 파편을 만졌다.
"……키리토……."
중얼거리는 것과 동시에 눈물이 뺨을 타고 흘렀다.

***

리파에게는 몸에 박힌 몇 개나 되는 칼날을 뽑아낼 여유조차 없었다.
온몸의 통증이 하나가 되어 마치 드러난 신경을 직접 바늘로 찌르는 것 같았다.
몇 개인가의 상처는 확연히 치명상이라고 부를 만한 것이었다. 복부를 관통한 두 개의 검은 움직일 때마다 내장을 건드렸고 등에서 가슴까지 꿰뚫은 하나는 확실히 심장을 직격하고 있었다.
그러나 리파는 멈추지 않았다.
"으……아아아아아아!!"
대량의 선혈과 함께 기합소리를 뿌리며 몇 십 번──, 어쩌면 몇 백 번째인 소드 스킬을 발동시켰다.
장검 ≪바듀라스 아니마≫가 녹색 빛을 띠면서 종횡으로 허공을 베었다. 주위에 응집된 빛의 곡선이 일순 정지되었다가 소리도 없이 확산되었고, 그것을 뒤쫓듯 무수히 많은 적병의 몸이 산산조각 났다.
큰 기술을 발휘한 뒤의 경직시간을 노리고 몇 명의 적이 쇄도해왔다. 아슬아슬하게 몸을 움직여 대부분의 공격을 피했지만 핼버드의 일격이 왼쪽 팔을 잘라냈다.
충격으로 쓰러질 뻔 했지만 있는 힘을 다해 견디며,
"하아아압!!"
가로로 그은 한 번의 섬광이 세 사람을 베었다.
리파는 지면에 떨어진 왼팔을 주워 절단면에 대며 강하게 오른쪽 발을 굴렀다.
녹색 섬광과 함께 지면에 풀과 꽃이 자라났다가 사라졌다. 히트 포인트가 상한선까지 회복됐고 끔찍한 상처는 남아 있었지만 왼팔도 다시 몸에 붙었다.
이 상황에서 테라리아 어카운트에 부여된 무한회복 능력은 이미 신의 은총에 비견할 것이 아니었다.
오히려 저주라 부르는 것이 어울렸다. 아무리 다치고 고통에 노출되어도 쓰러지는 것은 용납되지 않았다. 불사신이지만 불가침은 아닌 탓에 상상할 수 없는 가혹한 시련이 계속되는 것이다.
리파를 버티게 만든 것은 오직 하나의 신념뿐이었다.
——오빠라면.
절대로 이런 부상에 쓰러지거나 하지는 않을 것이다.
그렇다면 나도 쓰러지지 않을 것이다. 겨우 3천 명, 한 사람이라도 더 쓰러뜨릴 것이다. 왜냐하면 나는……, 오빠의……, ≪검은 검사≫ 키리토의…….
"————동생이니까아아아아!"
왼손에 쥔 장도 끝에서 진홍색 섬광이 방출되었다.
쿠웅!! 하는 무거운 금속음과 함께 휘두른 칼에서 거대한 빛의 창이 발사되었고 똑바로 100미터 이상이나 전장을 관통했다. 퍼어어억! 수많은 적의 몸이 날아올랐다.
"……허억…… 허억……."
거칠게 토하던 숨결은 금세 대량의 선혈로 바뀌었다.
입가를 닦고 비틀거리며 일어선 리파의 왼쪽 눈을 으르렁거리며 날아온 장창이 관통하여 후두부로 빠져나갔다.
몇 걸음 뒤로 물러났지만——, 그래도 리파는 쓰러지지 않았다.
왼손으로 창을 잡고 단숨에 뽑았다. 머리 안쪽을 고통과는 다른 이상한 감각이 빠져나갔다.
"으아아아아아아아……!!"
소리치며 힘껏 발을 굴러 히트 포인트를 회복시켰다. 한 차례 소실되었던 왼쪽의 시야가 팟 하는 소리와 함께 돌아왔다.
살펴보니 어느 사이엔가 적은 100명도 남아 있지 않았다.
씨익 웃으며 리파는 피투성이가 된 왼손을 앞으로 뻗더니 손바닥을 위로 향한 상태에서 손가락 끝을 까딱까딱 움직였다.
모든 것을 포기하고 달려드는 적들을 향해 천천히 무거운 동작으로 장도를 휘둘렀다.
"이야아아아압……!!"
일섬.
선혈을 내뿜으며 갈라지는 적 집단의 한가운데로 리파는 두려움 없이 몸을 던졌다.
약 3분 뒤, 마지막 적이 쓰러진 순간 리파의 몸에 꽂혀 있는 금속의 수는 열 개가 넘었다.

모든 힘을 쏟은 리파가 비틀거리며 뒤로 쓰러졌지만 등을 관통한 검과 창 때문에 그녀의 몸은 도중에 멈추었다.

비명 섞인 목소리로 이름을 부르며 달려오는 릴피린 일행의 발소리를 들으며 리파는 눈을 감고 작게 중얼거렸다.

"나……, 열심히 한 거지……. 오빠……."

***

왼쪽 귀의 인터컴에서 냉정한 목소리가 들려온 것은 야나이가 쥔 총의 방아쇠가 움직이기 시작한 것과 동시였다.

『히가 군, 피해!!』

엥?

피하라니……, 총알을?

그렇게 멍하니 생각하고 있는 순간 엄청나게 높은 곳에서 무언가가 공기를 가르며 떨어지는 소리가 들렸다.

퍼억!!

그 소리는 권총의 발사음이 아니었다. 아득히 높은 머리 위 케이블덕트 진입구에서 던져진 무언가가 야나이의 머리를 직격한 것이다.

야나이의 벌어진 두 눈이 천천히 뒤집어졌다. 손잡이를 쥐고 있던 왼손이 천천히 미끄러져 떨어졌다.

"우왓……. 이게 대체……?!"

히가는 어깨의 아픔도 잊은 채 오른손으로 사다리를 쥐고 최대한 몸을 덕트 벽면에 밀착시켰다.

가장 먼저 떨어진 것은 대체 어디서 가져온 것인지 묻고 싶을 만큼 거대한 몽키 렌치였다. 이어서 아직도 초연 냄새를 풍기는 소형 권총이 눈앞을 가로질렀다.

마지막으로 의식을 잃은 야나이의 몸이 떨어지다가 히가와 덕트 벽 사이에 끼어 멈추었다.

"으……, 으악!"

자신도 모르게 몸을 움츠리며 아예 등을 벽에 붙였다.

야나이의 몸이 천천히 미끄러져 땀 냄새를 히가의 셔츠에 묻히며 지나갔고——.

"……아!"

히가가 중얼거리는 것과 동시에 수직으로 50미터 가까이나 이어지는 통로로 떨어졌다. 몇 번인가 벽과 사다리에 부딪치는 소리가 울리다가 마지막으로 쿵 하는 충돌음이 전해졌다.

"……흐음……."

죽었을까……? 아니, 저 정도 느낌이면 뼈가 두세 개……, 아니 대여섯 개 나간 정도이려나…….

하고 거의 정지된 상태인 히가의 머리를 인터컴에서 비명처럼 들려온 목소리가 깨웠다.

『히가 군……. 저기, 히가 군!! 무사한 거야?! 대답해, 제발!!』

"……아, 그만 깜짝 놀라서……. 린코 선배도 그렇게 소리 지르지 마시지 말입다."

『뭐……? 무슨 태평스러운 소릴 하는 거야?! 다친 데는?! 총에 맞지는 않았어?!』

"아——, 저기——, 그러니까……."

히가는 다시 오른쪽 어깨의 상처를 살폈다.

출혈량은 꽤나 무서울 정도였다. 오른팔은 움직이기는 했지만 감각은 없었고 게다가 이상하게 추웠다. 생각도 정상적으로 떠오르지 않는 느낌이 들었다.

그러나 히가는 크게 숨을 마셔 배에 힘을 준 뒤 최대한 밝은 목소리로 말했다.

"아뇨, 아무렇지도 않지 말입다! 찰과상 정도니까요. 전 오퍼레이션을 접속할 테니 선배는 키리토 군의 모니터링을 잘 부탁드리지 말입다."

『……정말 괜찮은 거야? 믿어도 돼?! 거짓말이면 용서 안 할 거야!!』

"그야 뭐……, 믿어주시지 말입다."

히가는 고개를 들어 몇 십 미터 떨어진 해치에서 얼굴을 내민 린코를 향해 신중하게 손을 흔들었다. 이 거리에 이렇게 어두운 만큼 저쪽에서는 출혈 상태까지는 확인 못할 것이다.

『그럼……, 난 메인컨으로 돌아가겠지만 그래프에 변화가 있으면 바로 뛰어올게! 부탁해, 히가 군!!』

실루엣이 사라지려는 순간, 히가는 자신도 모르게 작게 그녀를 불렀다.

"아……. 리, 린코 선배."

『왜? 무슨 일인데?!』

"아뇨……. 저기, 그러니까……."

——학창 시절, 카야바 선배와 스고우 녀석뿐 아니라 저도

당신을 좋아한 걸 알고 있었나요?

하고 히가는 말하려고 하다가 그런 말을 하면 살아 돌아갈 수 있는 확률이 크게 감소할 것 같았기에 대신 적당한 말로 얼버무렸다.

"저기, 이번 소동이 전부 끝나면 식사라도 어떨까 하고 말임다."

『……알았어. 햄버거든 소고기덮밥이든 원하는 대로 사줄 테니까 힘내!!』

그리고 코지로 박사의 모습은 히가의 시야에서 사라졌다.

——너무 싸구만…….

어쨌거나 ≪죽을지도 모르는 녀석이 하는 대사≫로는 빈약한 것 같았다.

히가는 쓴웃음을 짓고 왼손의 랩톱에 시선을 되돌렸다. 저린 오른손 손가락을 키보드에 놓고 신중하게 커맨드를 입력하기 시작했다.

3번 STL에……, 4번을 접속. 5번, 6번……, 접속.

출혈 탓인지 갑자기 글자가 두 겹으로 보였지만 히가는 머리를 흔들며 가슴속으로 중얼거렸다.

——좋아, 키리토 군. 슬슬 일어날 시간이야.

***

아스나는 쏟아지는 눈물 속에서도 계속 사랑하는 사람의 모습을 보며 기도했다.

——부탁이야, 키리토 군. 내 마음도, 목숨도, 뭐든 줄 테니까…… 그러니까 제발 눈을 떠.

——키리토 군.

***

——키리토.

***

——오빠.

***

……자……, 키리토…….

5

키리토.

누군가 이름을 부른 느낌이 들었고——.

나는 얕은 잠에서 깨어났다.

눈을 뜨자 오렌지색 빛 속을 부유하는 무수한 빛의 입자가 보였다.

가물거리는 시야가 천천히 초점을 맺기 시작했다.

흔들리는 하얀 헝겊——, 커튼.

은색의 창틀. 낡은 유리창.

흔들리는 나뭇가지. 기울기 시작한 태양빛에 물든 하늘에, 천천히 떠가는 비행기구름.

먼지가 많은 공기를 마시며 몸을 일으키자, 진한 녹색 흑판 앞에 선 세일러복의 뒷모습이 보였다. 슥슥 소리를 내며 흑판 지우개가 하얀 분필로 쓰인 글자를 지웠다.

"……저기, 키리가야 군?"

다시 이름을 불려 시선을 움직이니 기가 죽은 것인지 짜증이 나는 것인지 알 수 없는 얼굴로 나를 내려다보는 다른 여학생과 눈이 마주쳤다.

"책상 좀 옮기고 싶은데?"

아무래도 나는 홈룸 중에 잠이 들었고 그대로 청소시간이 된 모양이었다.

"아아……, 미안."

중얼거리며 나는 책상에 매달린 가방을 들고 일어섰다.

머리가 무거웠다.

긴──, 엄청나게 긴 영화를 본 직후 같은 피로감이 느껴졌다. 스토리는 아무것도 기억나지 않았지만 무척이나 거친 감정의 찌꺼기만 머릿속에 남아 있는 느낌이 들어 강하게 머리를 흔들었다.

의아한 표정을 짓는 여자아이로부터 시선을 돌리고, 교실 뒤쪽 출구를 향해 걸으며 나는 작게 중얼거렸다.

"뭐야……, 꿈인가……?"

(계속)

후기

『소드 아트 온라인 17 앨리시제이션 어웨이크닝』을 읽어주셔서 정말 감사합니다.

(주의 · 여기서부터 스포일리가 듬뿍 있습니다!)

지난 권 『익스플로딩』 이후 정말 오래 기다리셨습니다. 대단히 죄송합니다. 이번 권의 서브타이틀인 『어웨이크닝』은 『각성』이라는 의미로 15권부터 계속 자고 있는 우리의 키리토 씨가 드디어 눈을 뜨는 건가? 하고 많은 분들이 생각하셨겠지만 죄송합니다. 사정상 "일어났으려나……? 아직도 자는 건가……?"적인 장면에서 다음 권으로 이어지게 되었습니다. 사실은 저도 『제21장 각성』의 마지막까지 수록하고 싶었습니다만, 그렇게 하면 이번 권이 너무 두꺼워지고 다음 18권은 너무 얇아지는 언밸런스한 구성이 되는 탓에 눈물을 흘리며 이렇게 마치게 되었습니다. 대신……이라고 하면 그렇습니다만 다음 권은 너무 오래 기다리시지 않게끔 《다음》의 《다음》 정도의 간행 순으로 선보일 예정인 만큼 조금만 기다려주십시오……!

이어서 이번 권의 내용에 대해서도 조금 언급하겠습니다. 가브리엘, 바사고, 크리터의 교묘한 계략에 미국과 한국, 중국의 VRMMO 플레이어들이 대거 언더월드로 쳐들어와 인계군 및 일본인 플레이어와 격전을 펼칩니다만, 제가 약 10년 전 web판에서 이 전개를 썼을 때는 당시 인터넷 게임계에 존재했던 외국인 플레이어에 대한 배척적인 분위기에 대해서 다시 한 번 생각할 수 있는 계기가 되었으면……, 하는 의도가 있었습니다. 그러나 필력이 부족한 탓에 결국 적개심만 부추기는 듯한 결과물이 만들어졌고 오랜 기간 부끄럽고 창피했던 기억이 있습니다.

전격문고판을 통해 가필, 수정을 하면서 그런 전개를 완전히 바꿀까도 생각해 봤습니다만 그건 그것대로 도망치는 것 같아서……. 결국 큰 흐름은 거의 그대로가 되었습니다. 프로그레시브에서도 암약을 시작한 ≪선동 PKer≫, 즉 바사고/PoH가 만들어낸 악의에 키리토가 어떤 결착을 이끌어낼 것인가? 그 부분도 다음 권을 기다려주시면 감사하겠습니다.

SAO 시리즈가 인터넷의 한쪽 구석에서 태어난 지 올해로 15년째가 되니 꽤 오래 해왔구나 하는 생각도 듭니다만, 앞으로도 극장판과 게임, 그 외 많은 프로젝트에 의해 SAO 월드는 계속 확장될 것이므로 여러분들께는 앞으로의 만남도 모두 잘 부탁드리겠습니다. 마지막으로 언더월드에 뛰어든 리파와 시논 등을 늠름하고 아름답게 그려주신 일러스트 abec 씨, 편집자로서 새로운 도전을 시작하게 된 담당 미키 씨, 이번 권도 정말 감사합니다!

2016년 3월 모일 카와하라 레키

NOVEL

SWORD ART ONLINE_소드 아트 온라인 17
〈앨리시제이션 어웨이크닝〉

2016년 8월 5일 제1판 제1쇄 인쇄
2016년 8월 10일 제1판 제1쇄 발행

지음 | 카와하라 레키
일러스트 | abec
옮김 | 김준

발행인 | 이정식
편집인 | 최원영
편집팀장 | 김충영
편집담당 | 오진범
일본어판 오리지널 디자인 | BEE-PEE
한국어판 디자인 | Design Plus
라이츠사업팀 | 손지연, 변혜경, 박선희
출판영업팀 | 안영배, 한성봉
제작담당 | 박석주

발행처 | (주)서울문화사
등록일 | 1988년 2월 16일
등록번호 | 2-484
주소 | 서울특별시 용산구 새창로 221-19(한강로2가)
전화 | (02)799-9181(편집), (02)791-0757(마케팅)
팩스 | (02)799-9334(편집)
인쇄처 | 코리아 피앤피

ISBN 978-89-263-5287-8
ISBN 978-89-263-1086-1 (세트)

새로운 출발을 함께하는 제이노블 뉴페이스—!!
J-NOVEL 8월 인기 발행작—!!

소드 아트 온라인 17권
–앨리시제이션 어웨이크닝–

초판한정 **책갈피** 증정!!

카와하라 레키 지음 / **abec** 일러스트 / **김준** 옮김

──〈빛의 무녀〉 앨리스. 어둠의 군세 전부를 희생하더라도 내 수중에 넣을 테다.
〈최종 부하 실험〉 이틀째. 정합기사들의 목숨을 건 분투로 열세에 놓이게 된 다크 테리토리군은 비겁한 수단으로 저항을 개시한다. 언더월드를 외부에서 관측하던 미군 용병 크리터기 현실세계의 인간들을 최종결전에 투입한 것이다.
어둠의 군세가 증원되며 절체절명의 위기에 빠진 인계군. 그때 언더월드에서 전설로 전해지던 창세의 신들이 내려온다. 하얗게 빛나는 태양신 솔루스와 상냥하고 따뜻한 지모신 테라리아. 그리고 그 둘은 시논과 리파의 모습을 하고 있었는데…….

언더월드로 모이는 시논과 리파, 그리고 키리토의 동료들. 그들의 부름에 키리토는 과연?!

©REKI KAWAHARA ILLUSTRATION:abec
KADOKAWA CORPORATION ASCII MEDIA WORKS

노블 [소드 아트 온라인] 17권 +
코믹 [소드 아트 온라인 프로그레시브] 2권
한정 세트 동시 발행!!

한정판 특별 부록
아크릴 카드 2종 세트 증정!!

코믹 소드 아트 온라인 프로그레시브 2권

초판한정 **스페셜 책갈피** 증정!!

히무라 키세키 만화 / **카와하라 레키** 원작 / **abec** 캐릭터 디자인

제1층 플로어 보스전에서 리더 디어벨이 목숨을 잃은 뒤 궤멸할 위기에 빠진 공략 집단.
공략본의 정보와는 전혀 다른 스킬과 무장을 사용하는 보스에게 고전하며, 집단 내부에서 균열이 발생하기 시작한다.
절체절명의 위기 속에서 아스나가 기지를 발휘해 키리토는 집단의 '리더'가 되고, 결국 모두의 힘을 합쳐 제1층의 보스를 클리어하는 데 성공한다.
그러나 키리토는 집단의 파티원들로부터 '막타 보너스를 노리고 일부러 디어벨을 죽인 것이 아니냐'라는 의심을 받는데──.

〈아인크라드〉 제1플로어를 공략한 키리토와 아스나. 제2플로어에서 그들을 기다리는 것은?!

©REKI KAWAHARA / KISEKI HIMURA
KADOKAWA CORPORATION ASCII MEDIA WORKS

타로의 주인님 9권

초판한정 **책갈피** 증정!!

나나에 히로타카 지음 / **YUKIRIN** 일러스트 / **권미량** 옮김

밸런타인데이가 도래했다! 하지만 누군가가 동네의 초콜릿 가게를 습격하는 사건이 발생하고, 질투가 심한 타로인 '연인'의 짓이라고 생각한 아키토와 소녀들은 그녀를 잡기 위해 움직이기 시작한다. 이제 남은 타로는 얼마 되지 않는다. '낙원의 점현'을 둘러싼 싸움이 막을 내릴 날도 코앞으로 다가왔다. 모두 최선을 다했지만 그들을 기다리고 있는 것은──일찍이 본 적 없는 '최악의 적'이었다?!
변함없이 살짝 야한 소동을 일으키면서도 이야기는 점점 클라이맥스를 향해……!

키스에서 시작하는 학원 아르카나 러브 코미디, 노도의 제9탄!

©HIROTAKA NANAE ILLUSTRATION:YUKIRIN
KADOKAWA CORPORATION ASCII MEDIA WORKS

영웅교실 4권

초판한정 **책갈피** 증정!!

아라키 신 지음 / **모리사와 하루유키** 일러스트 / **한수진** 옮김

오늘도 평화로운 학교생활을 만끽하는 전직 용사 블레이
학교 친구들도 착실하게 레벨업을 하고 있다.
그런데 어느 날 갑자기 그 평화는 깨졌다. 다시 떠오르는
의 과거. 소피와 똑같이 생긴 양산형 인공 용사 소피 시리
블레이드의 목숨을 노린다. 이에 맞서는 초생물의 행동은?!
한편 로즈우드 학교의 일상은 여러모로 난리 법석!

성별이나 종족의 차이도 모조리 초월하여 다 함께 친구가 되는 이야기! 청춘이 꽃피는 학교의 슬로 라이프, 제4권!!

©2016 by Shin Araki, Haruyuki Morisawa/SHUEISHA Inc.

성검의 블랙스미스 16권

초판한정 **책갈피** 증정!!

미우라 이사오 지음 / **루나** 일러스트 / **김완** 옮김

운철을 모으는 여행을 떠난 세실리, 루크, 리사. 여정은
신혼여행 같은 분위기였다. 도중에 유성우가 관측되었다는
문이 있는 군국에 들러, 샬롯이 유성을 건져올렸다는 항
지 안내해주게 되는데…….
한편 이 항구에는 신대륙에서 온 사절이 교역을 원해 해적들이 들끓는
을 건너 내항하고 있었다. 항구의 사내들과 교섭을 벌이는 대담한 그녀의
체는──?!

아리아와 리사가 재회하는 300년의 기간을 달려나가는 질풍노도의 번외편!!!

Illustration: Luna ©Isao Miura 2013

공허의 상자와 제로의 마리아

초판한정 **책갈피** 증정!!

미카게 에이지 지음 / **테츠오** 일러스트 / **임이지** 옮김

무모하고도 고독한 호시노 카즈키의 싸움은 계속된다.
의 마리아'를 되찾기 위해서.
'O'가 만들어낸 세계는 그때의 '상자'와 똑같다. 3월 2일
는 어중간한 시기에 전학생이 오면서 시작된 '반복'을 관
는 상자.
──마리아. 나는 상자에 사로잡힌 너를 반드시 되찾겠어.
그리고 결말이 찾아온다…….

'상자'를 둘러싼 소년과 소녀의 이야기, 감동의 피날레!

©EIJI MIKAGE ILLUSTRATION:TETSUO
KADOKAWA CORPORATION ASCII MEDIA WORKS

내가 히로인을 너무 구해서 세계가 리틀 묵시록?

초판한정 **책갈피** 증정!!

나메코지루시 지음 / **와타누키 나오** 일러스트 / **김경훈** 옮김

렌카는 '끝나버린 이야기'라는 초유의 사태 앞에서도 포기
않는다. 절체절명의 위기 상황에서, 렌카는 미오의 별것
한마디 말을 힌트로 기사회생의 방법을 떠올린다. 복잡
얽힌 네 개의 '이야기'를 전부 구할 수 있는 단 한 가지의
은 과연 무엇일까?

──절망의 구렁텅이 속에서 렌카의 지략이 빛을 발한다!

Illustration : Nao Watanuki ©2013 Namekojirushi
Originally published by HOBBY JAPAN Co., Ltd.

뇌장 작렬 걸 6권 –나는 뇌장 작렬

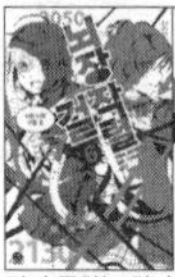

초판한정 **책갈피** 증정!!

레루리리 원안 / **요시다 에리카** 지음 / **챠츠보** 일러스트 / **기미정**

"나와 하나는 일련탁생 같은 게 아니야……."
'두 사람의 기사'라 칭한 의문의 조력자는 과거 '황금알의
활동'에서 하나와 아이들을 궁지에 빠트린 타시노 쥬운이
또다시 하나 짱에게 배신당하는 것은 아닐까, 아연실색
믿지 못하는 하나. 게다가 마치 쐐기를 박듯이 하나가 "이제 곧 이별이야"라
을 하는데──? 마침내 이야기는 최종국면으로!

니코니코 동화에서 연관 동영상 재생 수 4,000만 회를 돌파한 명곡의 소설판, 경악의 클라이맥스!

©rerulili&erika yoshida 2015/KADOKAWA CORPORATION, Tokyo.